ツイン・アース

小森陽一

集英社文庫

目次

［登場人物］

Terra—α

ジェンドリン（ジェーン）・トール　自然環境局生物多様性センター主任
グーフ　ジェーンのペット　ザマルカナー
ゲオルギー・ドブロボルスキー　ソユーズ11号船長
ナフタルト・コロー　ノフト主議長付き秘書見習い
ノフト・オーティマス　ギガンティバス大陸ベリアの主議長
グスタフベリ・トール　生物学者　ジェーンの父
ニヒタ　情報屋
ミリア・トートナス　ラマナ小学校　校長
アーキ・ラミ　ベリア16エネルギー施設センター長
コンコルディアの母親
コンコルディアの娘
ムク（ムクゥルトゥーラ）　リブル族　カルサの弟
カルサ（カルサトゥーラ）　リブル族　ムクの姉
ムクとカルサの母親　リブル族
レメキ　リブル族　族長
ミア　αで最初の生命体

Terra—β

アイノ・ビルン　ソダンキュラ地球物理観測所研究員
熱川　秀樹　ソダンキュラ地球物理観測所所長
ヒルダ・マンネルヘイム　ソダンキュラ地球物理観測所コック
レコ・イコーネン　デザイナー　アイノの恋人
エリーク・ビルン　画家　アイノの父
マレート・ビルン　小学校教師　アイノの母
ヴェサ・ビルン　フリーター　アイノの兄
ミルヤ・ビルン　大学生　アイノの妹
ノペア　ビルン家のペット　シュナウザー
ハンネス・ビルン　木こり　アイノの祖父
エーリッキ・アホネン　オウル大学特任教授
イスト・ヤルヴィネン　イストデザイン事務所代表
アニッタ・ヴァイニオ　アイノの高校時代の先生　物理教師
アルナブ　ワールドグランドホテル　従業員
シュリア　ワールドグランドホテル　アルナブの祖母
ラーヒズヤ　ワールドグランドホテル　アルナブの祖父

人間の知らない、見ることも触れることも出来ないどこか。
そこでは怪獣や宇宙人たちが思うさま自由を謳歌《おうか》し、伸びやかに生きている……。
さあ、扉を開いて、驚異の怪獣世界を覗《のぞ》いてみよう。

ツイン・アース

極夜

［日中でも薄明か、太陽が沈んだ状態が続く現象。対義語は白夜］

0

「パパのところでお絵描きするのはいいけど、スカートには絵の具を付けないでね」

キッチンから母、マレートの声がする。

油絵の具が一度服に付くと、完全に落とすのは難しい。それはパパの服やエプロンを見ても分かる。でも、アイノ・ビルンにはそれがとてもカッコよく見えていた。

「はーい」

元気よく返事をして玄関から駆け出す。向かう先は父、エリークのアトリエだ。自宅の隣にあって、納屋を改装した平屋建て。でも、一歩中に入ると絵の具や油、溶剤の匂いがしていて家の匂いとは全然違う。見えるものだってそうだ。机に積まれたパネルやキャンバス、絵筆が沢山入った瓶、いろんな色の付いたぼろ布とそれに負けないくらいカラフルな床。たったの二十歩くらいで異世界に飛び込んだような気持ちになれる。

アトリエに飛び込むと、写生用のバッグから色鉛筆と画用紙を取り出した。このバッグは昔、エリークが愛用していたもので、「ちょうだい、ちょうだい」と何度もおねだりして譲り受けたのだ。

アイノはすぐに絵を描き出した。何が描きたいか具体的に決めているものはないし、そんな風に考えたこともない。ただ、頭に浮かんだものや形が指先を通して紙に伝わっていく。すると、パパが目の前に木の人形を置いた。大きさはマグカップくらいで、頭には金色の髪の毛が描かれている。

「アイノ、パパにスノークのおじょうさんを描いてくれるかい？」

スノークのおじょうさんはムーミンの友達で優しい女の子。お気に入りのキャラクターだ。

「アイノが描くの？」

「そうだよ」

これまでお手伝いを頼まれたことはあったが、それは肩叩《たた》きやお皿の後片付けや電気を消すことで、絵を描いて欲しいと言われたことは初めてだった。

「嫌かい？」

嬉《うれ》しくて飛び跳《は》ねそうな疼《うず》きをぐっと我慢して、すまし顔で「いいよ」と答えた。

それから〝お願い〟に取りかかった。絶対に褒《ほ》めてもらいたかったから、スノークのおじょうさんの形を描き写すと、耳には耳あてを、お腹にはセーターを、足には長靴を描き足し、色鉛筆でお気に入りの色を付けた。

「出来た！」

声を上げるとキャンバスに向かっていたエリークはくるりと椅子を半回転させた。どれどれと言いながら大きな身体《からだ》を揺らし、顎鬚《あごひげ》を触りながら絵を覗き込む。アイノは机の反対側から身を乗り出して絵の解説を始めた。エリークは「これがそうか」とか「へえ」とか「いいね」と相槌《あいづち》を打ち、最後に「とても可愛《かわい》く描けてる」と言いながらアイノの頭を大きな手で包み込むようにして撫《な》でた。

喜びのあまりぴょんぴょんと足を跳《は》ね上げたので、椅子が大きな音を立てて後ろに倒れた。エリークはすかさず手を伸ばして小さな身体を抱え上げると、優しく見つめた。

「タハティネン《小さなお星さま》」

パパは時々そんな風に呼ぶ。すると決まってくすぐったくなり、パパの胸に顔を埋《うず》めてしまう。シャツからは体臭と油絵の具の匂いがしてとても心地好《よ》かった。

「よかったらもう一枚絵を描いてくれるかい」

「次は何がいい？」

「もう一度頼むよ」

エリークはそう言うと、「次はそっくりにだ」と付け足した。

「そっくりって、同じってこと？」

「そう、形も色も全部」

そのことにどんな意味があるのかなんて深くは考えなかった。やり取りが無性に嬉しくて、再びスケッチに取りかかった。画用紙に大まかな線を引いたところで、「アイノ、鉛筆を置いて」とエリークに声をかけられた。

「いいかい、そっくりに描けるとっておきのコツを教えてあげよう」

「コツって？」

「素晴らしい画家なら絶対にやってる方法だ」

「なになに！　教えて！」

エリークは他に誰も聞いていないか確かめるように辺りを見回すと、顔を近づけた。

「一回しか言わないからよく聞くんだ」

「うん」

「描き出す前にまずじっくり見ること。前からだけじゃないよ、横からも上からも時には下からもだ。触れるなら触ったっていいし、匂いを嗅げるなら嗅いでもいい」

「ノペアみたいに？」

ノペアとはペットのシュナウザーで、とてもすばしっこくてなんでも匂いを嗅ぎ回る。

「そう、ノペアみたいにクンクンだ。そして、目を閉じておじょうさんの姿が瞼《まぶた》の内側にくっきり浮かんでくるようになったらいよいよだ」

ズン。

窓の外で何かが落ちるような重たい音がした。

アイノは我に返ると、二度、三度瞬《まばた》きをした。真っ白なキャンバスを目の前にして、いつの間にか想い出の中に溶け込んでいたようだ。

時刻は四時少し前。まだ夕方にもなっていないのに部屋の中は暗い。電灯を点《つ》けていないと歩けないほどだ。それもその筈《はず》、フィンランド北部のラップランド地方はカーモスの真《ま》っ只中《ただなか》にある。十一月末から一月中旬の一ヵ月半、一日中太陽が昇らない極夜の季節なのだ。

椅子から立ち上がると、スマホの灯《あか》りを頼りに玄関へと向かった。ベージュ色のスヌードを首に巻いてドアを開ける。セントラルヒーティングですみずみまで暖まった部屋の中から一歩外に出ると、身を切るような冷たさが全身を包んでくる。平均気温がマイナス十四度、時にはマイナス三十度まで下がることだってある。何もかもが凍《い》てついて白に染まる世界。とてもシンプルだ。

スヌードで鼻と口を覆いながらゆっくりと呼吸した。たちどころに吐き出した息が凍りつく。たちまち身体が冷やされ、想像も妄想も想い出さえも凍てついて、寒さのことしか考えられなくなっていく。それでも一年でこの時期が一番好きだった。カーモスの真っ只中、一月四日が誕生日だからかもしれない。

歩き出すとすぐ、白樺《しらかば》の下にスノーマンになりかけのような雪の塊が見えた。枝に積もった雪が重さに耐えられなくなって落ちたのだ。さっきの音の正体はおそらくこれだろう。立ち止まって白樺を見上げた。高さは二〇ｍくらいあるだろうか。幹の直径は四〇㎝ほどもあり、それが築七十年以上の借家の周囲を取り囲むように並んでいる。ヘルシンキにある実家にも同じように白樺が生えている。人間から風避《よ》けにされて甚だ迷惑だと思うが、白樺はそんなことなど気にも留めていないかのように真っ直ぐに空へと伸びている。

子供の頃、その先端が矢印のように見えていた。

――もっと上を見てごらん。

白樺がいつもそんな風に語りかけている気がしていた。

白い息を吐きながら白樺の幹を辿《たど》るように視線を上げる。そこから更に上の方へと目を転じると、緑色をした光の帯がうっすらと現れていた。オーロラだ。この感じだと、数時間後には夜空を光で包み込むような幻想的な光景が広がるだろう。

オーロラは色の濃さを変え、形を変え、輝きながら大きく小さく揺れ動く。一つとして同じものはなく、どれだけ眺めていても飽きるということはない。白樺が指し示す夜空に目を向けてから、父と同じ画家になるという夢はいつしかオーロラの研究者へと置き換わった。

――だが今は違う。

オーロラの向こうに何があるのかを知ってしまったから。

犬を毛で判断しない

【物事を見た目で判断してはいけない】

1

「――ねぇ、アイノ、聞いてる？」

　レコ・イコーネンが眼鏡の下から覗き込んでいる。

「聞いてるよ」

「その割にはさっきからスプーンがロヒケイット《サーモンスープ》の中を彷徨《さまよ》っているんだけど」

　お皿に目を落とすと、スープと具が掻《か》き混ぜられて盛大に渦を巻いている。その瞬間、これは何かに似ていると思った。

「宇宙ハリケーン……」

「何だい、それ？」

「ハリケーンって北太平洋の東部や北大西洋で発生する熱帯低気圧でしょ。でも、宇宙ハリケーンは地球上ではなく宇宙で発生するの」

　アイノはスマホを取り出すと、お皿にカメラを向けて位置を細かく調整しながら何度もシャッターを切った。

「プラズマの塊が最大で秒速二・一km、反時計まわりに流れを作り、雨の代わりに電子のシャワーを降らせる。そうなるとどうなると思う？」

レコが眉をひそめる。「まさか、焼け死ぬとか……」

「それは無い」

きっぱりと断言した。

「でも、人工衛星に大混乱をもたらす可能性があるのよ」

「そうなったらGPSが使えない。電話回線もダメ」

「天気も予測不能になる」

アイノは撮った写真の中からベストだと思う一枚を見せた。レコは苦笑いしつつ、

「上手《うま》く撮れてる。とてもスープとは思えない」と褒めた。

「……なんの話だっけ？」

「やっぱり聞いてなかったんだ」

「聞いてたよ」

「空想の世界に入る前までは、だろ」

レコはスプーンで渦を巻くお皿からスープを掬《すく》った。そのまま腕を伸ばしてアイノの口元に近づける。ぱくりと頬張ると、サーモンの豊かな風味とクリーミーな味わいが口の中から身体中へと広がった。

「美味《おい》しい」

レコは優しい目をして、「現実世界へお帰り」と言った。

お昼時はとうに過ぎたというのにマヤの店内はいまだ大勢の人で賑《にぎ》わっている。食材

から飲み物、ケーキにスープと雑多に置かれた物置小屋のような雰囲気で、それらすべてを天井からぶら下がったランプの灯りと、棚の上に置かれたロウソクの炎がオレンジ色に染めている。フィンランドのごく一般的な家庭料理を出すこの店を初めて訪れた日、いつも持ち歩いているノートに「この店の常連になる!」と書き込んだ。わざわざ「!」で強調しているところからもその興奮が窺《うかが》い知れようというものだ。ただ、誰に連れて来られたのかだけはまったく記憶が無い。

「さっきの話の続きだけど、空港からここに来る間に何台の観光バスを見たと思う?」

――そんな話をしていたんだ……。

と思いつつ、「五台くらい?」と訊《き》いた。

「もっと」

「十台」

「軽く数えただけで二十四台」

「そんなに?」

「いや、おそらくそれ以上だったと思う。そうじゃなきゃ空港から君ん家《ち》までこんなに時間はかからないよ」

ヘルシンキ・ヴァンター国際空港から飛行機でソダンキュラ空港へ。直線距離で一四一七km、飛行時間は一時間四十分だ。ソダンキュラ空港からアイノの借家まではたかだか三〇km弱、なのにレンタカーで一時間半以上もかかったという。飛行機に乗っている時間とほぼ同じだ。

「これがヘルシンキならまだ分かるんだけどね。それにだよ、夏場ならまだしも、カーモスの時期に観光客を見かけるなんてこれまでほとんどなかった」

確かにレコの言う通りだ。子供の頃なんて、一年を通しても外国人を見かけることはまだまだ珍しかった。

「観光客のお目当ては基本三つ。ウインタースポーツとサウナ、そして」

「オーロラね」

「その通り」

「もしかして渋滞は私のせいだって言いたい？」

「まさか。僕はむしろ――」

その時、スーッと冷気が入ってきて、同時に入り口の方に目を向けた。アジア人のカップルが不安げに辺りを見回している。レジには誰もいない。店長も馴染《なじ》みの客と大声で談笑中、カップルにはまったく気がついていない。

「……どうする？」

ニット帽を被《かぶ》った女の子が背の高い男の子に向かって不安そうに呟《つぶや》く。日本語だった。

「ちょっと行ってくる」

レコにそう言うと、カップルの方に歩み寄った。

「こんにちは」と日本語で呼びかける。

「言葉、分かるんですか？」

「はい、ぼちぼち。私の先生は関西人です」

「関西人だって……」

ニット帽を被った女の子はそう言うと、男の子の方に笑いかける。男の子だと思っていたもう一人は背の高いショートカットの女の子だった。

「観光ですか？」今度は英語で尋ねた。

「そうです。オーロラを見に」

ニット帽を被った女の子も英語で答えた。

「あなた達は運が良いわ。今夜は凄《すご》いのが出ますよ」

女の子達は顔を見合わせ、「やった」と声を弾ませた。

アイノはマヤの店長を呼んで二人のことを引き継ぐと、恋人の待つテーブルに戻った。

「どこからだった？」

「日本よ。大学の卒業旅行でオーロラを見に来たんだって」

「ほらね」

レコはそう言うと同時に片方の眉を上げた。

「何が？」

「さっき僕が言いかけたことさ」

スマホを取り出し、画面をタッチしてこっちに向けた。フィンランドでは天気予報と同じようにオーロラ予報がある。フィンランド気象局から発表されるオーロラ発生の確率というものだ。

小さい　（平均値よりも低い）
比較的小さい　（統計的に平均）
中程度　（統計的には平均より明らかに高い）
大きい　（南部では五〇％ほど、北部では五〇％以上の確率）

この四段階が今夜・明日・明後日という具合に出される。アイノが所属しているソダンキュラ地球物理観測所もオーロラの情報を定期的に提供しており、その一端をアイノも担っている。

「オーロラ予報が遠い日本にまで届いてる。そこに行ってみたいという衝動を駆り立てている。デザインでもそうさ。ただ描いたものより、好きで描いたものには魂がこもるんだ」

レコの職業はデザイナーだ。出会いは父の個展だった。レコが勤める事務所の代表、イスト・ヤルヴィネンと父が仲良しで、イストの付き添いで会場に来ていたのだ。人当たりが良くて清潔感があっておまけにハンサムだったから、アイノの方から積極的にアピールしてお付き合いが始まった。

「ちゃんと伝わるんだよ。オーロラが好きで好きでたまらないって気持ちが」

レコはテーブルに座ってメニューを覗き込む日本人学生を見つめた。その横顔が世界中の人間の中で一番ハンサムに見え、レコの首に手を回したいという衝動をテーブルの端を摑《つか》むことで辛うじて抑えた。

「じゃあね」

借家まで送ってもらい、近いうちに再会する約束のキスを交わすと、アイノは慌ただしく出社の準備を始めた。

鞄《かばん》に資料とデータの入ったUSBを放り込み、中古で買ったトヨタの小型車を運転して雪道を走る。ソダンキュラ地球物理観測所は、市内から七㎞ほど南に行ったキティネン川の畔《ほとり》にある。

観測所の歴史は古く、一九一三年、今から百年以上も前にフィンランド科学・文学アカデミーによって設立された。当初の目的は地磁気の観測だったそうだが、現在では地震観測、宇宙線計測、電離層サウンディング、超低周波音測定、メテオレーダー、気象観測まで幅が広がっている。

働いている人数は常時二十五人くらい。くらいといったのはその時々の出来事によって人数が増減するからだ。仕事はそれぞれユニットごとに分かれていて、施設を適切に管理運営する管理ユニット、実験室や機械のメンテナンスをする技術サービスユニット、それに研究者が主体となった研究ユニットがある。さっき触れた数の増減だが、機器の大規模なメンテナンスが必要となったら人数は増えるし、観測対象に大きな変化が表れた場合も当然そうなる。アイノは研究ユニットの中のオーロラ測定ユニットに所属しており、一番若い研究員として充実した日々を過ごしている。

研究員専用の駐車場に車を滑り込ませ、後部座席から年季の入った黒いリュックを引きずり出すと、そのまま管理棟の中へと入った。食堂のドアを勢いよく開けると銀色の髪を短く刈り込んだ中年の女と目が合った。管理ユニットのメンバーでコックをしているヒルダ・マンネルヘイムが、いざ、パンケーキを頬張ろうと口を大きく開いた瞬間だった。

「それちょうだい！」

リュックを床に投げ捨てると、ヒルダの手から素早くお皿を奪い取り、五段重ねのパンケーキの下から二枚を指で引き抜いた。指にメープルシロップがまとわりつくのも構わず、二枚一緒に頬張る。甘みと風味が口の中にじわりと広がり、思わず「美味しい」と心の底から声が出た。

「当然さ、あたしが作ったんだから」

ヒルダは〝あたしが〟にことさら力を込めた。

ヒルダは厨房《ちゆうぼう》の主だ。味に細かい人と食べ残しをする人が大嫌いで、相手が年上だろうと学者だろうと平気で啖呵《たんか》を切る。挑戦的な目つき、お世辞にもスリムとはいえない体形をしているところから、ヘルックペルセ《美味しいお尻》なんて陰口を叩かれてもいる。フィンランド語で甘いものばっかり食べてる人、つまりデブという意味だ。それはつまみ食いのせいだと確信している。なぜならヒルダの作るお菓子やデザートはどれもこれもすこぶる美味しいから。

「こんな時間に戻ってきてお腹《なか》も空《す》いてるってなると、何があったかだいたい察しはつくけどね。なんか飲む？」

「グロギ」

「ハッ、コーヒーにしな」

ヒルダは椅子から立ち上がると厨房の方へ向かった。

「それで、ケンカの理由は？」

カップにコーヒーの粉末を注ぎながら訊いてくる。どうやらレコとケンカ別れしたと思っているようだった。こうなるとどうしてもイタズラしたい気分が頭をもたげてくる。

「観光バス」

「は？」

ヒルダの淹《い》れてくれたコーヒーを飲みながら今日の出来事を話し始めた。レコが約束の時間に大幅に遅れたこと。それは観光バスが渋滞を引き起こしていたせいで、つまりはオーロラ予報を出しているアイノに原因があるのだと。

「そりゃあんた、犬を毛で判断しないってことさ」

ヒルダは良き話し相手であり、レコのことも、レコの顔も、レコとのいきさつも全部知っている。だからこそハンサムである見た目とか、デザイナーという肩書とかで相手のことを判断してはいけないと諭したのだ。

「ヒルダの作ったパンケーキは、見た目は全然よくないのに味は絶品だもんね」

「ケンカ売ってんのかい」

「もう一枚食べていい？」

「最初からそのつもりだっただろう」

肩を竦《すく》めて顔をくしゃっと歪《ゆが》めると、仕方なさそうにヒルダが笑った。

結局、ヒルダのパンケーキはすべてアイノのお腹に収まった。

「実はさっきの話、ちょっと味付け変えてみたりした」

「ん？」とヒルダが太い首を傾《かし》げる。

「レコが渋滞で待ち合わせに遅れたのは本当。観光バスのせいでというのも本当。で、観光客が増えたのは私のオーロラ予報が世界に届いているからで、私がオーロラを好きだっていう気持ちが世界の人の心を動かしてるんだって」

聞いている途中からヒルダの顔にみるみる赤みが差してくる。

「私のパンケーキ、そっくり返しな！」

「ご馳走《ちそう》様！」

「ノロケてんじゃないよ！　バカ娘！」
ヒルダの悪態を背中に浴びつつ慌てて食堂を飛び出した。

管理棟から外に出て研究棟のある方へと向かう。歩きながら空を見上げた。時刻は夕方五時を少し過ぎたところ、辺りはもう真っ暗だ。外灯がなければ何も見えない。風は弱く、空気は澄み切っている。雲もほとんどない。気温は体感でおそらくマイナス十五度くらい。夜半はそこから更に十度ほど下回るだろう。

太陽の活動も活発化しており、オーロラの条件を何から何まで完全に満たしている。マヤで会った日本人の女の子達に「あなた達は運が良い」と伝えたが、もしかすると今夜のオーロラは自分の想像を超えるものになるかもしれない。

そもそもオーロラとは極域近辺で見られる大気の発光現象を言う。太陽からは太陽風というガスが放出されていて、このガスはプラズマと呼ばれ、電子や陽子などの荷電粒子からなっている。太陽風が地球に到達した際、それが地球の磁力に引き寄せられ、地球の大気中にある原子に衝突して発光する。

オーロラは大気中の成分（酸素・窒素・水素）によって様々に色が異なり、形もカーテン状のものや雲のようにぼんやりしているものなどいろいろな表情を持っている。どれ一つとして同じものはなく、太古の昔から地球の空を彩ってきた。自分と同じようにオーロラに魅了された古代人は沢山いただろう。

――延々と続く夜空を見上げる者の系譜に、私も連なっている。

そう思うと心が湧き立ってくる。

アイノはゆっくりと深呼吸した。鼻から身体の中へ、冷たい空気が染み渡っていく。だが、こうすると心は逆に温まるのだ。早くオーロラに向き合いたいと願う研究者の、実におかしな性《さが》だった。


観測ポイントである雪の降り積もったキティネン川に歩いて向かったのは、夜の九時を過ぎた頃だった。

頭には厚手のニット帽を被り、首元にはネックウォーマーの上からマフラーを巻き、上半身はロングスリーブシャツ、フリースジャケット、ダウンセーター、その上から厚手の防寒ジャケットを羽織る。下半身はスパッツの上に厚手の防寒パンツ、手足も同じように二重にしてある。北国育ちだし寒さに慣れてはいるが、だからこそ防寒対策をおろそかにはしない。自分の身を守れなければそもそも観測なんて出来る筈もないからだ。

三脚の上にカメラを載せ、それから更に一時間くらい待った。イヤホンを付けて音楽を聴くことはしない。寒冷地だからスマホのバッテリーが早く消耗するというもっともな理由もあるが、そうではない。音を聴きたいのだ。夜の音。風の音。空の音。聴くというより感じるといった方が正確かもしれない。五感を研ぎ澄まして変化を知る。これまで機械が感知するよりも早く何かが起こりそうだと悟ったのは、一度や二度のことではない。

「……ん」

得体の知れないざわざわした気持ちが身体の中を駆け抜け、空を見つめる目に力を込めた。

微《かす》かな光の線が見える。

しばらくして地平線に緑色をした光の帯が現れ始めた。

「……来た」

十八分後、変化は訪れた。光の帯が空を横切るように走り、次第に高度を上げ始める。スマホを取り出してオーロラ・アラートを確認した。緑、黄色、オレンジ、光の輪が北極点を取り囲むようにして広がっている。この予測マップは衛星によって取得された太陽風観測データを入力して、リアルタイム磁気圏シミュレーションの計算結果を用いて作られている。

「予測より遥《はる》かに強くなってる……」

思った通り、今夜のブレークアップ《崩壊現象》はとてつもない規模になる。

光の帯は既に頭上にまで昇ってきている。帯は緩やかに折れ曲がりながら続いており、縦の線が入り始める。唐突に光の帯の形がざわめき始めた。みるみるカーテンのように垂れ下がってきたかと思うと、激しく渦を巻き始める。同時に空全体に強い光が満ちていく。川縁《かわべり》の草も、キティネン川も、防寒ジャケットも、どれもこれもが緑色に染まっていく。

やがて空気を限界まで吸った風船がパンと弾《はじ》けるように、エネルギーが一気に解放されて光が弾けた。駆け抜け、回転し、揺れ動きながら空全体を覆い尽くしていく。なんという力強い光のダンスだろう。一秒ごとに激しさを増していき、まるでとどまるところを知らない。

「あぁ……」

アイノの口から言葉にならない呟きが漏れた。オーロラに心を奪われるようになって十年以上が経《た》つが、これほど大規模なブレークアップを目の当たりにするのは初めてだった。

夢中でカメラのシャッターを切っていく。いつもなら十秒から十五秒ほどのゆっくりとしたシャッタースピードで撮るのだが、この強い光の下ではそれも必要なかった。

「素敵！」

「綺麗《きれい》！」

「凄い！」

「あ※※わー」

中には言葉になっていない声もあった。

ふと、アイノの視線が一点を見つめたまま固まった。オーロラが激しく揺れている只中にあって、東の空に一ヶ所だけ、色や形が他と違って見える場所がある。

のだった。

——なんだろう……。

最初は見間違いかと思った。でも、見間違いではなかった。確かにそこに薄ぼんやりとした揺らぎがある。元々オーロラには強弱によって揺らぎがあったりなかったりするのだが、東の空に一ヶ所だけ見えている揺らぎは、これまでに一度も見たことのないものだった。

タイミングよく、東の空に特大の光が溢《あふ》れた。一面が盛大に渦を巻き始める。アイノは注意深くその方向を見つめた。

——揺らいで——ない！

光がその一ヶ所を避けているようだった。その証拠に、直進する光の帯がそこへ来ると、必ずぐにゃりと曲がってしまう。

まるでその場所に見えない何かがあるかのように……。

スマホの着信音が鳴った。

「もしもしレコ！　聞いて！　オーロラが変なの！」

通話ボタンを押すと同時に早口でまくし立てる。

「——ノ、びっく——よ」

スピーカーから聞こえてくるレコの声は途切れ途切れだ。

「え、何？　よく聞こえない！」

「ア——何枚も——ビ——」

「あのね、オーロラが変なの！」

「――わ――して――」

これだけオーロラが活発なのだ。電波障害が出てもまったく不思議ではなかった。

「ごめん。また明日かけ直すから。じゃあね」

通話を終わらせようと赤いボタンに指を添えた時、プップツ、ガサガサというノイズに交じって甲高い音が聞こえていることに気づいた。すぐさま音量を最大にする。甲高い音は不規則で、まるで数羽の野鳥がさえずっているようだ。

「コーラス波《は》だ……」

アイノはすぐに録音ボタンを押した。

コーラス波とは太陽風の高エネルギー電子と地磁気の磁力線の相互作用によって生じる現象、つまりは宇宙の音だ。とても気まぐれで、いつでも聴けるような代物ではない。ましてやスマホに混線するなんて本当に珍しい。おそらく宇宙空間では、大規模な宇宙ハリケーンが発生しているのだろう。

ノイズに耳を傾けながら、三脚に設置したカメラの位置を動かし始めた。ファインダーを何度も覗き込みながら、レンズを気になる東の空へと向ける。

「これでよし」

この偏光現象が何なのか、一度じっくり調べてみようと思った。

2

〝ピコン、ピコン〟

WhatsAppの通知音がする。メッセージを開くと、送り主はアイノのやんちゃな妹、ミルヤからだった。

［当然見たよね。こっちも見たよ］

メッセージと一緒にエリークとマレート、ミルヤの三人でバルコニーから自撮りした写真が添えられている。背後の夜空に広がるオーロラを見せたいのだろうが、拡大しても全然分からない。ヘルシンキでは地上の明かりが強過ぎるのだ。それよりも久しぶりに家族の笑顔を見て幸せな気分になった。お返しに自分が撮ったとっておきの写真を何枚か送った。

［もちろん見たわ。言葉にならなかった］

というメッセージを添えて。

眠い目をこすりながら必死になってベッドから抜け出した。体内時計が夜型になって長いから朝はすこぶる弱いのだ。セントラルヒーティングを点けて部屋の中の温度が上がるのを待ちながら、濃いめのブラックコーヒーを準備した。小さなアパートならもっと早く暖まるのだろうが、借家は４ＤＫ、いわゆるホリデーホームだ。無骨なログハウスで築七十年、ソダンキュラに勤めることが決まってすぐ、両親が知り合いに頼んで用意してくれた。一人暮らしでは何かと広過ぎるのだが、窓から見える景色が綺麗なこと、仕事先が近いこと、家に取り付けられたサウナがあまりにも快適でズルズルと住み続けている。

テレビを点けると昨夜のオーロラのニュースが流れていた。どこかの湖だろうか、かなり開けた場所で夜空を見上げながら大騒ぎをする人々の様子が映し出されている。「凄い」とか「綺麗」とか言う声に交じって、「ライトを消せ！」と怒鳴る声も聞こえてくる。おそらく撮影班の照明機材が眩《まぶ》しいのだろう。

「――オーロラには慣れているフィンランドの国民でも、これだけ大規模なものを見ることは滅多にありません。人々は光のページェントに酔いしれています。以上、現場からエミリア・ブオリでした」

「光のページェントねぇ」

定番のフレーズに軽く突っ込みを入れつつ、片っ端からチャンネルを替えてニュースを見る。しかし、昨夜感じた偏光現象に触れているものはなかった。ＳＮＳをくまなくチェックしてみても、書き込まれているのは磁気嵐による大規模な電波障害のことばかりだった。

「ふ～ん」

アイノはテーブルに紙とペンを用意すると、これからどうすればいいのかを頭の中で巡らせた。

まず、全天カメラの画像を遡って調べなければならない。他にも地磁気観測のデータやメテオレーダー、気象観測のデータも併せて突き詰める。そのためにはかなり膨大な量のデータをひっくり返すことにもなるから、各ユニットリーダーの許可が必要になってくる。ただ、それが厄介だった。

天文台は観測所とは独立した研究機関になっており、オウル大学が所有している。オウルユニットのリーダーは特任教授のエーリッキ・アホネンという中年男で、これが実に嫌みでスケべったらしいやつなのだ。すれ違い様に肌の艶がどうだの、スカートはもう少し丈が短い方が引き立つだのいろいろと絡んでくる。頼み事をすれば食事に付き合わされるのは間違いない。考えただけでも虫唾《むしず》が走る。

——ならばいっそのこと、研究所長に話をしてみようか。

ソダンキュラ地球物理観測所のトップは熱川《あたがわ》秀樹《ひでき》という日本人だ。年齢は六十に近い。白髪交じりのくせっ毛をぞんざいに後ろになびかせ、黒ぶちの眼鏡をかけ、ダミ声で威勢よくまくし立てる。地球物理学者、欧州地球科学連合の一員で、オーロラの写真家、サウナ研究家、フィールドワークに関する本から模型作りの本の執筆者まで実に多彩な顔を持っている。熱川は日本の大都市、大阪で生まれ育った。口癖は「アホか」。それが「お前はバカなのか」という意味だと知ったエーリッキ・アホネンが激怒し、二人は犬猿の仲となった。

熱川に相談すれば、「やったらええ。僕が許可する」と即答するだろう。そうなるのはとてもありがたいのだが、同時に「アイノくん、一体何を調べてるんや」と尋ねられるのは間違いない。

——むしろ問題はそっちの方だ……。

熱川は研究者としても、研究者を育てる人物としても優れている。簡単に答えを教えてはくれないし、ろくに調べもしないで解答だけを得ようとする態度をとことん嫌う。

「研究者たるもの、誰かに意見を求める時は必ず自説を用意してくる。それが礼儀というもんやろう！」

これまでベテランの研究者が怒鳴られているところに何度か出くわしたことがある。

アイノは心を決めた。まずは自分の力で、やれる範囲でやれるだけのことをやってからにしよう。


十日後、所長室とプレートに書かれている部屋のドアをノックした。

「誰や？」

「アイノです」

「入り」

ドアを開けると目に飛び込んできたものは、壁に飾られた美しい風景写真でもなければ机の上に積み上げられた書籍と書類の束でもなく、応接テーブルの上にプラモデルの細かいパーツを広げて拡大鏡を覗き込む熱川の姿だった。

「どや、これ。ソユーズ11号やで。細部までよぉ出来てる。完璧やで。なぁ」

「ええ、そうですね……」

適当に相槌を打つと、熱川の目の色が変わった。

「分からんか。そんなら僕が教えたる」

そこから熱川のロケット講義が始まった。

熱川の言葉は英語なのだが、これが実に特徴的なイントネーションであって、アメリカ人が喋《しゃべ》る英語ともイギリス人が喋るそれとも違う。中国人やロシア人とも違っている。熱川曰《いわ》く、「僕の英語は関西訛《なま》りやねん」なのだそうだ。

ひとしきり喋った後、突然思い出したように「用はなんや」と問うた。

「見てもらいたいものがあるんです」

そう言ってまとめたレポートを手渡した。途端、熱川の目が題目に吸い寄せられる。

「東仰角六十度に見える偏光の正体。なんやこれ？」

「説明します」

アイノは自分で集めたデータをもとにして、先日のオーロラ観測での違和感を詳しく話し始めた。熱川はというと、時折顎を撫でたり目を閉じたりしながらも、一切口は挟まずに耳を傾けている。関西人という人種は日本人の中でも特殊な存在で、常にテンシヨンが高く、じっとしていることが苦手であり、つまらない話には猛然とツッコミを入れずには気が済まない性質なのだそうだ。以前、リモート会議をやった際、日本人のオーロラ研究者から聞かされた。

「関西人が黙って話を聞いている時は貴重です。もの凄く興味があるというサインですから」

自分がいつも以上に早口になっていることを感じながらも、あらかじめ伝えたいと思っていたことはすべて話し終えた。

「――で、君の意見はどうなんや？」

「この現象は地磁気によるものではありません」

「それで」

「私はこの場所に強烈な太陽風を遮り、光を屈折させる何かがあるのだと思います」

「何かってなんや？」

「それは……」

「廃棄された人工衛星では小さい。大きな隕石《いんせき》ならあり得るかもしれん。けど、光を曲げてしまうくらいのサイズやったらもっと前から発見されてる筈や。彗星《すいせい》にしてもそうや、こんなに近づいたら地球にも強い影響が出る。その他となると、考えられるんは惑星か」

熱川はそこで一度言葉を切った。

「いや、それこそ現実的に考えればあり得へん。地球のすぐ近くに惑星が存在すれば確実に肉眼で見える。これまでの歴史上、誰一人気づかへんかったなんてことはお伽話《とぎばなし》の類や」

「でも――」

「太陽と地球の間にはオーロラを阻害するようないかなるものも存在はしてない。百歩譲って地球からはそれが見えへんと仮定しても、太陽には観測衛星が向けられ、リアルタイムでデータ収集されてる。そんな大きな質量を見逃すなんて絶対にない」

Absolutely impossible.

熱川は絶対という言葉に力を込めた。

そうなのだ。熱川の言う通り、ここに巨大な質量があれば気づかない筈がない。観測衛星で可視化だってされている。何も見当たらないのは分かっている。

でも、引っかかるのだ。

もやもやするのだ。

ざわざわするのだ。

「ここには私達が見落としている何かがあります」

「無い」

「あります」

熱川はじろりとこっちを見たが、やがて視線を外すと、自分の椅子にどっかりと腰を下ろした。アイノは一連の動作を目で追いながら、熱川の次の言葉を待った。しかし、どれだけ待っても腕組みをしたまま口を開かない。
「所長！」
熱川は人差し指を立てた。
「一晩考えさせてくれ」
アイノはそれ以上何も言わず、レポートを置いたまま一礼して所長室を後にした。
翌朝、またしてもWhatsAppの通知音で起こされた。昨夜も遅くまで夜空を眺めていて、ベッドに入ったのは四時頃だった。それからまだ一時間も経っていない。
「誰よ……」
スマホを摑んで送信者を見ると、相手は熱川だった。びっくりして跳ね起きると、手を伸ばしてスタンドライトを点けた。
[アイノくんに再調査を命じる]
[これまで集めたデータを洗い直すのはもちろんのこと]
[もっと広範囲にリサーチ出来るように、僕の名前を使ってよろしい]
[すべての機器についてアクセスの権限を与える]
出勤するや、すぐに所長室に赴いた。熱川はアイノの顔を見るなり、「ここに誰も知

らん何かがあるんやとすればや」と言ってホワイトボードに貼られた東仰角六十度のポイントを指した。

「それは僕も知りたい。ただし期限は一ヵ月や。それ以上はやれん」

その顔には一切の質問は受け付けないと書いてある。

「やってみます」

「違う。やるんや」

アイノは目に力を込めて、「はい」と答えた。


オーロラ測定ユニットを一時的に外れ、二十四時間、それこそ起きている間は調べることに費やした。ストックしてある映像をライブラリーから引っ張り出しては一つずつ確認し、変化や気になる現象などを細かく抜き出していく。それが起きた日の地磁気や気象状況、宇宙線や電離層トモグラフィーとも照らし合わせる。

更には物事を円滑に運ぶため、関係するユニットに差し入れをした。いくら熱川から免罪符を貰《もら》っているからといっても、上からゴリ押しで通すようなやり方をしたら反発も大きくなるだろう。実家からヘルシンキで大人気のお店、バケリカのチョコチップクッキーを送ってもらったのは大成功だった。みんなが喜んでくれたし、「美味しい」「お店のこと、詳しく教えて」と感想を伝えてもくれた。

時間は幾らあっても足りなかった。リサーチの間にも自分の日課であるオーロラの観測は継続して行ったから忙しさに拍車がかかった。元々睡眠不足気味ではあったが、三日が過ぎ、一週間が経ち、十日に迫る頃には身体に変調をきたした。誰かに呼びかけられた気がして振り向くとそこには誰もいない。三階の窓の向こうで誰かが手を振っている。やたらと野良猫が見つめてくる。そんなことがしばしば起こった。同じメールを日に何度もレコに送って猛烈に心配させたりもした。

「明後日、そっちに行くよ」

そんな優しい言葉に心が揺れながらも、

「ごめん、今だけは集中したいから」

と断りを入れた。

ヒルダはというと時々研究室に様子を覗きに来ては、お説教気味に励まし、世話を焼いてくれた。

「あんたは見た目が地味なんだからリップくらい塗んな」

「睡眠不足で動いてる人は一日で三日分の寿命を削ってんだってさ」

「そんなもんばっか食べてると私の歳《とし》になった時には私の体重の倍はいくよ」

一番助かったのは洗濯の肩代わり、一番ありがたかったのは言うまでもなくメープルシロップたっぷりのパンケーキの差し入れだ。

「ありがとう、ヒルダ」

感謝の言葉を口にすると、ヒルダはしばらくこっちを眺めて、「気持ち悪い」と眉をひそめ、「今夜は絶対に家に帰んな」と強く言った。

ヒルダの言を受けて久しぶりに借家に戻り、パソコンを開く。メールがどっさり溜《た》まっていた。面倒だったがお風呂に入る前に要るものと要らないものを選《え》り分ける。化粧品の新製品モニター募集、高校の同窓会のお知らせ、コンサートの通知、差出人不明のメールには添付ファイルが付いている。巷《ちまた》では相変わらずSNSを使った詐欺が横行している。これもその類のものだろう。中身を見ずにゴミ箱に捨てた。

「あぁ」と口から溜息《ためいき》が漏れた。選り分け作業に疲れたからではない。リサーチが上手く行っていないことへの焦りだった。与えられた時間の既に三分の一近くを使っている。しかしまだ、なんの手がかりも見出《みいだ》せてはいなかった。

「見落としている何かがあるなんて言うんじゃなかったかな……」

弱気の虫が胸の奥から這《は》い上がってくる。

スマホを取り出すと、先日録音した宇宙の音を再生した。

プツプツ、ガサガサ。

しばらくするとノイズに交じってコーラス波が聞こえてくる。

キュォー、ピピ、キー。

「ねぇ、小鳥さん」

ピピピ、ピー、キュユユユ。

「ヒントだけでもくれないかな」

カー、ピピピー、キュピピキュォォォ。

「何言ってるか全然分かんないよ……」

ふと、パソコンの中に無料の電磁界解析ソフトを入れていたことを思い出した。キーを弾いて画面を立ち上げると、スマホとパソコンを線で繋《つな》いだ。ノイズの周波数が数字で表示されていく。ぼんやりとそれを眺めた。

やがてコーラス波が交じると波形が大きく変化する。

4・6・3・8・4。

周波数が数値化されていく。

ノートに走り書きをしていたが、文字の羅列は強力な魔法のようにアイノを眠りへと誘《いざな》った。いつもなら立ち上がって伸びをしたり、濃いコーヒーを作りにキッチンに向かうのだが、今回はどうにも抗《あらが》えないくらい強烈だった。

……そのまま崩れるように目を閉じた。

目を覚ますと八時間近くが経っていた。

点けっぱなしのテレビには、子供に大人気の日本製アニメが映っている。

「良かった……。今日、日曜日なんだ……」

久しぶりにぐっすりと眠ったから身体が軽い。ヒルダの小言を容《い》れて、久しぶりにまともな朝食を作ることにした。

フィンランドは寒い国だから作物があまり育たない。だから、昔からライ麦や根菜類などを主食としてきた。カルヤラン・ピーラッカはライ麦で出来た生地にミルク粥《がゆ》を乗せて焼き、最後にバターと卵を載せた料理。パイというよりタルトのような食感だ。サラダとチーズ、燻製《くんせい》にしたサーモンを添えて出来上がり。我ながら褒めてあげたいような出来栄えだ。

音を小さく絞ったテレビではアナウンサーが今日の天気予報を伝えている。

「――はマイナス十三・五度、タンペレはマイナス五・四度、トゥルクも同じくらいのマイナス四・一度。ヘルシンキは昨日より少し上がってマイナス三・五度です。北部は午後から明日にかけて寒気が流れ込むため、これから更に気温が下がり、夜には大荒れとなるでしょう。それでは最後に世界の天気です」

メルカトル図法によって描かれた世界地図の上に、主要都市の名前と天気のマークが記されている。

「パリは晴れ時々曇り、モスクワは晴れ、東京は雨、ニューデリーは晴れ」

――座標……。

アイノは部屋に戻ると、昨夜のノートを開いた。崩れかけた数字が書き連ねてある。

4．638467 82．667605

昨夜は単なる数字の羅列だと思っていたが、よく見ると規則的に同じ数字が繰り返されていた。スマホの座標アプリをダウンロードして、試しに緯度と経度の部分に数字を打ち込んでみる。

すぐにグーグルマップにチェックポイントが付いた。

「出た……」

そこはインド洋の沖合いだった。


その夜、夢を見た。

まどろみの中で濃い青が広がっていく。不思議だが、そこが海の中だということはすぐに分かった。

ゆっくり泳いでいると、下の方に何かが見えた。近づくとそれは直径五ｍくらいの球体だった。クラゲのようにも見えるが、触手などは見当たらない。無色透明で表面はツルツルしており、薄っすらとしか届かない太陽光線を受けて虹色に光っている。子供の頃によく遊んだシャボン玉そっくりだ。

そっと手を伸ばしてみる。

もうちょっとで触れそうになった時、突然球体が形を変えた。

アイノの身体を包み込むように広がっていく。

何かが囁《ささや》いているような音もする。

だが、何を言っているのかまでは分からなかった。

鞘《さや》が音を立てはじめた

「自分の行動の結果に向き合うときだ」

3

「最近、観測を休んでるみたいやな」

「データの解析が忙しくて」

「嘘《うそ》やな」

熱川は眼鏡を外してレンズの曇りを拭き取り、再びかけ直した。

「お腹いっぱいになってもデザートは別腹。それとおんなじで、どんなに忙しくても観測は別もの。君はそういう人間や」

アイノがソダンキュラ地球物理観測所の研究員になって以来、欠勤は一日もない。たとえ休みの日であっても観測を怠ったことはない。風邪をひいて高熱を出しながらも観測をやめず、キティネン川の畔で倒れていたことは今も語り草になっている。フィンランド人は三度の食事よりサウナ好きと言われるが、アイノにとってはそれがオーロラだった。オーロラは生活の中心であり、なくてはならないかけがえのないものだ。

「そこに来て二週間の休暇願い。インドではオーロラ、見られへん」

「はい」

「恋人と旅行に行くんやったら君は正直に僕に言う筈や」

「…………」

「逆に言えば、単なる海外旅行なんか君は行かへん」

あぁ……。

すべてお見通しだ。やはり熱川には隠し事は出来ない。

あれから座標位置に関することを徹底的に検索してみた。岩礁の有無、魚釣りのポイント、スキューバダイビングの秘密のスポット。思いつく限りの項目を書き込んでサーチすると気になるニュースがヒットした。

『インド洋にはいまだ原因のはっきり分かっていない重力の異常地帯がある。インド洋低ジオイド地域と呼ばれ、通称は〝重力の穴〟。穴といっても広さは三〇〇万平方㎞を超えるあまりにも巨大なものだ。地上からは単なる普通の海に見える。しかし、実際にはそこだけ重力が弱くなっていて海水が周辺に流れており、インド洋低ジオイド地域の海面は世界平均より一〇六ｍも低い』

そもそも地球は完全な球体ではない。北極と南極付近はやや平らで、赤道付近は膨らんでいる。ラグビーボールとまではいかないまでも、歪《いびつ》な形なのだ。当然ながら重力も満遍に同じではなく、大小にはバラつきがある。それくらいは理系に進んだ者なら常識の範囲内だ。気になったのは、座標位置が完全にその重力の穴の中に含まれているということだった。

「おもろいな」

一連の話を聞いた熱川の感想は意外なものだった。

「面白い、ですか……？」

「そりゃそやろ。コーラス波の周波数が重力の穴の座標位置やったなんて、ミステリーの導入としては最高やんか」

「まだそうとは決まってませんが……」

「分かってる。でも君はそこに行かんと見つからん何かがあるかもしれへんと思うた。そうやな」

その通りだ。別に無いなら無いでもいい。ただ、そこに行かなければ何も無いという結論にも達しない。だから確かめに行きたいのだ。自分の五感すべてを使って。

「それでこそアイノくんや」

正直に白状して褒められるとは思っていなかったから戸惑った。

「僕も前から重力の穴は気になってたんや」

熱川は椅子を蹴るようにして勢いよく立ち上がると、左端の棚の上に置かれた地球儀の方へと大股で歩み寄った。

「アイノくん、オーロラの語源は？」

「夜明けです。ラテン語で」

「そや。明けの明星がぼんやり輝く空を見て昔の人が名付けたんやな。なんとも美しい響きやないか。だから人は皆、オーロラに魅せられる。もしもや、オーロラがオーロラいう言葉やなかったらどうやったやろ。君はともかくとして、僕はのめり込まへんかったかもしれん」

熱川は人差し指で地球儀をくるりと回転させると、インド洋を指した。

「ここにある重力の穴はそれとおんなじや。問答無用で人をワクワクさせる響きがある」

「それってあの、どういうことでしょう……？」

「アイノくん！」

「はい！」

「いつから行くつもりや」

「所長の許可が下りたらなるべく早くと考えています」

「許可する」

「……あ、ありがとうございます」

「そやけど条件がある」

今、研究ユニットで抱えているリサーチと研究は七つある。その内の二つは自分がいなくても問題はないが、オーロラの色を人工的に再現しようとするプロジェクトでは中核メンバーの一人となっている。アイノが抜けてしまえば、たとえ二週間でもプロジェクトは停止せざるを得ない。

「再現プロジェクトの方は私から事情を――」

「僕も一緒に行く」

「は？」

まじまじと熱川を見た。

「それが速攻で休暇を取る絶対条件や」

熱川はここぞとばかりに十八番《おはこ》の〝絶対〟という言葉を使った。

「……分かりました」

「そうか！」

目を輝かせて地球儀を眺める熱川の横顔は、好奇心ではち切れんばかりの子供のように見えた。


荷造りをしていて、パスポートが無いことに気づいた。

「家の引き出しだ……」

どちらにせよインドにはヘルシンキのヴァンター国際空港から出発することになる。その前に実家に立ち寄り、家族の顔を見ていこうと決めた。

アイノはWhatsAppの家族チャットにメッセージを入れ、［明日帰る］と伝えた。もちろんレコにも送った。突然の連絡はいつものことだからおそらく大丈夫だろう。

翌日、午前中だけ観測所に出てプロジェクトメンバーやヒルダに挨拶を済ませ、ソダンキュラ空港へと向かった。レコの言った通り、空港の中も飛行機も旅行者でいっぱいだった。この人達の多くがオーロラを目的として来ていると思うと自然と顔がほころぶ。飛行機はどの便も満席に近い状態だった。なんとか国内線の格安チケットを手配して、空路ヘルシンキへと飛び立った。

実家はヘルシンキ市北部のマルミ地区にある。ここにはフィンランドで最初に開港されたマルミ空港があり、フィンランド全土の中継地になっているマルミ駅がある。最近では大型のショッピングセンターが建ち並び、とても利便性が高くて人気がある。昔ながらの住宅街にもどんどん新しいアパートが建っている。

変化していく街並みを眺めながら実家の前に立った。父のアトリエを横目に眺めつつ、白壁の一軒家の方へと足早に向かう。家の中では盛大にノペアが吠《ほ》えている。ちゃんと気配に気づいているところを見ると忘れ去られているわけではないらしい。

玄関を開けると、予想通りノペアが弾丸のように高速で突っ込んできた。荷物を離して抱き留めると、シュナウザー特有の縮れっ毛をくしゃくしゃと丸めながらいい子、いい子した。

「お帰り、タハティネン」

豊かな低音の声がした。父、エリークが優しい笑みを浮かべている。

「ただいま。ちょっと肥《ふと》ったね」

「そうかい」

困り顔をしてお腹の辺りを擦《さす》るエリークを見て思わず噴き出す。

「アイノ、今、手が離せないからそっちから会いに来て」

キッチンの方から母、マレートが急《せ》かすように声を上げた。

エリークが眉毛を上げて「焦《じ》らすと機嫌が悪くなる」と囁く。

「今行くわ」

ノペアをエリークに渡すと、上着を着たままキッチンに向かった。

鼻をくすぐるいい匂いがする。髪を後ろで一つに束ね、ロヒケイットを作るマレートに後ろから抱き付いた。

「ちょっと危ない！」

「ただいま、ママ」

「お帰り」

マレートが首に回した手に触れ、「いつ振りか分かる？」と訊いてきた。

「三ヵ月くらいかな」

「もっとよ。ミルヤの誕生日以来」

大学に通っている妹のミルヤの誕生日は七月二十日だ。だから、帰省は半年も前ということになる。

「えー、そうだっけ」

「そうよ、この親不孝者」

「どうすれば赦《ゆる》してくれる？」

「たっぷり三時間は話し相手になってもらう」

時々、電話やメッセージで会話はしていても、やはり直接会うのが一番だ。後ろから回した手に力を込めた。

「ほら、鍋が混ぜられないじゃない」

レードルを摑んだまま文句を言うマレートの言葉の中に嬉しさが滲《にじ》んでいるのを感じた。アイノはしばらくマレートの背中に顔を埋め続けた。

大学から戻ってきたミルヤと、仕事を早めに切り上げて会いに来たレコ・イコーネンを加えた細《ささ》やかなホームパーティが始まった。

テーブルにはビルン家特製のロヒケイットを始め、新じゃがいものニシン和《あ》え、タマネギとじゃがいも、ソーセージを炒《いた》め、その上に目玉焼きを載せたピッティパンナ、茹《ゆ》でたマカロニとひき肉をクリームソースで和え、たっぷりとチーズを振りかけて焼いたキャセロールが並ぶ。どれもこれもが子供の頃から食べ慣れた家庭の、我が家の味だった。

最初はビールからスタートしたが、次第に度数四十超えのウオッカがテーブルの周りを巡り始める。みんなよく食べ、聞いていようがいまいが我先に喋った。話題はエリークが最近貰った賞のこと、銀行家になりたいというミルヤの将来の野望、レコの仕事振りと取り留めもなく移った。だが、なんと言っても多くの話題をさらったのは、気まぐれな兄ヴェサのことだ。

「ところでヴェサは今どこにいるの」

レコの問いかけにアイノは「オーストラリアよ」と答えた。

「それもう古い」とミルヤが言って、郵便の収納ボックスから手紙を抜き取った。

「え？　今、南極にいるの……？」

「アボア基地に兵役時代の友達がいて、会いに行くってメールが来てたわ」

マレートが苦笑交じりに呟いた。

フィンランドには徴兵制があって、男性は十八歳から二十九歳の間の五ヵ月半から十一ヵ月半、兵役に就かなければならない。女性は任意だ。ヴェサは突然大学を中退して世界中を自転車で走り回り始めた。ヨーロッパはもちろん、中国から日本にも渡っていた。

「南極か、僕も行ってみたいな」

羨ましそうなレコに、「仕事辞めて自転車で行く？」と質問をする。

「なら、アイノも一緒に」

「オーロラも観測出来るしね」

「いっそ結婚式も南極で挙げれば」

ミルヤの一言で場は笑いに包まれた。

最初の方こそはしゃいでテーブルの周りを駆け巡っていたノペアも、お腹がいっぱいになったのとはしゃぎ疲れたのとで自分用のクッションハウスに収まって眠っている。それを余所《よそ》にアイノ達は仕上げのデザートタイムに突入した。ミルヤがわざわざバケリカに寄って買ってきてくれたチョコチップクッキーが飛び出し、アイノのお腹はここ最近では見たことがないくらいまで盛大に膨らんだ。

「明日は何時の便だい？」

少し顔を赤くしたレコが尋ねる。

「夕方」と答えながらベルトを緩めた。「苦しい。機内食入らないかも……」

「はしたない娘でごめんね」とマレートがレコに謝る。

「全然。ここはアイノのホームですから」

「そう、ここは私のホームなんだからいいの」

「レコも大変ね。こんなズボラな人の面倒みなくちゃいけないんだから」

「あんた、人のこと言えんの？」

ミルヤに向かって目を細めると、「昔、あんたのバッグの中からカビたパンが一ぉっ、二ぁっ、三つ――」

「やめて！」

ミルヤからチョコチップクッキーを強引に口に押し込まれた。しかし、アイノは吐き出さず、器用に口を動かしてチョコチップクッキーを平らげた。

その様子に両親が笑い、レコが噴き出す。

ミルヤもアイノのお腹をさすりながら苦笑した。

――あぁ、なんて幸せな夜なんだろう。

この時、この瞬間に心から感謝した。


一通り食事の片づけが終わってソファで一息ついた時、ミルヤが「それでさ、お姉、どこ行くの？」と切り出した。

「言ってなかったっけ？」

「聞いてない」

「僕も知らない」とレコも続く。

「帰ってくるのも突然の人だから」

マレートが布巾でテーブルを拭きながら口を挟んだ。

「インドよ」

「インド！」

「えー、いいなぁ」

驚くレコとはしゃぐミルヤとは対照的にマレートの表情が曇った。

「どうかした？」

「何が？」

惚《とぼ》けてはいるが、マレートの顔はそれまでとは違い、あきらかに強張《こわば》っている。

「インドは広い。どこら辺に行くんだ」

昔から使っている自分用の椅子にゆったりと腰掛けたエリークが声をかけた。アイノはマレートを気にしつつも、「南の方。インド洋なんだけど」と答えた。

「インド洋……」

布巾を持つ手は止まり、視線がテーブルの端から床の方を彷徨っている。

「ママ、どうしたの？」

マレートは答えない。

代わりに「どうもしないさ」とエリークが答えた。

場の空気が変化したのを察して、ミルヤが両親とアイノを交互に見た。レコも眉を下げ、黙って成り行きを見守っている。

アイノはこの状況に戸惑いながら旅の目的を話し始めた。これはあくまでも研究の一環であって、その証拠に同行者は所長の熱川だと説明した。

「だからママ、何も心配いらないのよ」

「違うの、そういうことじゃないの。ダメなの」

「ダメって何が？」

「あそこはダメなのよ」

言っている意味が分からない。

「何？　どういうこと？」

「私は反対だから」

「だから理由を言ってよ」

アイノは少し感情的になった。

「ママは少し酔ったみたいだね」

エリークがマレートの手を握り、リビングから出ていこうと促した。

「私、酔ってなんかいないわ」

マレートがその手を振りほどくと、「アイノ、お願い。行かないで」と強く言った。

「だからその理由を――」

「ダメと言ったらダメ！」

マレートの鋭い言葉がリビングを凍りつかせた。

エリークが「さぁ」とマレートの肩を抱くようにしてリビングから出ていく。

「ママ、急にどうしたの……」

ミルヤが尋ねるが、アイノにだってさっぱり分からなかった。テーブルのグラスを掴むと、残りのウオッカを一気に飲み干した。さっきまであれほど美味しいと感じていた味が、今はどうしようもなく苦くて重く感じた。

翌日の午後、実家を出た。

結局、マレートと顔を合わせることも仲直りすることも出来なかった。マレートは寝室から一歩も出てこなかったのだ。子供の頃から言い合いをすることはあっても、一晩寝たら状況は好転していた。今回もてっきりそうなるだろうと疑わなかったのだが。

何がそこまでマレートを頑《かたく》なにさせるのか。エリークに訊いても分からないと首を横に振るだけだった。

「病気……じゃないよね？」

「違うよ。最近仕事も忙しいし、ちょっと疲れてるんだろう」

「ならいいけど」

そう答えはしたものの、まったく信じてはいなかった。

「ママのことは任せておきなさい」

ハグした時、エリークは耳元でこう囁いた。

「帰りを待ってるよ」

「パパ、ママをお願いね」

4

ヘルシンキ・ヴァンター国際空港を飛び立ったフィンエアーは、ほぼ定刻通りにインドの首都ニューデリーにあるインディラ・ガンディー国際空港に着陸した。

ここはインド初の女性首相、インディラ・ガンディーの名を冠した空港で、エア・インディアの拠点空港だ。フライト時間は八時間三十五分、距離にして五九七四・五㎞。大きな揺れもなく快適な空の旅だった。ここからインドの国内線であるエア・インディアに乗り換え、国内で最も南端にあるティルヴァナンタプラム国際空港を目指すのだが、着いたのが早朝だったので、十五時十分の出発までにはまだ九時間近く間があった。

「とりあえず座って朝食や」

アイノは熱川と共に広い空港施設を歩き始めた。初めての地であり、初のアジアである。最初は物珍しくスマホをあちこちに向けて、店先の看板や柱の模様などを手当たり次第に撮っていた。

最初に軽く頭が痛くなった。

次に胸が痞《つか》えるのを覚えた。

次第に身体が汗ばんできて、歩いているとふらふらする。

やがては吐き気が込み上げてきた。

「なんや、どうした。顔が真っ青やんか」

熱川がアイノの様子に気づき、側《そば》にあったベンチへと誘った。ほとんど倒れ込むようにしてベンチへ座ると、「なんかちょっと……変なんです……」と言った。

「もっと具体的に言わんと分からん」

喋るのも億劫《おっくう》なほど気分が悪かったが、「飛行機を降りる前はなんともなかったんですけど、着いて歩き出したらどんどん具合が悪くなってきて……」と説明した。

「なんか飲んだか？」

インドで最も気をつけるべきは水だ。これに関する逸話はネットで検索すれば幾らでも出てくる。飲んでいないと首を横に振った。

「食べもんは？」

これもそうだ。特に生ものには注意しなければならない。

「機内食だけです……」

「僕とおんなじか」

いや、決して同じではない。熱川が機内で映画を観ながらナッツやチーズやワインを口に運び続けていたのを知っている。

「ちょっと失礼すんで」

熱川が腕を伸ばし、おでこに掌《てのひら》を当てた。汗ばんでいるのが気になったが、そうも言っていられない。

「三十六度八分」

「分かるんですか……」

「僕、医大出てんねん」

出会って一年以上になるが初めて知ったことだった。

医者を目指していた熱川がなぜオーロラの研究者になったのか、元気ならすぐにあれこれ訊きたかったが、今はとても無理だ。

「水は持ってるか」

バックパックを指さす。

熱川が端のポケットからミネラルウォーターのペットボトルを取り出した。何も口に入れたくはなかったが、「ええから飲んで」と急かされてほんの僅か口に含んだ。

粘ついた口の中が少しだけすっきりする。

今度はしっかりと飲んだ。

途端、激しく咽《む》せた。

「落ち着いて、ゆっくり呼吸するんや」

熱川が背中をさすりながら言う。

「とりあえず、横になるとこ探そか」

「なんか……大丈夫みたいです」

不思議だったが、さっきよりも随分気分が良くなった。

だが、口に当てたハンカチを外した途端、また胸の痞えを覚える。慌ててハンカチを鼻と口に押し当てた。

「それや！」

熱川が声のトーンを上げた。何が「それ」なのか、苦しくて訊き返せない。代わりに目で尋ねた。

「原因はおそらく匂いやな。騙《だま》されたと思うてハンカチ外さんとそのままじっとしててみ」

言われた通り、鼻と口をハンカチで覆ったまま耐えた。一分が経ち二分が過ぎる。すると、嘘のように悪寒が治まっていくのを感じる。

「どや？」

「……いいみたいです」

「僕の診断では嗅覚過敏やな。匂いに対しての感覚過敏で、石鹸《せっけん》とか香水とか柔軟剤の匂いを不快に感じたり、満員電車なんかの人混みでいろんな匂いを感じると頭痛や吐き気を催すことがある」

――そうなのだろうか……。

これまで一度たりともそんな状態に陥ったことはない。

「ここはインドや。ありとあらゆるもんが灼熱《しゃくねつ》の太陽でじりじり焙《あぶ》られてる」

インドには濃厚な大気が満ちている。フィンランドでは絶対にない、いや、これまで生きてきた中で一度も嗅いだことのない空気の匂いは確かに感じる。

「あとな、この症状は強いストレスがかかったりしたら突発的に起きたりするんや」

脳裏にマレートの顔が浮かんだ。

原因が分かってからは匂いの対処法を片っ端から試した。その中でもっとも効果的だったのがミント系のガム、大きなマスク、その上からスカーフをするという組み合わせだった。最初はどうなることかと思ったが、なんとかティルヴァナンタプラムに移動して、その日はホテルで一泊した。

翌日、ティルヴァナンタプラム鉄道駅を十二時五分に発車した電車は更に南へと下り始めた。更にと強調したのは、既にこの町がインド大陸の南端、アラビア海に面しているからだ。ガタガタと盛大に揺れながら勢いよく走る二等級の車内には、窓が開いているにも拘《かか》わらず香辛料と土埃《つちぼこり》と人の体臭が満ちている。

アイノは窓側の席に座り、風と表現するにはあまりにも熱い熱風を浴びていた。頭には大判のストールを巻き、肌には日焼け止めクリームをたっぷりと塗って、目にはサングラスをかけている。口と鼻は大きなマスクで隠し、おまけに赤いスカーフを三角形に折って鼻から下をぐるりと覆っている。現地の人からは通りすがりに探るような視線を投げかけられる。

ゴーッという音を響かせ、電車が急カーブに差しかかった。スピードを緩めることなく突っ込むから、脱線するんじゃないかと心配になるほど車体が大きく傾く。だが、乗客は平然としてお喋りに夢中だ。隣で口を開けて寝ている熱川も目を覚ます気配はまったくない。

熱川が手にしている本が滑り落ちそうになっている。起こさないようにそっと手から抜き取った。表紙にはカラフルな装飾を施したゾウのイラストが描かれている。パラパラとページをめくってみた。それはインドのガイドブックだった。中身はすべて日本語だから内容までは分からないが、雰囲気くらいは理解出来る。観光地の写真、食べ物、ロードマップなどが詳細に載っている。折り目がついているところをめくってみると、カンニヤークマリのページだった。幾つかの個所には蛍光ペンでラインが引かれ、余白には何やら走り書きがしてある。紛れもなく熱川の字だ。

カンニヤークマリには女神を祀《まつ》る寺院があり、ヒンドゥー教徒にとって突端のコモリン岬は巡礼の聖地となっている。しかも、アラビア海とインド洋、ベンガル湾が交わり、太陽が海から昇り、沈む場所と呼ばれている。お祈りしたついでに観光も出来るという優れものの地でもある。アイノはこれらのことをネットで調べたが、熱川は昔ながらにガイドブックを開いて巡りたい場所を考えていたのだろう。

いきなり強い匂いがした。ゆで卵売りが狭い通路をこっちに向かって歩いてきている。乗客が次々にゆで卵へ手を伸ばし、バリバリと殻を割ってかぶりつく。

熱川が突然目を覚まし、「こっちもや」と手を振った。

「アイノくん、少しはお腹に入れんと持たんで」

「私は――」と言いかけたところで耐えられなくなった。

急いで立ち上がるとゆで卵売りとは反対の通路を小走りに駆け抜ける。誰もいない乗降口のスペースに辿り着くと、開け放たれた窓から顔を突き出した。熱風が勢いよくぶつかり、スカーフが盛大にめくれ上がる。吹き飛ばされるくらいの圧で息も出来ないくらいだが、それがとても心地好い。

狂ったように茂ったヤシやバナナの森を見つめながら、その向こうに広がる青い海の匂いを念じるように思い浮かべた。

——あと一時間……。

駅のホームに降り立った途端、またしても強烈な太陽にジリジリと焙られる。一秒でも早く構内に逃げ込みたいが、ホームはとんでもなく長く、しかも人でごった返している。スーツケースとバックパックという大荷物を抱えたアイノと熱川は、後ろから押され、横から体当たりされ、靴を踏まれながらもなんとか構内に滑り込んで一息つくことが出来た。

「アイノくん、ここから先のプランは?」

滴り落ちる首の汗をタオルで拭いながら熱川が尋ねる。

「まずホテルにチェックインしましょう」

「ほな行こか」

スマホでグーグルマップを見ながら商店街の方へと足を向ける。そこはまたもや人混みだった。路面のアスファルトはあちこちひび割れ、陥没し、風が吹く度に盛大に土埃が舞う。マスクの上からスカーフを巻いていても、匂いも土も容赦なく鼻や口に入ってくる。

「ちょっと待っててや」

熱川が屋台に飛び込んだかと思うと、ポテトの包み揚げを買ってきた。

「これ、サモサ言うねんて」

そうやって実に美味しそうに頬張る。眼鏡に土が付いているが、動じた様子など一切ない。

「アイノくんの分もあるから心配いらんよ」

熱川がユニークで好奇心旺盛なのは分かっていたが、これほど物事に動じないタフな性格だったとは知らなかった。一緒に行くと言われた時は流石《さすが》にギョッとしたが、正直なところ、熱川が一緒でなければここまで辿り着けていたかは自信がない。

人混みを掻き分けながら歩くこと二十分、ようやくグーグルマップの指している場所に着いた。

「ここはなんや」

「ホテルです」

「これがか」

熱川が疑うのも無理はなかった。ワールドグランドホテルという大層立派な名前の建物はコンクリート製の三階建て。一階は店舗になっていて、上二階がおそらく宿泊用の部屋なのだろう。しかしそこには洗濯物が風になびき、廊下側には布団が干してあり、その上には鳥が止まっている。ベージュ色の壁はあちこちひび割れ、剝《は》がれ落ち、電線が垂れ下がっている。一番目を疑うのが一階の店舗前に牛がいることだ。辺りには盛大に糞《ふん》が落ちていてハエが飛び回っている。

「人も食べもんも外見やないからな。中身良ければすべて良しや」

熱川はあっけらかんと言い放つと、先に立ってホテルの入り口らしき場所に向かった。大きな目玉を剝《む》き出しにしてこっちを睨《にら》む牛に「どないや」と声をかけ、ペシペシとお尻を叩く。アイノはおっかなびっくりしながら牛を大きく避けつつ建物の中へと飛び込んだ。

「どうも。こんにちは」

ロビーというより食堂とでも呼んだ方がいいような空間に熱川の声が響く。テーブルの上にはチャイが置かれ、浅黒い肌の老人達が大きな声で喋っている。まるで近所の茶飲み友達が集まって暇つぶしをしているような感じだ。そんな老人達の物珍し気な視線など物ともせず、熱川は椅子に座ると「あーしんど」と大き過ぎる独り言を吐いた。

アイノは真っ直ぐにカウンターの前に向かった。奥の小部屋にはお婆《ばあ》さんが座っているのが見える。目の前にはノートパソコンが置かれ、グラフのようなものが画面に映っている。相場の画面だった。

「ナマステ」

声をかけるとお婆さんがチラリと視線を向け、すぐに怪訝《けげん》な目になった。

「予約したアイノ・ビルンです」

お婆さんはスマホを摑むと、親指で素早く画面をスクロールさせていく。

「あぁ、入ってる。二人で本日から五泊」

流暢《りゅうちょう》な英語だった。ちゃんと予約も出来ていたようでホッとする。でも、ハイテク機器が使えるのなら予約完了のメールくらいくれたらいいのにと思わずにはいられない。

「あの、船の方は？」

「アルナブ」とお婆さんが呼んだ。

入り口からロビーへ、スルリと少年が入ってきた。日焼けは当たり前、半袖に半ズボン、足にはボロボロのサンダルという出《い》で立ちだ。

「全部あの子が分かってる」

そう言うや、お婆さんは再び視線をパソコンの画面に戻した。

食事も、部屋番号の説明もなく、宿泊台帳にサインすら求めてこない。振り返ると、アルナブと呼ばれた少年が熱川とアイノのスーツケースを抱えて階段を上り始めていた。

「ついていってことやろな」

熱川はアルナブの後から階段を上り始めた。

「君、幾つや」

「働きもんやなぁ」

「ここの子なんか」

熱川が何を訊いてもアルナブと呼ばれた少年は答えない。

それでいて熱川も嫌な顔一つしない。

「無口は美徳や。僕なんか喋りやから失敗してばっかりや」

一人でツッコんで一人で笑っている。

その間にもアルナブは三階の狭い廊下を進み、スーツケースをそれぞれ扉の前に置いた。

アイノはヒンディー語で「ダンニャワード《ありがとう》」と言った。

ニコリともせず、アルナブはそのままくるりと踵《きびす》を返した。

「待って」

慌てて呼び止めると、「船はどうなってるの」と一番気になることを尋ねた。アルナブはポケットからスマホを取り出し、もう一度喋れとジェスチャーする。

「船はどうなってるの」

今度はアルナブがスマホに向かって何事かを喋った。画面をアイノの方に向ける。そこには「明日の朝、六時にロビー」と英語で書かれている。

「今日は無理なの？」

重ねて尋ねると、アルナブはそれ以上何も言わずにさっさと廊下を歩き去った。

「ちょっとあれ、無愛想過ぎません？」

「アイノくん、しゃあない。郷に入っては郷に従えや」

そうは言ってもやはりこのままでは不安だ。船を確認したり、可能なら船長とも会って少しでも打ち合わせをしておきたい。

だが、熱川は首を捻《ひね》ってコキコキと音を鳴らすと、「明日に備えて今日はしっかり食って寝るとしよう」と言いながら半開きになったドアを肩で押して部屋の中へと入っていった。

「ふぅ」

アイノは大きな溜息をつくと、自分にあてがわれた部屋のドアを押し開けた。


またあの夢を見た。

透明な球体が海の中にある。ゆらゆらと揺れてはいるが、まるで碇《いかり》でも下ろしているかのようにその場から動かない。アイノは近くで透明な球体を眺めている。見られていることを知ってか知らずか、時折球体の表面が虹色に光った。その輝きはオーロラのようだった。波に呼応するかのように揺らめく光に魅せられ、いつしか球体に近づき、「来たよ」と呼びかけた。

球体が何か囁いている。

でも、何を言っているのか分からない。

手を伸ばした。

球体が包み込むように形を変えていく。

アイノはその中へと溶け込んでいった。

5

早朝六時過ぎだというのに、こんなに暑いなんて信じられない。スマホで気温を調べると、とうに二十五度を超えている。あらためてインドが太陽と共にある国だと知る思いがした。

港では昨日と同じように無口のまま、アルナブがスキューバダイビングのタンクやレギュレータを小型船に積み込んでいく。青と白で塗り分けられた船体は見たところそれほど古そうではなく、もっと最悪の想像をしていたアイノを少しだけ安堵《あんど》させた。熱川はアルナブの様子をスマホで撮影しながら、「こっち向いてや」「笑って」と仕事の邪魔をして愉《たの》しんでいる。

「船長は？」

尋ねてもアルナブは何も答えない。翻訳用のスマホも取り出さない。案の定、小型船を操縦するのもアルナブだった。慣れた手つきで岸壁に繫いだもやい綱を外し、周囲を見回しながら片手で舵《かじ》を操るアルナブは堂に入っている。アルナブを眺める熱川は感心しきりで、さっきからずっと「カッコえぇなぁ」を連発している。こうなってはもう仕方がない。アイノも腹を括《くく》ることにした。

岸壁を離れた小型船は盛大にエンジン音を響かせながら、他の船の間をすり抜けるようにしてインド洋を一路南へと走り出した。オレンジ色の朝日が波間を眩《まばゆ》く照らす。音に驚いたトビウオの群れが羽を煌《きら》めかせて飛び跳ねる。次第に離れていく街並みが煙るように美しい。インドに来て初めて、いや、この旅に出てようやく心が解放された気がする。

沖に出て潮の香りが深く濃くなるにつれ、アイノはスカーフを外し、マスクを外し、ミントのガムを嚙《か》むのを止めた。何にも遮られることなく目一杯深呼吸した。停止していた細胞が目覚め、身体中に血が駆け巡るのを感じる。

「もう遠慮はいらん。ここは海の匂いだけや」

「最高に気分いいです！」

頬に当たる波飛沫《しぶき》を受けながら、突然「ワーッ！」と大声を張り上げた。

熱川が「ワハハ」と笑いながらスマホを向ける。

「アイノくん、もういっぺんや！」

「ワーッ！」

「ええぞ！」

内側から溢れ出る喜びのままに大笑いした。

「へぇ、そんな顔してたんだ」と声がした。振り向くと操舵室から顔を出したアルナブと目が合った。

「英語喋れたの？」

「まぁね」

「じゃあなんで喋れないフリしてたのよ」

「怪しいやつを警戒すんのは当然だろ。婆ちゃんもそう言ってたし」

「フロントの？」

「そう。シュリア婆ちゃん」

こっちにはまったく関心なさそうな素振りだったのに、孫にはしっかりと注意を与えていたようだ。聞かなくてもどんな中身だったのかはだいたい想像がつく。

「こっちに来ていろいろ大変だったのよ」

「へぇ」

アルナブは知ったこっちゃないというような態度だ。

「あの牛は誰のや」

熱川が話題を変えた。

アルナブはすぐに熱川の問いには答えず、「あの人の英語ってなんか変じゃない？」

と小声で訊いた。

「関西人なの」

「カンサイジン？」

アルナブは怪訝な表情のまま熱川の方を向いた。

「爺《じい》ちゃんのさ。ラーヒズヤって言うんだ」

「戻ったらラーヒズヤって声をかければええんやな」

「違う、爺ちゃんの方。牛には名前なんか無い」

「名前無いんか」

「野良だもん。一緒に写真撮りたいって人がいるからあそこで待ってるのさ」

正確には「留めている」だろう。ワールドグランドホテルは親族経営しており、孫が操縦する小型船でクルーズに乗り出し、野良牛と一緒に記念撮影させてはお金を取る。どこまでも商魂逞《たくま》しくて驚かされる。おそらくは相場の画面を睨んでいたシュリアという名のお婆さんの采配に違いない。

「ちなみにシュリアってどんな意味なの」

アルナブは照れくさそうに鼻を掻くと、「美しい」と答えた。

「じゃあアルナブは?」

「海」

こちらは打って変わって誇らしげだ。

——また海だ。

アイノはまたしても繋がった不思議な符合に胸がざわめいた。

「どうかした? 酔ったんじゃないよね」

「まさか。こんなに気分がいいの久しぶりよ」

「なら良かった」アルナブはそう言うと、「朝飯にしよう」と言った。

ホテルが用意した朝食はロティという平たいパン、青唐辛子とターメリックが香るエッグブルジ、そしてミルクと砂糖入りの甘いコーヒーだ。エッグブルジはインド風のスクランブルエッグで、ピリッとした辛みと甘くて豊かな香りのコーヒーとの相性が抜群だった。猛烈な空腹感を覚えて夢中で食べた。アルナブはその様子を満足そうに眺めながら、「婆ちゃん、人使い荒いけど、エッグブルジは世界一さ」と高らかに言った。


何もない大海原をひたすら走る。他に船はいない。港を出て二時間以上が経過したが風景が何も変わらないから時間の経過がピンとこない。

朝が早かったせいか、それともお腹が満たされたためか、熱川はフィンを枕にすやすやと眠りについている。アイノは何度かスマホのコンパスアプリで方向と位置をチェックした。小型船は真っ直ぐに座標位置へと向かっている。

「君もこれを使ってるの？」

スマホを掲げてみせた。

「何それ」

「コンパスアプリ」

アルナブは海図を見ているような素振りはない。粗末な操舵室にも最新のジャイロコンパスのようなものは積まれていなかった。

「なんか言いたそうだね」

「どうやって場所が分かるのかなって」

「さて、なんででしょう」とアルナブがおどける。

「教えなさいよ」

「急に命令口調かよ」

アルナブはしばらく頭を掻いたり遠くを眺めて勿体《もったい》ぶっていたが、アイノが向ける厳しい視線に根負けして、「そこには何度か行ったことあるからさ」と言った。

「――え?」

「びっくりしたって顔だね」

「……信じられない」

「みんなそう言うんだよな」

「みんな……?」

ますます混乱する。

「その話、もっと詳しく教えて!」

「あぁ、その反応も同じ」

「いいから早く!」

アルナブの話によれば、これまでに同じ座標を訪れたのは六名だという。名前や年齢は覚えていないが、男性が二人と女性が四人、歳はアルナブの祖母と同じくらいの人、もっと若いけど中年で五十代くらいの人。その中でアイノは飛び抜けて若いのだそうだ。

「出身とかは？」

「インドの人がいたよ。あとは台湾だったかな。それから白人とか黒人もいた」

――どういうこと？

「ねぇ、そこに何があんの？」今度はアルナブが訊いた。「すごいお宝とか？」

「分からない……」

アイノの返事にアルナブが眉をひそめる。

「分からないで行くのかよ」

「分からないから行くのよ」

アルナブは納得いかない顔で「へぇ」と鼻を鳴らすと、遠くを見た。

「それもみんな一緒なんだな」


アイノは小型船の舳先《へさき》に座って物思いに耽《ふけ》った。自分と同じようにこの場所に呼ばれた人達がいる。アルナブは六人だと言ったが、もしかするとその前にもいるかもしれないとも付け加えた。

以前の船長は父親だったそうだ。父親は三年前、母親と一緒にムンバイに出て、今は果物のプランテーションを学んでいるのだという。戻ってきたら一緒に農園をやる計画なのだそうだ。本当に商魂逞しい家族だ。その父親が食事の時に、「南に下って欲しいって言ってる客がいる」という話を母親としていたことを覚えているという。

アルナブが案内した人は皆揃《そろ》って海に入り、しばらく辺りを泳ぎ回った後、「もういい」と告げて引き返した。アルナブには何がなんだかさっぱり分からなかったそうだ。

――あぁ、なんだか頭が混乱してきた。

行動を起こしたのが自分一人じゃないということをどう受け止めればいいか分からず、ただぼんやりとだだっ広い海を眺め続けた。

目的地に着いたのはそれから小一時間近く経ってからだった。

アイノはコンパスアプリで位置を確かめた。船体の揺れや潮流の影響を考えても、ここがおおよそ指定された座標であることは間違いない。

「ほんまになんもないな」と熱川が周りを見回す。

「そりゃそうさ。海の真ん中だもん」

アルナブの笑みは当たり前のことを言うなと言わんばかりだ。

「でも、毎回思うんだよね、今度はもしかしたら何かあるかもしれないってさ」

「毎回？　そりゃどういう意味や？」

「オッサンが寝てるからいけないんだ」

いつの間にか熱川はオッサン呼ばわりされている。

「アイノくん、なんや？」

「あとでお話しします」

水着の上からウエットスーツを着込むと、一〇ℓ入り、二・六kgの空気ボンベを背負った。スキューバダイビングはこれまでに何度か経験がある。足の着かない場所で潜ることにもあまり恐怖心はない。

「それ取って」

ウエイトを指した。アルナブはウエイトを持ち上げると、身体に巻き付けるのを手伝った。

「さっきさ、みんな海に入ったって言ってたけど、潜った人は？」と小声で訊いた。

「あんたが初めてだよ」

ここで道が分かれた。

「気ぃつけてな。じっくり見るんとがむしゃらに見るんはまったく違うで」

熱川がスマホを向け動画を撮りながら研究者の心得を説く。

「行ってきます」

マスクをしっかりと押さえ、バックロールで海に入った。そのまましばらく海面に浮いたまま海の中を眺める。深い青がどこまでも広がっている。

――この色、知ってる。

夢の中で見た色と同じだと思った。

――あとはこの青に引き寄せられるようにして潜っていけばいい。

アイノは甲板からこっちを見つめている熱川とアルナブに手を振ると、レギュレータをしっかりと咥《くわ》え直してゆっくり大きな動作で水を掻きながら潜っていった。

深度計がメモリを刻んでいく。太陽の光を受けて輝いていた海も、深度が一〇mを越える頃になると様子が変わり始める。何度か耳抜きをしながら周囲を見つめ、少しずつ潜っていった。

深度が三七mになった時、それは現れた。

夢で見た通りの透明な球体がそこにあった。目の前に現れるととても不思議な気持ちになった。実物は遥かに大きく感じる。直径はどれくらいあるのだろう。五m、いやもっとあるかもしれない。

――来たよ。

心の中で球体に呼びかけた。透明の球体がアイノの言葉に応えるかのように柔らかく光った。

近寄ると片手を伸ばした。透明の球体は大輪の花が咲くように周囲に薄膜を伸ばすと、大きく包み込むようにしてアイノの身体をくるんでいく。まったく怖くはなかった。光の粒子が身体にまとわりついている。そう見えたが、自分の身体そのものが光の粒子に変化しているようだった。

――ダメ……。眩しくてもう目を開けていられない……。

瞼をきつく閉じても皮膚を貫通して光が溢れてくる。それでも意識ははっきりしていた。

数字を唱えた。

その数がもうすぐ八十に届きそうになった時、変化を感じた。

……ふわりと風が頬を撫でた。

類がない

［ばかげた、とんでもない、信じられない］

6

——海の中にいる筈なのに、どうして頬に風を感じるのだろう？

その理由が知りたくてなんとか目を開けようとするのだが、眩しくてどうにもならない。

アイノは身体を丸めて小さくなり、更に両手でマスクを覆った。こうしているとさっきまでの瞼を貫くような光は僅かではあったが弱まった。

ゆっくりと、微かに、目を開けてみる。一瞬、目の奥にピリッとした痛みが走った。しばらくそのまま様子を見てみたが、痛みがそれ以上強くなることはなさそうだった。少しずつ目を開けていく。だんだんと光に慣れるにしたがって薄っすらと色を感じた。赤い。

——なぜ……？

さっきまでいた世界に赤が入り込む余地は一切ない筈だ。混乱しながら周囲に手を伸ばした。ザラッとした手触りを感じた。手袋を外し、もう一度手を伸ばす。少し摘《つ》まんで指先で揉《も》んでみた。

この感触は紛れもなく土だ。

そう思った途端、全身にずしんと重力が圧《お》しかかってきた。マスクを外し、口に咥えっ放しのレギュレータを剝ぎ取り、必死に念じながら目を凝らす。ぼやけた視界が次第にはっきりしていく。

そこには青い空と白い雲があった。動物が群れをなし、のんびりと草を食《は》んでいる。小麦色と緑色の交ざり合った草原の奥には水辺があって、そこにも動物が群れている。その周辺には赤土の丘陵が幾つも重なり合うように存在しており、まるで高さを競っているかのようだ。

——なんだ、そういうことか。

これは現実じゃない。おそらくダイビング中になんらかの事故が起きたのだ。心神喪失状態で見ている夢。もしくは、考えたくもないけれど死後の世界。本当の自分は今頃海の底か小型船の甲板に横たわっているのだろう。

そんな思いを打ち消すかのようにいきなり突風が吹いた。

砂塵《さじん》が巻き上がり、身体ごと風に圧されてゴロゴロと転がる。数メートルほど飛ばされた後、岩の窪《くぼ》みに滑り落ちた。背中と脇腹をしたたかに打ちつけ、息が出来ないくらい激しい痛みに呻《うめ》いた。涙が滲んだ。この痛みは正真正銘、本物だった。

突風はまだ続いている。

窪みに嵌《はま》ってそれ以上吹き飛ばされることは防げたが、身体がくの字に折れ曲がってしまっている。背負ったままの空気ボンベを外そうとベルトに手を伸ばすが、どうしても脇腹までは届かない。呻き声を上げながら懸命に身体を横向きに捩《よ》じった時、砂塵の中から何かが近づいてくるのが見えた。太くて鱗《うろこ》に覆われた黒っぽい足、三本の指先には鉤爪《かぎづめ》があり、歩く度にそれが赤土にめり込む。ダチョウやエミューに似ていると思った。

「キュルルル」

鉤爪の主が唸《うな》る。挨拶や喜びを微塵《みじん》も感じられない低い声だった。

トラは獲物を前にすると、低い低周波の音を出して相手を麻痺《まひ》させると昔何かの本で読んだことがある。この状況で麻痺なんてさせられたらそれこそ一巻の終わりだ。

「ウーッ」

アイノもお返しとばかりに唸った。

鉤爪の主が歩みを止めた。

「ウォォォォォ」

ここぞとばかり、人生で一番低い声で畳みかける。

しかし、女の声帯では男のように低い声は出ない。しかも、この体勢では声量にも限界があった。

鉤爪の主は再び前進を始めた。もはや幾ら唸っても叫んでも歩みはまったく鈍らない。

見知らぬ場所で動物の餌《えさ》になる。自分の最期がそんな運命だなんて受け入れたくはない。

「誰か――」

「目を閉じて、口は開けておいてください」

唐突に男の声がした。考える間もなく「早く！」と急かされる。言われた通り目をつぶり、口を半開きにした。

いきなり何かが覆い被さってきた。反射的に「ギャッ」と声を上げる。何かに耳を塞がれた。その直後、辺りに激しい光と音が弾けた。

「ギュワーッ！」

鉤爪の主が苦しそうな声を上げた。

再び猛烈な突風が巻き起こる。さっきとは比べ物にならないくらい激しい砂塵が巻き上がった。

颪は急速に収まっていき、アイノを覆っていたものが離れた。

「どうやら諦めてくれたようです」

目を開けるとそこに見知らぬ男が立っていた。

白人だった。眉が太く、意志の強そうな雰囲気を漂わせている。ダークグレーのスーツに身を包んだ体格はがっちりしていてアスリートを思わせる。年齢は四十代後半から五十代半ばだろうか、身長は一八〇cmを優に超えている。

「……だ、だ」

誰だと言いたいのだが、混乱して上手く呂律《ろれつ》が回らない。口の中も砂だらけだ。男は「失礼」と言うや、腰に付けた幅五cmのウエイトベルトを掴んで、身体を軽々と岩の窪みから引っ張り出した。

「耳は大丈夫ですか。口を閉じていると鼓膜に異常が――」

返事の代わりに男を思いっきり突き飛ばした。そのまま脱兎《だっと》のごとく駆け出す。だが、数歩も行かないうちに足がもつれて前のめりに倒れ込んだ。その反動で背負った空気ボンベが大きく弾み、後頭部にぶつかった。

「ウウッ……」

あまりの痛みに目が眩《くら》み、何度目かの呻き声を上げた。足元を見るとまだフィンを履いたままだ。

「怖がる必要はありません」

特に怒った風もなく男が言った。

「動かないで！」

男を見据えたまま鋭い声を上げた。

男は穏やかな佇《たたず》まいを崩さない。

「ここはどこ……？　あなたは――」

誰なのかと問いかけた矢先、やにわに男の手が伸びて外したレギュレータを口に押し込まれた。激しく男の手を振り払おうと抵抗したが、男は「しっかり咥えてください」と言ったまま手を離さない。男の力は強く、暴れてもびくともしない。強引に手に爪を立てたが男に怯《ひる》んだ様子はまったくない。尚《なお》も逃れようと抵抗を続けたが、急激に心拍数が上がって胸が苦しくなってきた。息が詰まる。身体からみるみる力が抜けていく。もはや抵抗どころではなくなった。

「落ち着いてゆっくり口呼吸するんです。吸って」

「スーッ」

「吐いて」

「ハーッ」

「そうです、その調子」

「スーッ、ハーッ。スーッ、ハーッ」

サバンナに盛大な呼吸音を響かせながら、男の調子に合わせて繰り返した。早鐘のようだった鼓動が少しずつだが落ち着きを取り戻していく。

「ここはβ《ベータ》と大気の成分が違うので少しずつ身体を慣らす必要があります。面倒ですが、まだこれは外さないようにしてください」

男はそう言うと、血の滲んだ手をレギュレータから離した。

さーっと滑るように地面を黒い影が横切った。

次の瞬間、男はアイノを抱えて再び岩陰に飛び込んだ。

「また――」

「静かに！」

さっきまでとは別人のような鋭い視線を空に向けている。男の肩越しに大きな鳥がゆっくりと旋回しているのが見えた。

「あなたを襲ったものと同一の個体です。名前はボウア、肉食で性格は獰猛《どうもう》、狡猾《こうかつ》。鋭い鉤爪と大きな嘴《くちばし》で獲物に襲いかかります。翼を広げると一五mくらいあります」

一羽だった鳥が、二羽、五羽、七羽と群れを成していく。

「どうやらこの近くにはボウアの巣があるようですね」

男の声は低く、落ち着いてはいるけれど、危険を孕《はら》んでいるのが伝わってくる。いつの間にか男の手には金属質の黒い筒状のものが握られていた。

「スタングレネード閃光弾《閃光弾》をむやみに使用してはいけないという決まりがあるんですが、この状況ではそうも言っていられません」

男はまるで自分に言い聞かせるように呟くと、「ボウアが怯んだ隙に車に乗り込みましょう」と言った。

ボウアの群れは旋回しながら少しずつ高度を落としている。その様子は集団で狩りの態勢を整えようとしているようにも見える。じわじわと迫ってくる感じがやけに怖ろしい。タカに狙われたネズミやウサギはこんな心境なのかもしれない。

一羽のボウアが「ギィーッ」と啼《な》いた。

それが合図だった。

弧を描いていた群れが滑空してくる。

男がスタングレネードに指をかけた。

アイノはさっきと同じように口を半開きにして自分の手で両耳を塞いだ。

その時だ。

赤い大地を突き破って何か大きなものが飛び出すのが見えた。爆発したかのように岩と土煙が舞い上がり、太陽が遮られて辺りが薄暗くなった。さっきとはまったく違うボウアの金切り声がする。ボキッと鈍い音がした。何が起きているのかまったく分からない中、ドスンと目の前に黒い塊が落ちてきた。

大きな羽と鱗の生えた太い足、三本の鉤爪が見える。オレンジ色をした長い嘴とそれと同じくらい長い後頭部、初めて目の当たりにしたボウアが血の泡を噴き出しながら痙《けい》攣《れん》していた。

アイノは恐怖と驚きで息をするのも忘れ、咥えているマウスピースを強く噛んだ。

「こっちです！」

男が手を摑んで土煙の中を走り出した。空気ボンベがガシャガシャと音を立て、面白いように背中で跳ねる。

走りながら周りを見た。土煙の中で何か大きなものの影が浮かんだり消えたりしている。それは鞭《むち》のようにしなり、右に左に動く。まるでお伽話に現れるドラゴンの尻尾のようだ。怖いというより、断片的過ぎて何が起こっているのか分からない。今はバランスを崩して転ばないようにとそれだけに集中した。

「ハァハァ」

息が上がる。

胸が苦しい。

肺が破れそうだ。

これ以上はもう無理だと思った時、男は急に立ち止まった。

アイノは膝を折って喘《あえ》いだ。無意識にレギュレータを外そうと手が伸びたが、なんとか踏みとどまった。

「よく頑張りましたね」

男は手を伸ばし、何も無い空間を撫でた――ように見えた。すると突然、楕円《だえん》形のドアが現れて音もなく開いた。

混乱したまま男に抱えられて車内へと押し込まれそうになった時、再び地面が大きく揺れた。背中を支えていた男が仰向けに倒れ、アイノも一緒にバランスを崩して地面に転がった。身体を起こそうとするが、あまりの揺れの激しさにどうすることも出来ない。

水辺の側にある赤土の丘陵、その一つがゆっくりと動いている。丘全体が盛り上がり、まるで風船が膨らむように縦に横にと伸びていく。バラバラと岩や土が剝がれ落ち、その下からは焦げ茶色の地層が現れた。収まりかけていた土煙が再び舞い上がり、地面に転がった無数のボウアの上に降り積もる。その間にも亀裂はどんどん大きくなり、谷間から地層が迫《せ》り上がってくる。

「私が起こしてしまったんだ……」

アイノは男の言葉に耳を疑った。信じられないことにヘビが鎌首をもたげるように焦げ茶色の地層の先端が上向いた。目を引くのは頭部の形状だ。そこには小さな顔があった。青い目、鋭い歯、鼻先には角《つの》もある。これと同じような形をしている。半円で、ちょうど三日月が寝そべっているような形をしている。これと同じようなものをどこかで見た記憶がある。日本の侍が被ったといわれる兜《かぶと》だ。

巨大生物がぶるっと身体を震わせた。震えは背中から腰を通り、途轍《とてつ》もなく太い尻尾へと伝わった。

「ガァーッ」

巨大生物が吼《ほ》えた。

数百の雷が一斉に轟《とどろ》いたかのような大音響が大気をビリビリと振動させる。アイノは身も心も強烈に揺さぶられた。

瞬間、目の前が暗くなった……。

目を開いて最初に感じたことは、やけに頭が重いということだった。

少し吐き気もある。

一年に何度かあるキッツめの生理痛。目覚めとしては最悪の部類だ。

——ここはどこだろう？

目だけを動かして辺りを見回す。円筒形をした空間の中で横になっていることは確かなようだ。周囲は白寄りのベージュで統一されており、椅子やテーブルといった家具はない。がらんとした空間だ。眩しくもないし匂いもしない。ただ、さっきから身体に軽い振動を感じる。

「気がつかれましたか」

アイノはビクッと身体を震わせた。さっきの男の声だった。質問には答えず上体を起こそうとすると、激しい眩暈《めまい》を感じて再び寝そべった。

「衝撃音で失神された際に、少し不整脈を起こされていました。今はバイタルサインの方も安定してきています。車内の大気成分をβと同じに設定していますから、直に楽になると思います」

いつの間にか空気ボンベやレギュレータ一式が外され、床に置かれている。息をしてもさっきみたいに胸が苦しくなるような感じはしなかった。

「マウスピースは千切れていましたので処分しました」

男の落ち着いた声、淡々とした物言い、とても居心地が悪い。

「これは何？　テレビ？　それとも映画の撮影か何かですか？」

「これは現実です」

現実という言葉を耳にした瞬間、アイノの頭の中は怒りで真っ白になった。

「そんな筈ないじゃない！」

叫ぶと同時に上体を起こした。

ふらつきを覚えたが構わなかった。

壁を探り、ドアノブを探す。

しかし、一向にそれらしきものがない。

「ここを開けて！」

「血圧が上昇しています。もう少し横になっておられた方がいい」

「早く！」

「抗不安薬はソファ下にある救急セットに。お酒ならあなたの後ろにある――」

「開けてってば！」

手当たり次第に壁を叩き、蹴った。

状況は何も変わらない。

ついには立ち上がって空気ボンベを摑んだ。

「開けないとこれを――」

それまでベージュ一色だった空間の上半分がみるみる透けていき、外の景色がはっきりと見えるようになった。いわゆる窓というものではなく、天井から両サイドにかけて一面がガラス張りのようになっている。これと近いものを例えるなら、レーシングカーや戦闘機で操縦席を覆っている透明の庇《ひさし》、そう、キャノピーだ。

前方の運転席には男が座っている。そこも普通の車の運転席とは違っており、見慣れた丸いハンドルはなく、計器盤もない。代わりに空中ディスプレイがあるだけだ。

男が空中ディスプレイにタッチすると、運転席が回転してこっちに向いた。

「申し遅れました。私、ゲオルギー・ドブロボルスキーと申します」

ロシア人っぽい名前だと思った。あらためて聞けば「V」と「W」の発音が少々分かりづらい。ロシア訛りの英語の特徴だ。

「ここはどこなの……」

「あなたにはもう分かっている筈です」

ゲオルギーはアイノを見つめたまま答えない。

嘘……。

まさか……。

そんな……。

今、頭に浮かんでいることを認めたくない。

「真っ直ぐに手を伸ばしてください」

ゲオルギーの言うままに、何もない空間に手を伸ばす。すると、いきなり眼前にディスプレイが現れた。

「何これ……」

「RPT（再帰性投影技術）と人体ネットワークを組み合わせた技術です。生体電気センサーでデバイスの立ち上げがどこにいても可能なのです」

ゲオルギーが何を言っているのかまったく理解出来ない。だが、考える間もなく、浮かび上がったディスプレイから映像と音楽が流れ出した。

現れたのは金髪の女性だった。

「私はジェンドリン・トール。自然環境局で主任をしている生物学者よ。ジェーンと呼んで」

歳の頃は二十代後半か三十代前半だろうか。ノーメイクで日焼けした肌にはそばかすがある。綺麗な人だ。それに、どこからどう見ても人間だし言葉も流暢な英語だった。

変わったところといえば女性の肩に見慣れない生物が乗っている。身体全体に羽毛が生えているが鳥ではない。伸ばした腕の先には三本の長い爪が生えているが猿でもない。

「こっちは相棒のグーフ。私が卵から孵《かえ》したの。ほらグーフ、挨拶して」

ジェーンがそう言いながらグーフの頭を撫でると、グーフという名の見慣れない生物は「クァーッ」と一声啼いた。首元は赤、背中から手までは青、下半身は黒の羽毛で覆われており、四本の長い尾羽がピンと立っている。鳥のようではあるが絶対に鳥ではない。あえて言うなら——恐竜だ。

「いろいろとびっくりしてる最中だと思うけど、自力でこっちを見つけたんだし、すぐに理解するわよね」

——え、今、なんて……？

「地球は一つじゃない。α《アルファ》とβ《ベータ》、二つの連星からなる双子星よ」

「そんな……！」声が上擦《うわず》った。

モニターが切り替わり、星図が映し出される。太陽が中心にあり、地球ともう一つ、同心円上に知らない惑星が描かれている。

「位置関係はだいたいこんな感じ。こんな風に三つの天体が安定して滞在できる座標点のことは知ってるわよね？」

「ラグランジュ点……」

「その通り」

ジェーンの合図で、それまで止まっていた二つの惑星が公転を始めた。

「こんな風にＴｅｒｒａ―αはＴｅｒｒａ―βを追うようにして太陽の周りを巡ってる。ほぼ二ヵ月遅れで二つの星はまったく同じ軌道を巡っているってわけ。αとβの質量はほぼ同じだから、釣り合うのにはそれが幸いしたんだろうね」

「ちょっと待ってください！　五千年前にはもう、人類が星を動物に見立てて星座を描いていました」

「こっちはもっと早いけど、あなたの住むβはそれくらいか」

「なのに、Ｔｅｒｒａ―αなる星はそこにはなかった。いや、どこにもなかった。これまで何千、何億、何百億の人々が空を見上げてきたのに、こんなに近くにある筈の惑星の存在に、誰も、まったく、一切気づかないままなんてどう考えてもあり得ません！　存在を消すでもしない限り――」

ハッとした。

空間に浮かぶディスプレイを見つめ、その後ろに自分の手を翳《かざ》した。手首から先がディスプレイに掻き消されて見えなくなる。

「続きはまたあとでね」

ジェーンはそう言うとディスプレイごと掻き消えた。

アイノは視線を上げて向かいに座っているゲオルギーを見た。

「私に与えられた役目は三つ。あなたに信号を送り、お迎えし、送り届ける。それだけです」

7

キャノピーの外は相変わらずサバンナの風景が広がっている。車に乗ってからそれなりに時間が経っている筈だが、景色は一向に変わらない。

いや、そもそもこれは本当に車なのか。百歩譲って車だとしても、存在していないものが多過ぎる。ドアもハンドルもバックミラーも無い。エアコンもナビだって無い。軽い振動は感じるが、それがエンジンなのかすら怪しい。本当は全部そこにあって、自分にだけ見えていないのかもしれない。

身の回りに起きている現在進行形の出来事を客観的に考えようと思うのだが、頭が滑らかに動かない。あまりにも信じられないことが多過ぎて、脳の回路がショートしたみたいだ。横になって眠ろうとして何度か目を瞑《つむ》ってみるものの、途端に頭の中で細切れの記憶が入り乱れて気持ちが昂《たか》ぶり、全然睡魔がやってこない。

「これからトンネルに入ります。少し揺れますが走行にはまったく問題ありません」

久しぶりにゲオルギーが口を開いた。

気がつくと、右からも左からも無数の丸いものが集まっている。ベージュ色をして形は楕円だ。ぱっと見、卵のようにも見える。

大きさは小さいものから大きいものまでまちまちで、並走しているところを見るとおそらくこれが車の外観なのだろう。やはり知っている車とは大きくかけ離れている。しかも、さっきまで一台たりともいなかったというのに、いつの間にかこれだけの数が集まっている。これも姿が見えなかったということだろうか……。

無数の車が次第に一ヶ所へと集約されていく。トンネルの前には長蛇の列が出来ている。高速道路の料金所に沢山の卵が並んでいるようでちょっと滑稽だ。ゲオルギーはスピードを落とすと、一番左側のゲートからトンネルの中へと入った。途端、薄暗い空間の中で身体をスーッと持ち上げられるような感覚に襲われる。

昇り始めて一分ほど経っただろうか。それでも車体はまだ薄暗い空間の中にいる。

「結構昇るんですね」

「はい」

ゲオルギーの返事は予想通りのシンプルさだ。訊かなければ良かったと少し後悔した時、不意に視界が開けた。

この日、何度目かの言葉が出ない状態に陥った。

眼前に広がる光景をどう例えればいいのか。巨大なクラゲがふわふわと空に浮いている。それも一つや二つじゃない。巨大なクラゲはそれぞれ形も違えば、大きさもまちまちだ。無数の透明な触手を伸ばして互いを繋げている。地面に垂れ下がった透明の触手では丸い卵が幾つも吸い上げられていくのが見える。ゲオルギーがトンネルと呼んだものは、巨大なクラゲの触手のようだった。

「さっき、私を送り届けるって言ってましたよね……」

「ここがその場所です。ギガンティバス大陸一の都市、ベリア」

「ベリア……」

アイノは確かめるように呟いた。

「ここであなたをお待ちしている方がいます」

もはや誰とは尋ねなかった。どうしてとも言わなかった。訊いてもどうせ分からないしゲオルギーも答えないからだ。これは短い間に学んだことだった。

その私を待っている誰かとやらに、今すぐ地球に戻してと言えばいい。

その間にも車は透明な筒状のトンネルを通って上へ上へと昇っていく。これまで二十六年生きてきて、見たもの、聞いたもの、読んだもの、想像したものとまったく違う景色が目の前にある。しかもここには人がいて、科学があり、多様な生物が存在する。

地球の双子星、Ｔｅｒｒａ―α。

アイノは目覚めていながら夢を見ているような気分だった。


ゲオルギーに先導されながら建物の中へと入った。巨大なクラゲの中がどんな風になっているのかと想像していたが、建物自体は地球のものとそれほど大差はないようだった。幾つかの階段を上がり、廊下を進んで、ドアの前で立ち止まった。

「ここに私を待ってる人がいるんですか？」

「いいえ、ここはレストルームです。身支度を整えられますか」

装備品はすべて外したとはいえ、身に着けているのはいまだにウエットスーツだった。しかも髪はバサバサ、土埃で汚れ、メイクもしていない。おまけに裸足《はだし》ときている。

「結構です」

ゲオルギーは小さく頷《うなず》くと、再び階段を上り始めた。

次に立ち止まったのはさっきとは見た目からして違う、大きくて紋章の入ったドアだった。ゲオルギーがノックすると、中から「どうぞ」と声が聞こえた。女の声だった。ゲオルギーはドアを内開きにすると、「失礼します」と挨拶して部屋の中に入った。

柔らかな自然光が満ち溢れた部屋の中央には、一人の中年の女性が立っている。背はそれほど高くないが、白と赤を基調とした見慣れない服を着ている。ただ、見慣れないのは服装だけで、姿形はどこからどう見ても人間だった。

「さぁ、入って」

中年の女性が穏やかに促してくる。

アイノは軽く頭を下げて部屋の中に足を踏み入れた。ギッと床が鳴った。ふかふかの絨毯《じゅうたん》が敷き詰めてあるのだが、その下は板張りなのかもしれない。部屋はおおむね円い形をしていて、壁にはいたるところに棚があり、花瓶が置かれたり写真が飾られたりしている。きちんとというよりランダムな感じだ。このごちゃごちゃ感はマヤの店内にちょっと似ていると思った。部屋の真ん中には端っこが凹んだり出っ張ったりしたユニークな形のテーブルが置かれている。きょろきょろと見回していると、中年の女性は笑みを浮かべたまま、「珍しい？」と尋ねた。

「あ、いや、ごめんなさい。今日はなんだか驚いてばっかりで……」

「そうよね」

中年の女性は笑みを浮かべたまま頷くと、「ノフト・オーティマスよ」と名乗った。

「マザー・ノフトはギガンティバス大陸一の都市、ベリアの主議長です」

ゲオルギーが速やかに補足する。

「βでの挨拶はこうするのよね」と言いながらノフトが手を差し出した。

アイノは一瞬、流れで手を出しかけたが――止めた。

「その前に確認したいことが幾つかあるんですけど」

「アイノさん」

失礼だと言わんばかりにゲオルギーが呼びかけてきたが、無視した。

ノフトは片手を開いてゲオルギーを制し、穏やかな表情のまま、「いいわ」と答えた。

「私は自分がどうしてここにいるのかまったく理解出来ていません。ここがαという星で、地球とは双子星だと言われても、すぐにそうですかなんて思えません。私、さっきまでインド洋でダイビングをしていたんです。船には私の戻りを待っている人がいます。めちゃくちゃ心配している筈だから、一度戻って無事なことを伝えたいんです」

――なるべく穏やかに、冷静に。

そう自分に言い聞かせて喋った。

「一つ目の問いにはこれから答えるとして、二つ目はごめんなさい、しばらくは無理なの」

「しばらくってどれくらいですか……」

「次のポータルが開くのは一ヵ月後よ」

「一ヵ月後！」

冗談じゃない。そんなに時間が経てば行方不明どころか死亡扱いになってしまう。そうなればレコは、家族は、仲直りしないまま出てきてしまった母の悲嘆は想像を絶するものになる。

「それは嫌……」

「アイノさん、興奮するとまた血圧が上昇して――」

「すぐにここから帰してください」

ゲオルギーの言葉を断ち切って、アイノはきっぱりと言い放った。

「残念ですが、主議長がさきほど言われた通りすぐには戻れません」

「あなたには訊いてない」

アイノはゲオルギーの顔を睨んだ。

「お願いだから落ち着いてちょうだい」

ノフトが諭すように言う。

そんなことを言われても無理だ。落ち着ける筈などない。

アイノはそのまま踵を返して、入ってきたドアの方に向かった。しかし、数歩目で激しい眩暈がした。膝から崩れ落ちそうになるところを駆け寄ったゲオルギーに抱き留められ、そのままソファへと座らせられる。

「ゆっくりと呼吸してください」

しばらくすると少しずつ気分が楽になってきて、ぐるぐると回っていた景色も止まって見えるようになった。

「……大丈夫？」

ノフトが顔を覗き込む。

「怖いんです……」

「そうよね。突然知らない場所に来たりしたら誰だってそうなるわ」

ノフトはそっとアイノの身体を抱きしめた。肉厚で、柔らかくて、とても温かかった。そして微かに香水の匂いがした。

アイノは身体を起こすとノフトの手を握ったまま、「アイノ・ビルンです。オーロラの研究をしています」と自己紹介した。

「ええ、知っていますとも。ようこそアイノ。そう呼んでいいかしら」

アイノは頷くと、「服を汚してしまいました……」と言った。

「いいのよ、そんなこと」

ノフトは微笑《ほほえ》むと、「ところで手を離すタイミングはいつなのかしら」と訊いた。

慌てて手を離すと、ノフトはもっと大きく笑った。向日葵《ひまわり》のような笑顔だと思った。

「どうだった？　久しぶりに聞くβのネイティブなイントネーションは」

ノフトは視線をアイノから後ろに控えているゲオルギーへと向けた。

「郷愁を誘われます。特にアイノさんの発音は私の故郷のものに近いですから」

「もしかしてそれって……」

「彼はあなたと同じよ」

「私はかつてソ連という国で宇宙飛行士をしていました」

ソ連、宇宙飛行士、ゲオルギー。

単語がパズルとなってアイノの脳裏を巡る。

やがて熱川の応接テーブルの上に飾られたロケットのプラモデルが浮かび上がった。

「ソユーズ11号！」

ゲオルギーが頷いた。

「ほんとに……？」

「本当です」

「でも、ソユーズ11号は帰還中の事故で三人とも殉職したって……」

「爆発で私だけ船外に放り出されたのです。宇宙空間を彷徨っているところをα人に助けていただきました」

「それからずっとこっちに？」

「そうです」

「どうして……」

「たとえ戻ったとしても、私の居場所は無かったでしょう」

それを聞いた瞬間、言葉に詰まった。残酷だがそうかもしれないと思ったからだ。

ソユーズ11号の事故はソ連とアメリカとの激しい競争の間で起きた出来事だと言われている。当時はすべてにおいて国威発揚が優先され、失敗は隠蔽される傾向にあった。

そんな中でゲオルギーが戻ったら、国の指導部はきっと酷《ひど》い扱いをしたに違いない。

「ソユーズ11号が事故を起こしたのは一九七一年だったと思うんですけど」

「よくご存じで」

ゲオルギーが少しだけ声のトーンを上げた。

熱川が作ったプラモデルのプレートに数字が刻まれていたのを覚えていた。事故は今から半世紀以上前、ゲオルギーがその時に二十代とは考えられない。三十代後半だったとしても、優に八十歳を超えている計算になる。しかし、目の前にいるゲオルギーは、どう見ても四十代後半から五十代前半くらい。

気がつくとノフトが顔を覗き込んでいた。

「訊きたいことが山のようにあるって顔してるわね」

「山くらいで済めばいいんですけど……」

「それは大変だわ」

ノフトはアイノの返事に愉快そうに笑った。


話の続きはテーブルについて、ということになった。

アイノは丸い椅子に腰かけ、ノフトはアイノの対角線にテーブルを挟むようにして座った。ゲオルギーはノフトの並びに座った。テーブルは正方形や長方形というものではなく、形も複雑で表面もなだらかではない。湖の水を干上がらせたらこのような形が浮かび上がってくるのではないか。そんな独特の形をしている。

ノフトが呼び鈴を鳴らすと、入ってきたドアとは別のドアが開いて少女が現れた。歳の頃は十四、五歳くらいだろうか。浅黒い肌をしていて、長い栗色の髪を見たことのない形の巻き髪にしている。

少女は凹凸のあるテーブルに慣れた手つきでグラスを置いていく。このグラスも丸くてゴツゴツしてまるで石のようだ。最初にノフト、次にゲオルギーの前に置くと、少しはにかんだ表情でアイノの前にも置いた。

「ありがとう」と礼を言うと少女が微かに笑みを浮かべる。その顔がとても可愛くて、思わず「お名前は？」と訊いた。急に話しかけられて少女は驚いたような表情を浮かべた。

「お客様に自己紹介なさい」

「ナフタルト・コローです」

少女は小さな声で自己紹介した。

「可愛い名前。どんな意味なんですか？」

「時を編む人……」

そう言って恥ずかしそうに顔を赤らめる。

「それに、英語の発音がとても綺麗」

「ここでは英語が第一外国語。小学校からの必須科目なのよ。もちろん出来不出来はあるけれど、基本的に英語はみんな喋れる。ナフタルトの英語の点数は——」

「A+《プラス》です」

「私がこの子くらいの頃はB−《マイナス》だったわ」とノフトが口を尖《とが》らせた。

「なら、α語もあるんですよね」

ね」

「言語は分かっているだけで一万くらいあるけれど……βはどれくらいだったかしら

「聞きたいです」

「もちろんよ」

ノフトの質問に分からないと首を横に振ると、「およそ三千から七千くらいの間だろうと言われています」とゲオルギーが説明した。

「こっちの言葉で何か喋ってみて」

ナフタルトにお願いする。

「※※※※」

聞いたことのない言葉が整った唇から発せられた。

「……今、なんて言ったの？」

「ようこそ」

きょとんとするアイノを見てナフタルトが困った顔をする。ゲオルギーは無表情のまま、ノフトはふふふと笑い声を上げた。

ナフタルトが運んできてくれた飲み物はグラスファーといって、ベリアではごく一般的なものらしい。上手く聞き取れなかったが、なんとかという木の葉を煎じて作るそうだ。ツンと鼻に抜ける香りが少しハーブティーに似ている。飲むと口の中に爽快感が溢れて、「これ、美味しい」と自然に感想が漏れた。

「気に入った？」

「はい、とっても」

「βでも流行《はや》りそう？」

「ええ、流行ると思います」

アイノはグラスの中の匂いを嗅いでいた動作を止めた。

——今の声は……？

振り向くと、テンガロンハットを被った長身の女性が立っていた。

「アイノ、会いたかったわ！」

いきなり後ろから思いっきり抱きしめられ、驚いて肩を竦めた。しかし、長身の女性は一切構わない。顔を覗き込むと、「実物はこんなにキュートな顔してたのね」と頬を愛《いと》おしそうに撫でる。

「やめなさい。アイノがびっくりしてるわ」

「だってこの子、モニター越しより何倍も可愛いんだもの。メロッグみたい」

「ジェーン」とノフトが名前を呼んだ。

それで思い出した。車の中で観たディスプレイに出ていた生物学者だ。

——名前は確か……ジェンドリン・トール。

「お腹空いたよね」

ジェーンがいきなり訊いてきた。

「長旅してきたんだし、空いたに決まってるわ。こんなお茶じゃお腹にたまんないって」

ジェーンはアイノのグラスを摑むや、残りのグラスファーを一息に飲み干す。

呆気《あっけ》にとられていると、「行こう」と呼びかけられた。

「どこへですか……」

「ちょっと！　私はまだあなたを紹介していないわよ」とノフトが口を挟む。

「もう済んだわ」

ジェーンがアイノの目を覗き込む。ブラウンの瞳が輝いていて、とても強い生命力を感じる。

「ナフタルト、私、下でグーフに餌をあげてるからアイノの着替えをお願い」

そう言い残すや風のように部屋から出ていく。

ノフトは「ふぅ」とため息を漏らすとアイノに向き直った。

「驚いたでしょう。姪《めい》なの。性格は間違いなく私の兄譲り。二人とも素晴らしい学者ではあるんだけど、やることなすことがさつで手に負えないの。なんでも自分の好き勝手に決めて、決めたらもうまっしぐらよ。家族はいつも振り回されっ放し」

ノフトは眉を下げて迷惑そうに話をするが、声のトーンからはそこまで嫌がっている感じには聞こえなかった。

「実を言うとね、あの子が中央議会に提言したのよ。アイノをαに呼びたいって」

「そうなんですか？」

「それがミアの意志だと言い張ってね。そりゃもう大変な剣幕だったわ」

ゲオルギーはノフトの言葉に頷くと、「中央議会の決定を受けて、私が信号を送りました」と淡々と言った。

「ミア……？」

ノフトは石のような形のグラスを掴んでグラスファーを一口飲むと、アイノを見た。

「それはあなたがもう少しαのことを学んでからにしましょう。ジェーンを待たせると煩《うるさ》いから、早く行ってらっしゃい」

アイノのそばへやって来てノフトはぽんぽんと優しく腕を叩いた。

ナフタルトに案内され、木と木の間に張り巡らされた吊《つ》り橋を渡っていく。

枝の途中には大きくて丸い木の実のようなものが幾つもぶら下がっている。もしかしてとは思ったが、案の定、歩みは一つの木の実の前で止まった。

「この部屋です」

楕円形の見た目とは異なり、中に入ると広々としていてとても良い香りがした。

ベッドにキッチンに独立洗面台、年代物のようだがどれも清潔感がある。「素敵ね」と感想を伝えると、ナフタルトはホッとした表情を浮かべた。

「βの人に気に入ってもらえるかなと心配でした」

ここに来る途中、口数が少なかったのはそのせいもあったのだろう。

「なんだかハックルベリー・フィンになったみたい」

「何ですか？」

「ツリーハウスで暮らしている男の子のことよ」

「βにもそんな人がいるんですね」

実際にはあんまりいないけれど、あまりにもナフタルトが嬉しそうな顔をしたから
「そうね」と笑った。

「着替えはここにあります」

ナフタルトが壁をスライドさせると、広々としたウォークインクローゼットが現れた。そこには色とりどりの服がかけられている。アイノはウォークインクローゼットの中を覗き込んだ。ご丁寧に靴やサンダル、バッグ、宝飾類まで備えてある。

「凄い」

「主議長のゲストハウスですから」

「どれを使ってもいいの」

「もちろんです」

その言葉で用は済んだと思ったのだろう。「私はこれで」とナフタルトが部屋から出ていこうとする。

アイノは慌てて「待って」と呼び止めた。

「服、選んでくれない？」

「私がですか」

「どんな格好していいか全然分からないし」

ざっと服を見てみたが、どれも地球の、自分のセンスからはかけ離れたものばかりだった。ノフトにしてもナフタルトにしても、身につけているのは丈の長いワンピースでどことなく中世ヨーロッパの装いを思い起こさせる。

部屋に備え付けのシャワーを浴び、ようやく人心地ついた。それからナフタルトが選んでくれた服に袖を通した。

支度を終えて部屋を出ると、ナフタルトに教えられた通りの順に吊り橋を渡った。やがて木々の間から二階建ての建物が見えてきた。ログハウスのようにすべて木で造られているものだ。

中に入ると辺りを見回した。

「一階は招待客の受付ロビーです」とナフタルトは言っていた筈だが、壁際にソファはあるが誰もいない。フロントもなければスタッフもいない。準備に時間もかかったし、もしかするとジェーンは帰ってしまったのかもしれない。そんなことを思いつつ、窓の向こうにあるテラスを覗き込んだ。

木製の椅子を傾けて本を読むジェーンの姿があった。テンガロンハットを机に載せ、金髪の長い髪を風になびかせている。側に寄っていくと、突然目の前に鋭い歯を剝き出しにした生物が飛び出してきた。

「ギャッ」

驚いて後ずさった。

ジェーンが気づいて手招きをする。

――そっちに行くの……。

怖ろしかったが、大きな音を立てないようにしてドアを開け、テラスへ出た。

「へぇ、よく似合ってるじゃない」

ジェーンはアイノの服装を見ながら太い声で褒めた。白いブラウスの真ん中には手編みの大きな襟がついている。ちょっと膨らんだ袖、くるぶしまである白のロングドレスに前掛けみたいなカーキ色のエプロンをしている。髪は軽く結って後ろに流した感じだ。

「ナフタルトさんが選んでくれました」

「なるほどね。道理でちょっと若い子向けってわけだ」

私もまだ若いんだけどと思ったが、そこは口には出さずにおいた。

「それより……」

ジェーンの足元にいる生物に視線を向ける。身体はジェーンの方に向けているが、目はしっかりとこっちを見ている。

「なんですそれ……。鳥には見えないけど」

「オルド語でザマルカナー。逆立った尾羽っていう意味よ。βでは恐竜って言ったわね」

「恐竜！」

思わず大声が出て、生物がピクリと身体を震わせた。

「αには恐竜がいるんですか……」

「いるよ。こっちに巨大隕石は衝突しなかったから」

いともあっさりと言うジェーンに二の句が継げない。

「ついでに言うと、αに恐竜という定義はない」

ジェーンは空を見上げ、飛んでいる鳥を指すと「鳥類」と言った。次にテラスの端で日向《ひなた》ぼっこをしているカエルのような生物を指し、「爬虫《はちゆう》類」と呼んだ。

「私達は人類でこの子は恐竜類。でもαにはそういう考え方が元からない」

「じゃあどうやって分類をするんですか」

「分けないのよ」

「分けない？」

「ザマルカナーはザマルカナー、でもってこれはグーフ。私はオルド、名前はジェンドリン。あなたはβ人でアイノ」

「それぞれってことなんですか」

「そういうこと」

ノペアのことを考えた。ノペアは哺乳類、イヌ科でシュナウザーに属する。でもここではそういうカテゴライズはない。イヌはイヌであり、誰かに飼われていたらその名前で呼ばれる。

「分かった？」

小首を傾げながら、「なんとなくですけど……」と答える。

「良かったね、グーフ、ご挨拶は」

ジェーンに言われて「クアーッ」とグーフが口を開ける。

「こんにちはってさ」

「言葉も分かるんですか」

「まさか」とジェーンが笑う。「そう感じたのよ」

グーフは撫でられると気持ちよさそうに目をしばたたかせる。どこからどう見ても形は恐竜だが、その仕草はまるで飼い猫のようだった。

「触ってみる？」

「遠慮します……」

「大丈夫よ。首の後ろを上から下に優しく」

ジェーンがグーフの顔に触れ、意識をそっちに向けてくれている間に首の後ろを撫でた。柔らかい羽毛の上から体温が伝わってくる。化石でしか知らない恐竜が生きて、動いている。

「驚いた。いきなりグーフに触ったのはアイノが初めてだよ。誰も怖くて手が出せないって言ってね」

びっくりして手を引っ込めると、ジェーンさんって」ジェーンは「アハハ」と声を上げて笑った。

「そういう人なんですね、ジェーンさんって」

「人を驚かせて楽しむタイプってこと？　まぁ否定はしないけどね」

「少しはこっちの身にもなって欲しいです。海に潜っていたらいきなりサバンナに出てきて、〝はい、ここはαです。地球とは双子星です〟って……。今日一日で一生分のびっくり体験をしてるみたい……」

「まだよ。こんなの全然足りない」

ジェーンは真顔で言った。

「アイノには見せたいものが山ほどあるのよ。こっちにいる間、人生五回分くらいは体験してもらうわ」

「それって私をαに呼んだ理由と何か関係があるんですか」

「ある」

ジェーンはテンガロンハットを頭に載せて立ち上がると、グーフを肩に乗せた。身長は一八〇㎝くらいだろうか。その上、グーフのそそり立った尾羽とテンガロンハットで見た目は優に二mだ。フィンランド人は男女共に平均して身長が高いと言われているが、ジェーンは引けを取らないどころか確実に大きい方に入る。

「何が食べたい」

そう言われてもどんな料理があるのか見当もつかない。

「美味しいものだったらなんでも」

「もっと具体的に」

「甘いものは控えていて、酸っぱいのは苦手。辛いのはわりかし平気です」

ジェーンは片方の眉を上げてちょっと考える風を気取り、「行くよ」と言って歩き出した。

8

「ジェーンさん、あそこ。肌色をしてまん丸い黒目の可愛いの。あれは何ですか？」

「クプクプだよ」

「池の中、水面から身体の一部を出してのんびり動いてるのがいます」

「あれはノービーっていって身体の九九％が水分で出来てる」

「大人と同じくらいの大きさの蝶がいる！」

「モルフォさ。βにだっているだろう」

「あんなに大きいのなんかいませんよ」

他にも牛くらいのサイズの甲虫が商人と一緒に荷運びをしたり、全身が毛むくじゃらの芋虫の背中に乗ったまま移動する老人がいる。他にも珍しい色や形をした鳥や昆虫や動物がいて、数え上げればキリがないくらいだ。

街には活気があり、多くの店があり、見たことのないものが売られ、多様な人種が行き交っている。例えば髪の色が紫色だったり肌の色が青かったり異様に大きな目をしていたり。でもそれは地球だって同じことだ。肌の色、身長だってバラバラ、服装や髪形、装飾品も住む地域によって違ってくる。その中でもベリアはなんとなくヨーロッパの中世っぽい。

母親と一緒に買い物に来ている四、五歳くらいの女の子がジェーンに気づいた。アイノには分からない言葉で親し気にジェーンに話しかける。ジェーンがしゃがんで何か話をすると、女の子ははにかみながら返事をして歩き去った。

「なんて言ったんですか」

「あの子が大事そうに人形を抱えていたの、気づいた？」

そう言われれば人形を抱いていた気がする。

「そのメロッグ、どうしたのって訊いたのさ。そしたらパパからの誕生日プレゼントで宝物だって」

ジェーンがさっきアイノを評したメロッグとは、女の子が遊ぶ人形のことだった。

――良かった、変なものに例えられたんじゃなくて。

それにしても行き交う人々が次々に「こんにちは、ジェーン」「ごきげんよう、ジェーン」

と親し気に声をかけてくるのには驚いた。

「有名人なんですね」

「死んだ父がね」

ジェーンによると、父親のグスタフベリ・トールは衰えない好奇心で大陸を渡り歩き、様々な人種と親交を結び、多くの生物の研究を重ねていったそうだ。

「父は子供の頃、もっと南の方の町に住んでいたんだけどね、ある日、アロンに襲われて祖父母が亡くなったんだ。アロンはそれまで夜行性だと思われていたそうだよ、何百年も出てくるのは夜だったから。でも、その日は昼に出た。父が魚を釣って海から戻ってきた時にはもう全部壊された後だった」

アイノにはアロンがどんなものなのかまったく想像がつかなかったが、兜のような頭をしたとてつもない巨体が地面から現れる姿をありありと思い起こした。

「あの時、アロンの生態をもっと詳しく知っていたら回避することが出来ただろうってよく話してたよ」

「回避、ですか？　捕獲とか駆除ではなく？」

ジェーンはアイノの顔を見つめると、「そう、回避さ」と答えた。

「よし、ご飯の前に寄り道しよう」

いつしか賑わいのある通りを外れ、小高い丘へと通じる小道を登っていく。

辺りは陽《ひ》が陰り始め、だんだんと薄暗くなってきた。
だが、アイノはまったく心細さを感じなかった。会ってからまだ数時間も経っていな
いのに、傍らにジェーンがいることで不思議と心が落ち着く。

話し方や素振りは粗野で、お世辞にも行儀が良いとは言えないが、ジェーンの態度や言葉にはまったく嘘が感じられない。力強い芯が一本通っている。そんな気がした。なんだか太い木の幹に寄りかかっているかのような安心感があるのだ。気さくに声をかける道行く人も、肩に止まったままジェーンのうなじにもたれて眠っているグーフも、きっと同じような気持ちを抱いているのかもしれない。

「着いたよ」

そこは岩場の先端だった。古びたベンチが幾つか並んでいるだけのなんの変哲もない場所だ。

アイノは不思議に思いつつジェーンを見た。

「私じゃない。あっちだよ」

ジェーンの指さす先にはここではない、空に浮かんだ巨大なクラゲが見える。てっぺんの傘の部分には豊かな緑が茂っている。まるで森のようだ。でも、森と呼ぶには奇妙な形をしている。太い幹が地面から空に向かって伸び、枝が四方に広がり、葉が風に揺れる。そんな木々の集合体が森だとするなら、今、見つめているものは森ではなかった。無数の蔦《つた》や根っこが絡まり、繋がって、楕円の大きな集合体を成している。そんな感じ

なのだ。

チカッ。

何かが光ったように見えた。

また別のところで光った。

注意深く眺めていると光は一つではなかった。あっちにもこっちにもある。煙のような筋も幾つか立ち昇っている。

「あ！」

小さく声を上げた。

そこに人影が見えたからだ。

動いている。数人の子供が走っている。

「あれは……」

「β風に言うならマンションだね」

あらためて楕円の大きな集合体を見つめた。

「さっき祖父母の話をした時、アイノは捕獲とか駆除はしないのかって訊いたね」

「犠牲者が出たのなら、地球ではおそらくそうするだろうと思ったから」

「私達は生きるために他の生物を犠牲にすることはしない」

「でも、身内を亡くしたんですよね」

「あの形が一つの答えさ。他の生物の目からはあれは森に見える。森は自然界にあるものだろう。彼等《ら》にとってなんら邪魔にならない。違和感がない」

「森に擬態するってことですか」

「言葉にするとなんかちょっと違うんだけど、まぁそんなもんかな。父は〝結び〟と呼んでいたよ。同じ場所で平和に生きていくための知恵だってね」

「言われている意味は分かりますけど、でも、いつも成功するとは限りませんよね。だったらテリトリーをしっかり分けるとか、数を調節するとかした方が現実的だと思うんですけど」

「殺すってことかい？」

「犠牲者を少なくする、限りなくゼロに近づける方法がそれしかない場合は仕方ないんじゃないでしょうか」

「仕方ない、か……」

ジェーンはそう言うやしばらく黙った。

「父はね、大陸に暮らす様々な生物の研究を重ねながら、すべてのものが上手に結ばれていくことを実践しようとしていたよ。そして付いた仇名《あだな》が〝偉大なるグスタフベリ〟。私は小さい頃から父のフィールドワークにくっ付いていってたから、気がついたら後を継いでた。自然にね。とんでもなく膨大なやりっぱなしの研究と一緒に」

なるほど、そういうことだったのか。だから行き交う人がとても親し気にジェーンに声をかけてきたのだ。

「さて、考えるのはこれくらいにしてご飯にしよう。私はもうお腹ペコペコだよ」

「私もです」

考えてみればαに来てからグラスファーを少し飲んだだけで何も食べていない。

「とっておきの店を教えてあげる」

ジェーンはそう囁くと、来た道を戻り始める。

アイノはさっきよりも灯りの数が増えたマンションに目をやった。

もし今、巨大生物がここにやって来たらあの灯りは一斉に消えるのだろう。そうすればあのマンションはただの森の姿になる。巨大生物にとってなんら感情を害さないものになる。相手に合わせてあり方を変えるなんて、なんと優しい発想だろう。

でももし、巨大生物が森に踏み込んできたとしたら、あのマンションはどうなるのか。

ふと、祖父のことを思い出した。

ハンネス・ビルンはあまり笑わない人だった。だが、アイノはハンネスのことが好きだった。なぜなら目の奥が穏やかでとても優しかったから。それに、自然のことを教えてくれた先生でもあった。

ハンネスは森を管理する仕事をしていた。平たく言えば木こりだ。木こりの仕事は木を切るだけではない。切った後は必ず植林し、いらない枝を伐採して陽をまんべんなく届かせる。

「私の仕事は山を育む仕事なんだ」

そう言っていたのを覚えている。

ハンネスは身体の弱かった祖母のために、一人でコツコツとサウナを造った。ハンネスの造ったサウナのおかげで祖母は元気を取り戻し、それを聞きつけた村の人が訪ねてくるようになった。ハンネスはその人達にも喜んでサウナを開放した。ハンネスの造るサウナは評判を呼び、二棟、三棟と増設された。家族は祖父の家を訪ねる度にくたくたになるまでサウナ造りを手伝わされた。お礼はいつもサウナに入ることだった。

もうハンネスはこの世にはいない。しかし、三棟のサウナは今でも稼働を続け、村の人の健康を守り、観光客の誘致にも一役買っている。

――お爺ちゃんがここにいたらなんて言うんだろう。

「アイノ、行くよ」

考えるのを止め、ジェーンの後を追って走り出した。

その夜、アイノはゲストハウスのベッドに寝そべりながら、備え付けのメモ紙にペンを使ってレコ宛ての手紙を書いた。手紙を書いても届ける術《すべ》がないことくらい分かっている。でも、この体験を記憶が新鮮なうちにどうしても書き残しておきたかった。溢れる想いを誰かに聞いて欲しかった。

親愛なるレコ

えーと、何から書けばいいのかな。びっくりしないで聞いて欲しいんだけど、私は今、別の星にいます。なんて書くとやっぱりびっくりするよね。だってインドにいる筈なんだから。私だってまだこの状況が信じられない。インド洋でダイブして、透明な球体に出会って、身体を膜みたいなもので包まれたと思ったらサバンナにいたんだから！　あの透明な球体はポータルだったのね。

それはまぁいいとして、こちらの星の名前はαと言います。地球とそっくりの、でも地球とは違うところも沢山ある星。ちなみにこっちの人は地球のことをβって呼んでる。αとβ、二つの地球、元々双子だったんだって、ねぇ、これって信じられる？　これまでどれだけの人が空を見上げてきたのか分からないけど、ごく一部を除いてαの存在には気づかなかったんだよ。それはね、なんとかって技術で地球からは見えなくしてたからなんだって。でも、私はたまたま何かあるって気づいたから。それがαに招待された理由かどうかは分からないけど、少しは関係があるのかなって思う。

でもさ、それも不思議なんだよね。私、ずっとαの人から見られていたのかな？　私を呼ぶことがミアの意志ってどういうことなんだろう。というか、ミアって何者？　神様みたいなものなのかな。分からないことだらけだよ。

今はベリアという町でノフト・オーティマスという偉い人のゲストハウスにいます。

そして、ノフトさんの姪で生物学者をしてるジェーンさんにいろいろとαのことを教えてもらっています。そうそう、びっくりしたついでにもう一つ、私をサバンナに迎えに来てくれた人、誰だと思う？　ソユーズ11号の船長、ゲオルギー・ドブロボルスキーさんだよ。ゲオルギーさんが生きてたって話を熱川さんにしたらもうどうなるか。想像しただけでも笑えてくる。興奮し過ぎて心臓が止まるかも（苦笑）
兎《と》に角《かく》ね、こっちは驚くことがいっぱいなの。最初は不安だったんだけど（もちろん今も不安は不安）、人に会ったり、街を見たり、ご飯を食べたりしているうちに興味の方がだんだん上回ってくる感じ。次のポータルが開くのが一ヵ月後って話だから、もう少しαのことを見て回ってくる。
心配かけてごめんなさい。でも、レコなら分かってくれるよね。私は元気だから心配しないで。

アイノより愛を込めて

ふたつのベリーのよう

［そっくり　瓜《うり》ふたつ］

9

——α滞在　二日目

〝ギュッ、ギュッ、ギュッ〟

洗面所で顔を洗っていたら、突然、強烈な音がした。

慌てて部屋の中に駆け戻ると勝手にディスプレイが開いており、それがけたたましい音を発している。系統の違う文字が列挙してあるが、残念ながらどれも読めない。だが、画面が赤い。

アイノは不安にかられて床に脱ぎ散らかした服を急いで掻き集めた。

「おはよう、アイノ。よく眠れた？」

今度はその画面に被さるようにしてジェーンの顔が現れた。

「……何ですか、これ？」

「可動警報よ。βにも地震とか雷とかの警報があるでしょう。それと同じ。クラス３以上になったら警報が出るのよ。そのまま部屋にいてもいいけど、折角だから外が見える場所に移動した方がいいわね。じゃ、私は忙しいからまたあとで」

「ちょっと、ジェーンさん！」

自分の言いたいことだけを言い終えるとさっさと通信を遮断し、ディスプレイには再び赤い文字と警告音だけが残された。

「移動ってどこに……」

地震や雷と同じということは、つまり危険が近づきつつあるということなのだろう。それにしても可動警報とは何なのだろうか。点滅するディスプレイの明かりを頼りに、急いで服を身に着けていく。無数にあるボタンの最後の一個を留め終えた時、ドアをノックする音がした。

ドアを開けると目の前にナフタルトが立っていた。

「ジェーンさんに頼まれてお迎えに来ました」

「良かったぁ」

ナフタルトの顔を見た途端、無性にホッとして思わず抱きしめそうになるのをぐっと堪《こら》えた。

「出られますか」

「待って」と言いつつ急いでサンダルを履く。「何かいる物は？」

「特にありません」

部屋を出るとナフタルトと一緒に小走りで廊下を進んだ。室内はカーテンを閉めたままだったから外の様子が分からなかったが、天井を覆うように茂った木々の隙間から朝の光が差し込んでくる。

　迷路のように入り組んだ吊り橋を次々と渡る途中、枝に止まった色鮮やかな鳥が毛繕いしていたり、猿のような生物が小さな群れで集まって葉っぱを食べたりしているのを見かけた。警報は今も鳴っているが、生物からはまったく緊迫した様子を感じない。軽い違和感を覚えつつ、吊り橋を渡り切って白っぽい建物の中に入った。

　ナフタルトは壁の前に立つと片手で空中を撫でる。もはやすっかり御馴染みになったディスプレイが現れた。

「ここって昨日来たところだよね」

「そうです。中央議会堂です」

　壁や床の大理石っぽい感じがノフト・オーティマスと面会した建物と同じ感じがした。光が差していると白亜の塔という雰囲気だ。

　音もなく壁が開いた。

　ナフタルトが空間に入る。

　アイノも続いて空間へと足を踏み入れた。

　中は楕円形をしており、水滴の形を思い浮かべた。おそらくこれはエレベーターのようなものだろう。乗り込むと扉が閉まり、水滴の形をした空間は音もなく動き出した。

「あの……ナフタルトさん」

「さんは無しで」

「じゃあナフタルト」

「なんでしょうか」

「もしかしてこれ、昇ってる……？」

「はい」

——なぜ？

頭の中に疑問符が湧いた。てっきり頑丈な地下シェルターにでも避難するのかと思っていたからだ。

ものの数秒でナフタルトが「着きました」と言った。

水滴の形をした空間から外に出ると、そこは塔のてっぺんにある展望台のような場所だった。展望台はドーナツの輪のように塔を一周しており、ベリアの町が一望出来る。他の空飛ぶ巨大なクラゲやサバンナ、更に遠くの山々まで見渡せた。

ナフタルトは何かを捜しているのかせわしなくあっちこっちを移動していたが、急に「アイノさん！」と手招きをした。急いで側に行くと、あれと遠くを指さす。その方向に視線を向けると、もうもうと土埃が舞い上がっているのが見えた。

「ねえ、ナフタルト。あれって……」

「少々お待ちください」

ナフタルトはディスプレイを立ち上げ、細い指でパネルを慌ただしく操作している。ディスプレイには映像の他に様々な言葉が表示されているのだが何一つ分からない。そんな思いを敏感に察したのか、「これが対象の方位、こっちは距離と速度です」と解説を始めた。

「こうやって拡大も出来ます」

画面をタッチしながらスライドさせる。スマホの画面を親指と人差し指で広げるのと同じ要領だった。土煙が大きくなり、その中に生物の姿が見え隠れしている。

「私もやっていい？」

「どうぞ」

アイノは更に映像を拡大した。

巨大生物は蛇腹のような体表をしていた。体色は土煙でよく分からないが、おそらくベージュっぽい。そして大きい。凄まじく大きい。縦もそうだが横幅も呆《あき》れるくらいに太い。その圧倒的な体軀《たいく》を二本の脚と巨木のような尻尾の三点で支えている。尻尾のように太い首が空に伸び、先端に行くほど小さくなってちょこんと頭が乗っている。ただ、顔つきは厳《いか》めしい。凹凸があり、丸い瞳、牙が生え、まるで髑髏《どくろ》のようだ。

「昨日見たのと形が違う……」

「これはレッドキングです」

「キング、王なの？」

「この大陸で一、二を争う存在です。私も直《じか》に見るのは二回目ですけど」

そう言うナフタルトの目はキラキラと輝いている。

アイノは困惑した。

大陸で一、二を争うほどの巨大生物が真っ直ぐにこっちに向かってきている。このまま進み続ければベリアの町が載っている空飛ぶクラゲにぶつかるのは避けられそうもない。

「逃げなきゃ……」

「え？　なんですか？」

低い声で呟いた。

「逃げよう」

「でもジェーンさんが――」

ズンと地響きがした。

まるで邪魔だと言わんばかりにレッドキングが岩山を蹴ったのだ。

爆弾が炸裂《さくれつ》したかのように岩山が砕け、周囲に噴石が飛び散って土煙を上げた。たったひと蹴りで周囲の地形が変わってしまった。途轍もない力だ。

「早く！」

アイノはナフタルトの手を摑んで引っ張った。

「ここにいれば大丈夫です」

「なにが……？」

「これから始まることを見ていてください」

暗い部屋の中で怯《おび》える妹を諭す姉のように、ナフタルトは笑みを浮かべて穏やかに告げる。

もはやレッドキングの細部までしっかりと見える距離になった。右肩より左肩が倍以上盛り上がっている。たとえ悪気はなくても、あの腕を一振りされたらこの塔など木端《こっぱ》みじんになるだろう。

だが、ナフタルトの表情にはまったく変化はない。穏やかなままだ。片やアイノの心臓は一向に落ち着かない様子で脈を打ち続けた。

変化は突然始まった。

地面からベリアに向かって伸びている触手のような筒状のトンネルが次々と外れていく。千切れるのではなく、間を繋いでいるリング状の部分から分離している。それはベリアのある空飛ぶ巨大なクラゲと他のクラゲを繋いでいる通路も同様だった。呆然《ぼうぜん》と見つめる中、外れた筒状のトンネルは掃除機のコードがスイッチで手繰り寄せられるようにしゅるしゅると吸い込まれて地下へと格納されていく。クラゲとクラゲを繋ぐ通路はすべてだらりと垂れ下がった。

「これを見てください」

ナフタルトに呼びかけられてディスプレイを覗き込む。

〝ピッ、ピッ〟

音を発しながら見慣れない文字がどんどん変化していく。

「回避率です」

アイノは怪訝な表情を浮かべた。

「大きくて感じないかもしれませんが、今、この町自体が動いてるんです」

ハッとしてナフタルトからレッドキングの方へと視線を向ける。レッドキングがこちらに向かってくる軸線からどんどん左に逸《そ》れていく。それまで正面に見えていた筈が次第に横向きへと変わっていくのが分かる。

「一体どうなってるの……」

「プラズマの力を使って町を浮かせたり動かしたりしているんです」

「リニアモーターカーみたいに？」

「リニア……なんですか？」

ナフタルトが不思議そうな顔をした。

「よくこんなことがあるの？」

「クラス3以上は一年のうちに二回、多くても三、四回くらいです」

信じられなかった。大型の生物が複数存在することがではなく、衝突するのを避けるために町ごと動かすというα人の発想がだ。

「昨日は何を見たんですか」

「え、あー、凄い土埃でよく見えなかったけど、頭が兜みたいな形をしてた」

「それ、ゴモラですよ！」

ナフタルトが声のトーンを上げた。

「アイノさんってとっても運が良いですよね」

「――え？」

「だってこっちに来て早々ゴモラとレッドキングが見られて、町が動くのも体験してるんですから」

〝ピーッ〟と音が鳴った。

「回避完了です」

「今、レッドキングとどれくらい距離が離れているの？」

「一二八三mですね」

野生動物との間には適正な距離感を表すナチュラルディスタンスというものがある。お互いを脅かさない距離、そこには攻撃の怖れがないことも含まれている。なら、レッドキングはどうなのだろう。

アイノがそのことを口にすると、「ジェーンさんが調べているから間違いありません」という答えが返ってきた。口調からよほどジェーンを信頼しているのが伝わってくる。

「じゃあ、レッドキングの気が変わって急にこっちに向きを変えたりしたら？」

「五年くらい前にそんなことがあったんですよ！」

「それで？」

「通り過ぎるまで町が動き続けました」

アイノがグルグルと円を描くような動作をすると、ナフタルトも動作を真似《まね》た。そしてニッコリ微笑んだ。

レッドキングが去っていく。さっきまでベリアの町が浮かんでいた場所を、悠々と通り過ぎていく。どうやら本当に心配はなさそうだ。

――それにしてもなんて大きさなの……。

同時に神秘的にも感じた。本当にこんな生物が生きているなんて信じられない。震えるような気持ちが身体の奥から込み上げてくる。

アイノはレッドキングが遠ざかっていくまで片時も目を離さず、いや、その姿に吸い寄せられたようにして見つめ続けた。

「これからどうなるの」

「元の位置に戻ります」

ナフタルトの返事は簡潔だった。

巨大生物との衝突を避けた町は、再び元の位置へと戻っていく。格納された筒状のトンネルが繋がり、他のクラゲ都市との通路も繋がって、これまでと何も変わらない営みが戻ってくるのだろう。なんて逞しく、なんて素晴らしい文化なのだろうか。

「ねぇ、ナフタルト」

「なんでしょう」

「私にαの言葉を教えてくれないかな」

「喜んで。その代わり、私にもβのことを教えてください」

目を見つめ合い、笑みを浮かべ、互いの手を握る。生まれた星は違うけれど、約束の仕方は同じだと思った。


その日の午後はノフト・オーティマスから急遽《きゅうきょ》、パーティの招待を受けた。アイノは迎えに来たジェーンと一緒に会場へと向かった。

「いきなりで悪いね」

まだ可動警報の余韻が残ってふわふわした気分だったが、「楽しみです」と笑って答えた。

ゲストハウスから車で走ること十五分くらい、小高い丘の上には茂った森があって、木々の中に交わるようにして建つ洋風の建物が見える。

「綺麗な建物ですね」

「オルド語でノブラザータ、輝きの丘って意味だよ。ベリアの迎賓館さ」

緑の香りを全身に浴びながら吹き抜けの玄関を通ってテラスへと出る。そこは一面芝生に覆われており、テニスコートが何面入るのだろうというほどの広さがあった。日差しはあるものの、からりと乾いた空気と風がそれほど暑さを感じさせない。フィンランドの短い夏と似ていると思った。

芝生の一角には長テーブルと椅子がズラリと並べられ、フロア係の人々が建物と芝生を行き来しながら料理やお皿を並べている。

「フランクで小規模なパーティだって聞いてたんですけど……」

とてもそんな風には見えない。

「ノフトにとってはってことよ」

ジェーンは年季の入ったテンガロンハットを脱ぐと軽く髪を掻き上げた。全体をブラウントーンでまとめ、チェック柄のパンツをロングブーツにインしている。いかにも活動的な大人の女性という雰囲気で素敵だった。

アイノはというとベージュのブラウスの上にシックな深緑のロングスカートという出で立ち。髪はα風の形にナフタルトが仕上げてくれた。これはこれで嫌いではないのだが、好みで言うとジェーンが着ているパンツルックの方になる。フィールドワークをする者にとってスカートはどんどん縁が薄くなる装いだった。

「今回、グーフはお留守番なんですね」

「あいつ食いしん坊だからね。いい匂いがするところに来ると途端に落ち着きがなくなる」

「私とおんなじ」

ジェーンが意外そうな顔で見つめる。「ほんとかい？」

「パンケーキに目がないんです」

「それ、どんなの？」

アイノはヒルダ・マンネルヘイムの作るパンケーキの話を披露した。

「へぇー、そいつはいつか食べたいもんだ」

「βに来たらぜひ」

どうやったらそんな日が来るのか分からなかったが、ジェーンとヒルダはきっと気が合うに違いないと思った。

するすると若い男が近づいてきた。さっきからジェーンの肩越しにちらちらとこっちを見ていたので気にはなっていた。

「※※※※※※※※、※※※※※」

若い男が何か言った。振り向いたジェーンは露骨に嫌な顔をした。若い男は笑みを浮かべたままジェーンと会話を始め、その間にも幾度となく視線を向けてくる。会話の内容はまったく分からなかったが、おそらく自分のことが話題になっているのだろうと思った。

「初めまして」

若い男が英語で挨拶をした。

歳は三十代半ば、いや後半くらいだろうか。筋肉質だが背はそれほど高くない。ジェーンと比べると五cmほど下回っている感じだ。身なりはこざっぱりしていて、浅黒い肌に黒い髪、濃い髭《ひげ》を生やしている。優しそうに見えるが、彫りの深い奥目が抜け目なく光っている。

「私、貿易商をしておりますニヒタと申します。あなたがβから来られたという――」

「アイノ・ビルンです」

「存じてます。あぁアイノさん、とても麗《うるわ》しい。すっかりこちらの生活に馴染まれているようですね」

ニヒタはまるで品定めするかのように遠慮なく視線を上下させた。

「それくらいにしときな」とジェーンが凄む。

「これは失礼、お時間を取らせて申し訳ありませんでした。それではまたいずれ」

ニヒタは笑みを崩さずゆったりした足取りで去っていく。

「グーフを連れてきときゃ良かった」

ジェーンはニヒタの背中を睨みながら吐き捨てた。アイノはグーフに丸い目で睨まれたことを思い出した。確かにここにグーフがいたらこうも簡単には近づいてこられなかっただろう。

「貿易商って言ってましたけど」

「表向きはそういうことになってるけどね。でも、裏の顔は違う」

「なんですか」

「情報屋さ。コンコルディアのね」

いけ好かないとかそういう意味なのだろうか。

「コンコルディアってのはβで言う人種のことだよ。私やノフトはオルド、ここにいる大半もそうだね」

「ナフタルトは？」

「あの子はコンコルディア」

言われてみればナフタルトとニヒタは同じような浅黒い肌をしている。

「元々は古代オルドにルーツがあるんだけど、二つに分かれた時にオルドとコンコルディアが生まれた。定住して町を作った川の民オルド、遊牧して定住という概念がない山の民、コンコルディア。コンコルディアは移動しながら一生を過ごすから、持ち物は身の回りのものだけであまり便利さを追求しない。というかその発想が元々無い」

「ノマドみたい」

「βにもいるんだね」

アイノは頷きつつ、「でも、ナフタルトはベリアの住人ですよね」

「そういうコンコルディアもいるし、遊牧するオルドだっている。どちらも少数ではあるけど」

「αの人種はその二つだけなんですか？」

「もう一つはシルワ。シルワは定住もせず、遊牧もしない。独特の文化を持って暮らしている」

「先住民族みたいですね」

「そうかもしれないしそうじゃないかもしれない」

「どういうことです？」

「シルワは古代オルドとはまた別の体系で続いてきた人種なんだ。彼等の言葉や文化は部族間でもまったく違うし、αにどれだけの数がいるのかもよく分かっていない」

「ベリアにはいないんですか」

ジェーンが首を横に振る。

「シルワは他の人種と接触するのを極端に嫌うからね。父がノートに描き残したシルワの中には、どう見ても人間とは思えない姿の者もいるんだよ」

「人間とは思えない姿って？」

「それを口で説明すんのは難しい」

ジェーンは頭を掻いた。

「そのノート、見たいかい？」

「はい！」

アイノが勢い込んで答えると、「だろうね」とジェーンが笑う。

「話を戻すけどさ、コンコルディアはαの大陸から大陸を渡り歩きながら、形あるものから無いものまで様々なものを売り買いするんだ。大陸間で売買を禁止されてる強力な催眠作用を引き起こすギジェラの花びら、輪廻転生《りんねてんしょう》の願いが叶《かな》うとされるリトラの尾羽、時にはツインテールの卵まで」

ギジェラ、リトラ、ツインテール、それがどんなものでどんな形をしているのか見当もつかない。

「巣から盗むんですか」

「そうさ。金のために生態系を破壊する連中もいる」

「摘発とかは」

「やってる。でも連中は儲《もう》けた金を土地の有力者に流してる。そうやって恩を売り、抜け道を作るのさ。あいつがここにいるのもそういうこと」

つまり、ニヒタがこのパーティの席にいるのもこの大陸の政治家や有力者にお金を渡しているということなのだろう。それがノフトでなければいいのだが。

「人間のすることなんてどこでも同じなんですね」

「もしかして、こっちには良い人しかいないって思ってた？」

図星を指されて口をへの字に曲げる。

「そう思ってくれるのは嬉しいけどね。でも、私もそんなことするのは少数だって信じたい」

「そうですね」

ジェーンの言葉に少し救われた気がした。

「でも、さっきの人、どうして私に近づいてきたんだろう」

「言ったろう。形の無いものも取引の材料になるって」

そう言いながらジェーンはアイノの頭を指先で軽く突《つつ》いた。

「あいつはここに入ってるβの新鮮な情報が欲しいのよ」

「それを聞いてどうするんです？」

「高く売るんだろうね。どっかの誰かに。だから気をつけるんだよ。あいつはあの手この手で近づこうとするから」

「グーフにやっつけてもらいます」

「それが一番だ」

ジェーンは豪快に笑った。

「コールデ」

ノフト・オーティマスの発声でパーティは始まった。

アイノは手に持ったグラスを掲げた後、バッグからノートを取り出して、「コールデ乾杯」とメモした。ノートとペンはナフタルトにお願いして用意してもらった。

ジェーンはαのタブレットを使うことを勧めたが、ポータルを通過した時にデータが壊れてしまう可能性がなきにしもあらずだと聞いて断った。やっぱりここは自分らしく、目で見て、匂いを嗅いで、触れて、そういうことをしっかりと書いて（描いて）記録してやろうと思った。

お皿に盛られた料理はどれも美味しかったが、しばしば食事を中断させられた。ノフトに呼ばれて集まった来客に紹介されるからだ。

「こちらはダルトー・ソヌマ。三の都市、ノルウェル選出の議員よ」

「彼女はミスズ・ルミモイ、ガッスール大陸一の都市、シスイの高官です」

「ミアナ・ノノはコンコルディア初の経済アナリスト。とても優秀なのよ」

長い顎鬚、凹凸の少ない顔、モデルみたいな体形。目まぐるしく入れ替わる相手を前に一つでもいいから特徴を捉えようと気を張った。だが、そうするとどうしても耳の方が疎《おろそ》かになる。側にナフタルトがいてくれてとても助かった。相手の聞き取りにくい英語の発音やオルド語をさり気なく分かるように囁いてくれる。

「ノフト、いい加減にしてよね」

ジェーンが割り込んできた。

「この子まだグラスファーしか口にしてないのよ」

いくらなんでもそれはちょっと大袈裟《おおげさ》だが、食べ物はジェーンの言う通りそれほど多く口に入れていない。給仕によって次々に運ばれてくる美味しそうな料理は虚《むな》しくお皿に盛られたまま、テーブルの上で帰りを待っている。

「……そうなの？」

ノフトが目を見開く。

「早くそれを言いなさいな」

「言えるわけないでしょうよ。ベリアの主議長が直々に手招きしてるんだから」

「ごめんなさい。私、早くアイノのことを皆さんに紹介したかったのよ。ここの生活に慣れて欲しくって」

ノフトが悲しそうな目をする。途端に主議長の威厳は消え去り、優しそうな中年の女性という雰囲気になった。

「ありがとうございます」

ノフトが自分のためにこのパーティを開いてくれたと知って、アイノはとっさにノフトの手を握った。

一転してノフトが晴れやかに微笑む。

「お集まりの皆さん、αとβの架け橋、アイノをよろしくお願いね」

手を掲げてまるで自分の娘のように紹介すると、集まった人々は一斉に空中を撫でてディスプレイを出して写真を撮り始めた。ノフトはアイノの手を握ったまま、さっきとは打って変わった余裕のある笑みを浮かべながら右に左に視線を送り続けた。

ジェーンのおかげでようやく果てしない挨拶の旅路は終わりを告げたが、当の本人は車に乗り込んでも、不機嫌なままだった。

「まんまとしてやられたわ」そう言って盛大なため息をつく。

ジェーンに言わせれば今日のパーティはアイノをダシにした政治的デモンストレーションなのだそうだ。

「最後の得意そうな叔母の顔ったらもう……」

数時間もしたらそれがニュースとなってα全土を駆け巡るという。ジェーンからするとそのことを申し訳なく感じているようだった。

「私は別にいいですよ。いろいろ良くしてもらってるし。それに、αの地理とか社会なんかも少しずつ分かってきましたから」

アイノはせわしげにノートにペンを走らせながら言った。

「ジェーンさん、αには王制ってないんですか」

「王とか王女とかって話かい。昔はあったみたいだけど今はもうそんな都市はないね」

「じゃあミアというのは？」

ミアの名前を口にした瞬間、ジェーンの表情が強張った。

「誰に聞いたんだい」

何かまずいことを口にしたのかもと思いつつ、正直に「ノフトさんです」と答えた。

「余計なことを……」

ジェーンが仏頂面で呟く。

「あの……」

「ミアはアイノが考えてるような存在じゃないよ」

「存在？ 人じゃないんですか」

「βで最初の生命は？」

「ホモ・ハビリス……だったかな」

「それは原人類の初期のタイプだろう。私が訊いてるのは固有名詞の方」

「そんなの分かりっこありませんよ」

「それがαでは分かるんだよ」

今度はアイノが表情を変える番だった。

「ミアはね、αで最初の生命体なんだ」

「ちょっと、ちょっと待ってください」

「そりゃ信じられないだろうね。私だってアイノの立場なら信じられないと思うよ。でも、これは事実であって、ミアは実際に存在しているし、自我もあれば意思もある」

「神様……」

「それはβ人が創り出した架空の存在」

「うーん……」アイノは両手で頭を抱えた。

「ミアのことを考えるのはまだ早いよ。もっとこの星のことを知ってからじゃないと」

ノフトも同じようなことを言っていた気がする。

「いつか会えますか。私も」

「そのためにはもっとαのことを学ばなきゃならない。ガイドはこの私が直々にやってあげるわ」

それってとても光栄なことなんだよとジェーンの目が語っている。

アイノは素直に「ありがとうございます」と頭を下げた。

「そうじゃなくてさ、こういう時にβでやるジェスチャーがあるじゃない。こういうのとかこういうの」

ジェーンは掌や拳を合わせる仕草をしてみせた。

「あぁ、ダップですね」

アイノは自分の手を使って握手をしたり、掌をタッチさせたり手の甲同士を軽く合わせたりした。

「そう、それ。ダップって言うんだ。教えて」

「特に決まった型はないんです。お互いにこうしようって決めていくんです」

二人で型を作りながら練習を始めた。「あ、ごめん」とか「難しい～」とか失敗する度にジェーンが声を弾ませる。その笑い声や仕草がまるで女子学生みたいに思えた。


ベッドに寝転んでノートを見返した。

レッドキング、コンコルディア、シルワ、そして……ミア。

ノートは初めて聞く言葉で埋められていく。一言一言が宝石のようだった。

アイノはミアの姿を想像した。頭に浮かんだのは透明の球体だった。

——αで最初の生命体が今も生きているなんて……。

空想と現実が地続きの世界のようだと思った。

アイノはレコ宛てに手紙を書き始めたが、たちまち指先からペンが滑り落ちた。自分でも気がつかないうちに深い眠りへと落ちていった。

10

——α滞在　四日目

早くフィールドワークに出かけようと急かすジェーンに待ったをかけ、アイノは二つの場所を見学させてもらうことにした。

一つは教育の現場、もう一つはエネルギー施設である。

「そう、学びの気持ちに火が点いたのね。とても嬉しいわ」

ノフトは希望をすぐに聞き入れてくれた。

「私はパス」

施設案内は自分の役割じゃないと断ったジェーンの代わりに、ナフタルトとゲオルギーが付き添ってくれることになった。ナフタルトはアイノの身の回りの世話と浮かんだ疑問に一般論として答える回答者として、ゲオルギーはボディガードと運転手を兼ねて。

そうそう、アイノは施設訪問を前にして自分で服を選んだ。あまり派手にならず可愛くなり過ぎもしない、β目線でいいなと思えるもの、年相応のものを。その際、少しだけジェーンの雰囲気も意識した。

髪をまとめながら、「アイノさんのセンス、とてもいいです」とナフタルトが褒めてくれた。ファッションも学びの一つだ。αとβの趣味はそんなにかけ離れていないことを実感した。

ゲオルギーの運転でラマナという地区にある小学校へと向かった。

ゲオルギーは相変わらず無口で無表情、訊いたことに対して返事をするだけではあったが、初めて会った時よりも幾分だが顔つきは穏やかに見えた。考えてみれば会った時はボウアに襲われ、地中から出てきたゴモラと遭遇したのだから仕方がない。もう少し打ち解けてきたら宇宙飛行士だった頃の話を聞いてみたい。それは何より熱川にとっての土産話になる筈だから。

ベリアには三つの小学校がある。ソコオ地区にあるソコオ小学校、コルバード地区にあるコルバード小学校、今向かっているラマナ小学校だ。

校舎は想像していたものとまったく違い、例の蔦や木の根が絡まって出来たマンションの中にあった。αではマンションのことをコームスと呼ぶのだそうだ。ここはラマナ・コームスといい、入り組んだ構造物の中に約五万人が暮らしているのだという。マンションというより、ここだけで一つの独立した町のような感じがした。それだけの規模に小学校が一つというのは些《いささ》か心許《こころもと》ない気がしたが、それもβ的な発想だと分かった。

「子供の数が増えればどんどん施設を拡張すればいいし、教員を増やせばいいだけです」

ナフタルトの話を聞いた時、ふと蜂の巣が浮かんだ。ノートには生徒や教員を蜂にして校舎はハニカム構造の巣穴を描いた。ナフタルトは形のことには触れず、アイノが生徒や教員を虫に例えたことに苦笑いを浮かべていた。

教育制度は基礎総合教育として小学校六年制、中学校三年制の一貫教育、後期中等教育として高校三年制及び職業専門学校三年制、高等教育として大学四年制・短大二年制、高等職業専門学校四年制となっており、これはフィンランドとほぼ同じだ。おそらくβ全般においても大差はないと思われる。

違っているのは小学校、中学校という義務教育期間であっても退学、休学が認められているということ。その代わり、幾つになってもやり直しが利く。何かの事情で小学校を中退しても、大人になってから再び小学校に入り直すことが可能なのだ。

「私も今、高校を休学中なんです」

ナフタルトがあまりにもさらりと言ったから、特に驚きもせず「そうなんだね」と答えた。

「私の夢は外交官になることなんです。だから主議長の身の回りのお手伝いをしながら、間近で実務を見たり聞いたりして経験を積んでいます」

実際、アイノの世話もナフタルトが行っている。別の惑星の来訪者をもてなしているわけだから、既に立派な外交官だと言える。

「私はナフタルトくらいの時、絵描きになりたかった」

「理由はあるんですか」

「パパに憧れていたから」

それから少し家族の話をしたり、ナフタルトの夢の話を聞いたりした。ナフタルトはある程度の経験を積んだら再び学校に戻り、大学へと進学するつもりだと話してくれた。ついでながら、ラマナ小学校の校長は二十六歳、アイノと同い年のミリア・トートナスという女性が務めている。

ミリアは学校経営のスペシャリストで、運営の観点から学校に携わっている。運営が上手く行っている学校はサービスも良く、施設も整っているから生徒が集まりやすい。ギガンティバス大陸のみならず、別の大陸からの越境入学も盛んに行われるそうだ。質の良い教員と質の良い教育はその学校のステータスであり、教育はそれぞれの専門教師が担うという。いわば経営と教育の二面両立での方針が取られているのも実にユニークな点だと思った。

「こちらへどうぞ」

ミリアの案内で四年生の教室を見学することになった。クラスは四十人、オルドが大半だが、肌の浅黒いコンコルディアも交じっている。子供達は突然の来訪者の中にアイノの姿を見つけるや、蜂の巣を突いたような騒ぎになった。

「先日のパーティの映像がテレビで繰り返し流れているんです」

小声でナフタルトが教えてくれた。

アイノはまったく知らなかったが、βからやって来た異邦人のことは既にトップニュース扱いで報じられており、今やαの誰もが知るところとなっていた。ジェーンの言う通り、ノフトの宣伝戦略が功を奏していることを肌で実感した。

先生に何度注意されても子供達はそれこそロックスターか映画スターを見る目で何度も後ろを振り向いた。これでは埒《らち》があかないと思い、先生の隣で授業を見守ることにした。

科目は社会だった。αにある八つの大陸の主要産業が授業内容だ。見学に来ていることを忘れてすぐに夢中になった。

アラートス大陸は海洋都市として発展を遂げており、一の都市、グンバニエでは様々な船舶が建造されているのだという。船を造る上で必要な道具を発明し、それを形にするための鋳造技術も引っ張られるようにして伸びたのだそうだ。βで言うところのスウェーデンやイギリスのようなものだろうか。

その技術と技術者を最も多く輸入しているのはノフトが代表を務めるギガンティバス大陸だ。これは日本に当てはまるのかもしれない。一の都市、ベリアはグンバニエに絵画、音楽、文学など芸術的な創作物を多く届けている。この二つの都市は長年にわたって友好関係にあるのだそうだ。

一方、ギガンティバス大陸と同じくらいの面積を持つフシ大陸、その一の都市、ユウは観光産業が盛んであり、独自の文化的遺産と巨大な歓楽街がα全土から多くの人を吸い寄せているという。独自の文化を持ち、観光立国となるとやっぱりエジプトを思い浮かべてしまう。

他にもガッスール大陸は大昔、フシ大陸と同じ文明から枝分かれし、今や本家を凌《しの》ぐほどの芸術文化を咲き誇らせ、多くの著名人を輩出しているといったものや、ド・ラカイユ大陸は標高が高く、多くのコンコルディアが行き交い、品物や情報の要衝として発展しているということ、セラリウス大陸は北極圏にあるために一年を通して平均気温が低く、一の都市ビヒティは氷雪都市と呼ばれているなどαの様々な地理を教わることになった。

あまりにも熱中してしまい、とうとう社会のみならず、国語、外国語の三つの授業をぶっ通しで見学した。校長のミリアが気を利かせてくれ、本来であれば食堂で摂《と》る筈だった昼食を給食に切り替え、子供達に交じって教室で食べられることになった。強面《こわもて》のゲオルギーのみ食堂に赴き、アイノとナフタルトはそれぞれ分かれて子供達に交じって食事を始めた。

「英語はいつから勉強しているの」

「僕は幼稚園」

「私は三歳の頃からおうちで」

「小学校に入ったら習い始めるよ」

時期はバラバラだが、みんなそれぞれ英語をものにしている。兎に角、発音が綺麗で聴き取りやすい。「上手だね」と褒めると、一様にはにかんだような表情を浮かべる。

――あぁ、これだ。

ナフタルトの時もそうだったが、彼等がふとした時に見せるこの表情がとても素朴で、地球ではあまり見られなくなったような気がして、ついついαには悪い人はいないと思ってしまう。

「βにはどんな食べ物があるの？」

「βにはどんな生き物がいるの？」

「βの人口はどれくらい？」

「βに学校はあるの？」

子供達からの質問はてんでんバラバラで共通点はない。ただ、自分が訊きたいと思っていることを素直に口に出している。

子供達との会話でいろいろなことが分かってきた。αはβの存在を認識はしているが、それは自分達が火星や木星を認知しているのと同じくらいのレベルのものでしかない。少なくとも子供達は、βの社会システム、歴史や風俗、流行などを深くは知らないのだ。

アイノはなるべく丁寧に、かつ、簡潔に矢継ぎ早の質問に答えた。

「今度は私から質問していいかな。一昨日さ、警報が鳴ったでしょう。みんなレッドキング見た？」

「見たよ」

「寝てた」

「前にも見たことあるよ。アントラーもね」

「お父さん、タルマトに出張に行った時、ペギラ見たって」

「ピグモンを遠くで見たことがある」

「レッドキングよりゴモラの方が強いってお爺ちゃんがいつも言う」

子供達の交わす言葉を急いでノートに書き留めていく。アイノが見た以外にもαには巨大生物が無数にいるようだ。でも、このあっけらかんとした物言いを聞いていると、まったくと言っていいほど怖れを感じられない。敵対心もない。見下すような素振りもない。おそらくβでライオンを見たりゾウに出会ったりすることと同じなのだろう。

「僕、従姉妹《いとこ》にミクラスの背中に乗せてもらったことあるよ」

コンコルディアの少年が話し出すと、集まった子供達が「いいなぁ」と騒いだ。

「ミクラスって？」

「頭に四本の角があってね、身体は茶色で、とっても力が強いんだ」

「ミクラスはあなたの従姉妹と一緒にいるの？　大きいのによく一緒にいられるね」

「だって子供だもん。それに家族だし」

コンコルディアの少年は当然のように頷くと、「テントとか食べ物とか全部ミクラスが運んでくれるんだ」と言った。

人間と他の生物が一緒になって働き、心を通わせている。ここにはそもそも生態ピラミッドという考え方がないのだ。信じられないことだが、αでは人間と生物の間に優劣が存在せず、すべてが横並びになっている。

「違うよこれ。ピグモンは大きくない」

アイノの右隣、この子もコンコルディアだろう、おさげ髪の女の子がノートを指して言った。アイノが描いた人間と巨大生物の比率が違っていると言いたいらしい。

「ピグモンはどれくらいなの？」

おさげ髪の女の子は窓の外を歩いている年老いた男性を指した。

「ヒューラ先生くらい」

――私より小さいかも。

ノートを渡しておさげ髪の女の子にピグモンの絵を描いてもらった。全身に無数の棘《とげ》があり、骨のような手足をして、口はへの字、目はギョロリとしている。子供達はおさげ髪の女の子の絵にいろいろな注文を付けたが、一様に「似ている」と口を揃えた。

「このピグモンも子供なの？」

「大人だよ」

「なんだか怖そう」

「全然怖くないよ」と女の子が答える。

「ピグモンは道に迷った旅人を助けてくれる」

この見た目で友好的な性格をしているなんてちょっと意外だ。

「ピグモンはどこにいるの？」と訊くと、子供達は揃ってマティアスの森にいると答えた。

今度ジェーンに頼んで連れていってもらおう。そんなことを思っていると、おかっぱ頭の男の子が「βではどんな生物がいるの」と訊いてきた。

「虫でしょう。鳥、それから爬虫類と――」

子供達は一様に無反応だ。ただただ目を丸くして黙っている。

アイノはノートにトンボの絵を描いた。自分で見ても恥ずかしいくらい拙《つたな》い絵だったが一人の女の子が「ドリブみたい」と反応した。

次に鳥の絵を描いた。

「これ、マホウ？」

「ピルックじゃない」

「ボウアだよ」

「ボウアはとっても大きいよね。これはオオハクチョウと言って真っ白い水鳥でね、羽を広げてもこれくらいなの」

アイノが両手を広げると、子供達はオオハクチョウと口々に声に出して真似をした。

　そんなことが四、五回繰り返された後、それまで黙っていた青い目の男の子がふと「ゴモラは？」と訊いてきた。

「見たよ」

「どこで？」

「ベリアに来る前に、サバンナで」

　青い目の男の子にそう伝えると、全員が「いいなぁ」と口を揃えた。

　ゴモラは滅多に姿を見せないらしい。見られないとなると心理としては見たくなる。見たくなるほどに人気が上がる。姿形が良いので尚更だ。

「βにはゴモラはいないよ」

「じゃあどんなのがいるの」

「αにいるような大きな生物はβにはいないの」

　子供達は更に目を丸くした。アイノがこれまで話した様々な情報の中で、この事実が一番の衝撃を与えたようだった。

「まだいて欲しい」と懇願する子供達に「また来るから」と言って別れを告げ、アイノは車に乗り込んだ。後部座席に深く座ると、ノートにメモを書き込む手を止めて、キャノピー越しに遠ざかるラマナ・コームスを眺めた。ジェーンに連れられて高台から眺めた時には蔦や木の根の塊という感じに見えていた。だが、実際に訪ねてみると、無数の蛇が絡みついたような感じだった。

一見すると無秩序でめちゃくちゃのようだが、俯瞰《ふかん》するとすべてが曲線で出来ており、柔らかく、優しい。調和しているように思えてくる。そこへいくとβの形は理路整然としている。直線に集約されているからだ。建物も道具も発想も直線で構成されたものが圧倒的に多い。飛行機や船など流線形もあるにはあるが、それは空気の抵抗を抑えるために必要に応じて設計されたもので、もしその必要がなければおそらくは直線で構成されていたのではないだろうか。

人間は自然の中に美を見るが、より豊かに、より成長を遂げようとして基盤を直線に求めた。それは美しい反面、どこか冷たさを持つ。βの人間は自然の中に直線を打ち立てることで己の存在を誇示した。自らの作り上げた世界の中に自然を内包させた。その結果、人間同士にも直線を用いて自己と他者を明確に分けた。そのことが生物の分類にも繫がっている気がする。

でも、どちらが良い悪いと決めつけるのは早い。まだαのことを学び始めたばかりだ。とはいえ、αの文明に大きく心惹かれているのは確かだった。自然に寄り添うこと、自然に合わせて生きることは祖父のハンネスがそうであったように、フィンランド人にとっても当たり前のことだからかもしれない。

「もう、そんなに書いたんですね」

助手席に座っているナフタルトの声で我に返った。

「あぁこれね」

ノートはもう半分以上を使ってしまった。

「子供達からいっぱい話が聞けたからね」

進行方向に白亜の塔が見える。先日、レッドキングを展望台から見た、あの中央議会堂だ。

「もしかして戻ってます？」

運転席のゲオルギーが「はい」と素っ気なく答える。

エネルギー施設がどこにあるのかアイノは知らなかった。訊いてもおそらく分からないから何も言わずにいた。ただ、勝手なイメージで郊外のどこか広い敷地にある工場や発電所のような雰囲気を想像していたのだ。

「施設は中心部にあります」

「……そうなんですか？」

軽い驚きを覚えた。

――それって危なくないんだろうか？

βでのエネルギー施設の事故は数え上げればキリがない。

特に原子力発電所の事故は一度起きてしまうとその後数年、数十年にわたって影響が続く。

幸いにもゲオルギーは史上最悪とも言われるチェルノブイリの原発事故を知らない。

ソユーズの事故で仲間、家族、故郷を失った悲しみの中、それは微かな幸運だと思った。

しばらくすると車はトンネルへと入った。全体に淡い光が溢れ、壁面などはよく見えない。単調な景色が続く。

「音楽でもかけましょうか」とゲオルギーが提案した。

車内に音が流れ出した。緩やかな旋律を弦楽器や管楽器が奏でる。どこかケルト音楽のようだ。女性のソプラノが重なる。いつの間にか窓全体がスクリーンとなって美しい景色を映し出している。ゲオルギーはもちろんだが、ナフタルトもさっきから黙ったままだ。眠っているのかもしれない。アイノは流れる音色に心地好さを感じながら知らない土地の映像を眺め続けた。


「私達はここでお待ちしています」

二人は施設の方から迎えが来た時にそう言った。アイノはいわゆる施設見学程度にしか考えていなかったが、エネルギー施設の中には特別な許可がないと入れないと教えられた。

エネルギー施設は正式名称を『ベリア16』といった。

一の都市、ベリアを賄うエネルギーを一挙に生み出すと共に、初代から数えて十六代目の装置がそのまま名前になっているのだと、施設の案内役として現れたアーキ・ラミと名乗るセンター長が早口で語った。

「あと二十年弱で十六代目は引退を迎えます。その後、施設名は速やかに『ベリア17』に変わります」

アーキ・ラミが言うには、ギガンティバス大陸の各主要都市、人口の多い大きな町や村には出力の差はあれど同じようなエネルギー施設があるのだという。これはαの他の大陸でも同様なのだそうだ。

緩やかに下っている黒いトンネルの中をアーキ・ラミに少し遅れて歩きながら、照明も無いのに空間がぼんやりと光り輝いているのはなぜだろうと考えた。

「これはプラズマです。物質は固体・液体・気体という三つの状態だけではありません。プラズマは気体を構成する原子が分離し、陽イオンと電子に分かれて運動している状態を指し、電離した気体に相当します。第四の物質状態といわれる所以《ゆえん》です。プラズマは中性ガスを加熱するか、強い電磁場にさらすことで人工的に生成することが可能ですが、可能だからといってすぐに使えるようになるものではありません」

「なら、プラズマをどう使うのですか」

「フュージョンエネルギー、つまり核融合です」

——やはりそうか。

町そのものを動かすほどの膨大なエネルギーが何なのか、幾つかの予測を立てていた。

一つ　βで実現しているエネルギー（化石燃料・水素・原子力など）

二つ　考案されているが実現には至っていないエネルギー（核融合によるプラズマなど）

三つ　βでは知られていない未知のエネルギー

だから、核融合と聞いても激しく驚くようなことはなかった。

「ちなみに核融合とはどういうものなのかと言いますと——」

「それは高校の時、ちょっと習いました」

「そうですか」

アーキ・ラミの返事はこれまで通り淡々とはしているが、説明出来なかったことが残念でならないように感じられた。

核融合は水素のような軽い原子核同士がくっついて、ヘリウムなど、より重い原子核に変わることを言う。融合反応が起きる前の重水素と三重水素の重さより、融合反応が起こった後のヘリウムと中性子の重さの方が軽いので、その差の分だけの質量がエネルギーに変わる。アインシュタインが唱えたエネルギーEが質量mと等価であるという原理（$E=mc^2$）により、核融合反応が起こると僅かな質量が非常に大きなエネルギーを生み出すのだ。

高校時代、お世話になった物理のアニッタ先生は、「将来、フィンランドにも原発ではなく核融合施設を作るべき」という持論を持っていた。それはおそらくチェルノブイリ原発事故の経験からだったと思う。

アニッタ先生はこうも言っていた。

「世界でも核融合による発電は実現できていませんが、研究レベルで核融合反応を起こすこと自体は、ごく短時間ですが可能になっています。ですが、あと僅かがいつも、とてつもなく遠いのです」

あと僅か。必死で手を伸ばし、触れるか触れないかギリギリのところでそこに手が届かない。それはどの分野の研究でも同じだ。だが、αではすでに手が届いているだけでなく、実用化され運用されている。それも平和的に。

アーキ・ラミは空中を撫でてディスプレイを表示させると、馴れた手つきでパネルを操作した。今まで目の前にあった壁が消え、空間が現れた。

中央には球体があった。ぼんやりと発光している。どういう原理かさっぱり分からないが、球体は台に載っているのでもなく、上から吊っているのでもなく、ただ空中に静止している。インド洋の海中で見た透明の球体に似ていると思った。違っているのは球体の真ん中に丸い球が一つあることだ。球体の中はすっぽりとジェルで満たされており、周囲を金属質のリングがぐるりと取り囲んでいる。ドーナツの輪の中心に丸い球がある。例えるならそんな感じだ。

「ソルストロンです。太陽は自らの体内で核融合を起こし、エネルギーを作り出しています。ソルストロンの原理もそれとまったく同じです」

アーキ・ラミの解説と連動するように、球体の上と下から現れた球が真ん中の丸い球に向かってゆっくりと近づいていく。と、上下から丸い球に近づく球に向かって一条の光が放たれた。丸い球は放電したかのように青い光を帯びる。

「今のは」

「中性粒子ビームを撃ち込んだところです。これを合体させると――」

光を帯びた上下の球が真ん中の丸い球と合体すると、輝きは青から黄色、オレンジ、白へと変化していく。アイノは眩しさも忘れて白い光を見つめた。

「光は外へと広がり、ヘリカルリングに輸送されます。ヘリカルリングとは球体の周囲をめぐる金属質のリングのことです」

光は次々にリングの中へと飛び込み、ぐるぐると回転を始める。

「核融合反応を連続的に起こすには、燃料である原子核を高い温度で、長い時間、一定の領域に閉じ込めておくことが必要となります」

閉じ込められた光は今や互いに競走するようにリングの中を駆け巡っている。

「ご覧ください。核融合反応が始まりました」

「この高エネルギーをどのようにして取り出すんですか」

「球体をよくご覧ください」

よく見ているつもりだったが、見落としがないか注意深く見つめた。特に変わったところはない。今度は首を傾け、少しだけ見る角度を変えた。

その時、光の波紋が見えた。

「気づかれましたか。球体の周囲で波のようなものが見えますね。それはブランケットジェルの中を伝わる熱エネルギーです」

「あ……」

「ブランケット……？」

「球体を満たしているジェルのことです。波紋は太陽コロナのプロミネンスと同じ現象です。これを循環させながら熱エネルギーや電気エネルギーに変換して発電します。間にジェルを挟むことで安全面も考慮されています」

「なら、どうしてベリアの地下にあるんでしょうか」

「地下？」アーキ・ラミは再び半歩前を行きながら問い返した。

「どれほどチェック体制を整えていてもヒューマンエラーは起きるものです。小型の太陽に万が一事故が発生すれば、ベリアの町は大きな被害を受けると思うんですが」

「もし、サバンナに施設を建てたとしましょう。そこには様々な巨大生物が棲息《せいそく》しています。巨大生物は何も地上にいるとは限りません。地下にも、海中にもいます。では、いっそのこと空に浮かべたらどうか。いいえ、これもダメです。空を棲《す》み家とする巨大生物もいるのですから」

そうだ、αにはβにはいない巨大生物達がいる。たとえ施設をカモフラージュしたり、見えなくしたり、移動させるにしても、一〇〇％の確率で巨大生物から施設を守り通せるかというと不安が残る。時には不可抗力だってあるだろう。破壊されたら最後、エネルギーの供給路は断たれ、町は孤立する。

「町の中心部にソルストロンを置くことは設計の当初からの大前提でした。ここは母親の胎内であり、子宮です。もっとも安全な場所なのです。そして、そこから生まれてくる力は新しい命となってα全土を照らします。しかも完全に無害であり、自然にはまったく影響を与えません」

「ソルストロン一基のエネルギー出力ってどれくらいなんでしょうか」

「『ベリア16』のもので一〇〇〇万kWほどです」

——桁《けた》が違う……。

原発一基でも一〇〇万kWだというのに、こんなにもコンパクトでその十倍のパワーがあるなんて。

それでベリアの町の動力を担い、巨大生物と戦うのではなく、往《い》なす方法で安全を維持している。しかも完全なクリーンエネルギーなんて夢のようだ。この技術がβにあれば大気汚染は減り、エネルギーの奪い合いで戦争などをしなくても済む。地球温暖化も過去の話になるかもしれない。

アイノは美しく揺れ動く光の波紋を見つめながら考えた。

親愛なるレコ

今日はαのゲストハウスにあるテラスでこの手紙を書いているの。お気に入りのグラスファーを飲みながらね。

地球はずっと宇宙に目を向けて、人間が住むことが出来る星を探してきた。電波や電磁波を使ったり、宇宙空間に望遠鏡を浮かべたりしてね。でも、灯台下暗し。笑っちゃうくらいすぐ近くにその星はあったのよ。αとβはまるでふたつのベリーのよう。空気はあるし、水もあるし、山もあるし生き物もいる。私達と同じ人間だっている。αの人、特にオルドとコンコルディアは見た目なんて何も違わない。DNAを調べればおそらく私達とほとんど一緒だと思う。その内、レコそっくりの人にばったり会いそうな気がする。ときめいたらどうしよう。なんてね（笑）でも、そっくりでいながらまったく違う部分も沢山ある。毎日、気絶するような勢いで眠ってるのは、起きている間の刺激がもの凄いから。見るもの、食べるもの、聞くもの、触れるもの、何もかもが珍しくて、楽しくてワクワクしっぱなし。

特に巨大生物。あれはもう信じられないくらい凄い。あまりにも大きくて怖いんだけど、心が縛られるくらいに魅《ひ》かれる。あなたにも見せてあげたい。そして、目を見開いてポカンと口を開けた顔を隣で笑って眺めていたい。

次からはいよいよフィールドワークよ。αの生物学者で仲良くなったジェーンさんが連れていってくれる。間違いなく頭がフル回転して夜は気絶する。手紙を書く時間をなんとか確保しとかなくちゃいけないわ。ねぇレコ、私がどうしてオーロラに夢中になったのか、なんとなくだけどそれが分かった気がする。私はずっとαのことを感じていたのかもしれない。いつかミアに会ったら訊いてみたい。私をいつから見ていたのって。


アイノはペンを置いた。

ミアのことを考えるとよく分からなくなる。αに呼ばれたのは東仰角六十度に何かあると気づいたからだが、ミアはどうやらその前から私を見ていたらしい。

――一体なぜ？

この旅はただの観光で終わるのだろうか？

それとも自分に何かをさせる気なのだろうか？

アイノは心の奥底に微かな不安が膨らんでいるのを感じていた。

茂みから出てくる

【突然に起こる、青天の霹靂《へきれき》】

11

──α滞在　八日目

広々としたキャンピングカーの中はあっという間に荷物で埋まってしまった。

ほとんどがジェーンの持ち物で、カメラや録音機、モニターなどのデータ収集用機材から雨合羽、ブーツ、タオル、虫よけスプレー、シャンプーや石鹸などの日用品まで幅広い。

「これでも少ない方よ」

長期にわたる場合は荷物だけでもう一台別の車が必要になりそうだ。

「さぁ乗って乗って」

ジェーンに急かされ、アイノは後部座席のシートにまで侵出している荷物の隅っこに、決して小さくはないお尻を無理やりねじ込んだ。白いシャツと男ものを改良した茶色のパンツにブーツという身軽な格好は、やはり丈の長いスカートよりも動きやすい。助手席にはいつものテンガロンハットを被ったジェーンが座り、運転手はゲオルギーが務める。ちなみにゲオルギーの格好は黒のポロシャツに灰色のロングパンツ、なんとなくゴルフをする格好に見える。フィールドワークにまさかスーツでは来ないだろうと思ったが、どうしても別の服装のイメージが浮かばなかった。体格がいいからか、結構様になっている。

今回はナフタルトが留守番になった。本人も一緒に行く準備をしていたのだが、直前になってフシ大陸から文化使節団がベリアを訪れるということになり、秘書の一人としてノフトの仕事をサポートしなければならなくなったのだ。俯《うつむ》き加減で見送るナフタルトに、「お土産買ってくるから」と言って元気付けた。

「そんなもん、どこで買うの？」

「どこって……お店で」

「お店ねぇ」

ジェーンは意味深長な笑みを浮かべた。

キャンピングカーが空飛ぶ巨大なクラゲから延びたトンネルを通ってαの大地に降りると、目の前には広々としたサバンナの風景が広がる。青空には綿のような雲が浮いていて、赤い地面がどこまでもなだらかに続き、遠くに山の稜線《りようせん》が薄っすらと見える。緑色の草が風になびき、ところどころに巨木がそびえ立っている。エンジンの音に驚いたのか、見たことのない動物の群れが駆け去っていく。

あぁ……とアイノの口から言葉にならない声が漏れた。

地球と似ているがここは地球ではない。今、自分は別の惑星にいるのだと思うと胸が高鳴る。

「ナフタルトに聞いたよ」

ジェーンに呼びかけられ、アイノはうっとりした意識を戻した。

「何をです？」

「地理の勉強をしてるんだって？」

「えぇ、まぁ」

「早速だけどテストを始めます」

ジェーンが空中を撫でてディスプレイを立ち上げる。アイノも慣れた手つきでディスプレイを立ち上げた。二つのディスプレイは同期してあり、同じ画面が映し出されている。

「ベリアから南東方向に向かってサバンナが広がっている。これは？」

「ヒラポー平原」

「じゃあ道に沿って流れる川は？」

「イクノナ川とメベ川。二つは下流で交わってジタール川になり、ルミコス湾に注ぎます」

「ヒラポー平原の北にあるのは？」

「トーネルア砂漠。南北は短く東西に延びていて、一番長いところで六〇〇㎞くらい」

「今向かっているデノミ大森林の特徴は？」

「トーネルア砂漠から上がってくる乾いた空気と、グードブル山脈から吹き下ろす冷たい風がぶつかって晴天と雨が交互にやって来て、多様な生物の環境が成り立っています」

他にも幾つか訊かれたが、すべて淀《よど》みなく答えた。

「参ったわね」とジェーンが呟く。「完璧じゃないの、ねぇ」

「驚きました」

話を振られたゲオルギーもいつも通り、淡々とした口調で返事をした。

「先生が良かったからですよ」

これは紛れもなく本心だ。

アイノはナフタルトに頼んで、いつでもギガンティバス大陸の地図がディスプレイに表示されるようにしてもらった。それを眺めるだけではなくノートに描き写した。広域の地図、ベリア周辺の地図、ベリア市内の地図。縮尺を変えながら何枚も描いた。道路、川、山、湖、村や町、オルド語で書かれた地名はナフタルトに訊いて英語で綴《つづ》った。ナフタルトが辛抱強く勉強に付き合ってくれたからこそ、短期間でαの地理を大まかに理解することが出来たのだ。

「そりゃなんとかしてお土産を見つけないといけないね」

ジェーンはさっきの話を蒸し返した。

「やっぱり買うのは無理なんですか」

「私が知る限り、ルートE28沿いには店らしきものは一つもありません」

「一つも……？」

「はい」

ゲオルギーの短い言葉はどこか最後通牒《つうちょう》みたいな感じで絶望させる響きがある。

「でもさ、買うってだけがお土産じゃないからね。見つけりゃいいのよ」

「見つけるって何をですか」

「何かをよ」


キャンピングカーは走る。地平線に向かってどこまでも続く直線の道をひたすら走り続ける。気がつくと他の車を見かけなくなって随分経っていた。その理由を尋ねると、巨大生物が原因だとジェーンが答えた。

「ゴモラですか」

「あんた、ゴモラの名前も知ってるのね！」

αに来た日、サバンナに出現したゴモラはヒラポー平原を東に五〇㎞ほど移動した後、忽然《こつぜん》と地面に潜ったのだそうだ。自然環境局生物多様性センターでは今後一ヵ月ほど、ヒラポー平原からベリア周辺にかけてを警戒区域に指定した。

「アイノが着いたのはここら辺よ」

ジェーンがディスプレイに映った地図の一角を丸で囲んだ。

草と赤土と岩と枯れた木が見える。確かに見覚えがあった。いきなりボウアに襲われてあの岩の隙間に挟まったのだ。

地理を覚えるまではまったく想像がつかなかったが、ポータルは随分とベリア寄りだった。いっそのことベリアの中だったら、着いて早々あれほど大変な思いをしなくて済んだのにと思う。ジェーンはそんなことなど知る由もなく、画面に幾つもの印を描き込んでいく。

「全部ボウアの巣ですか」

「なんでそう思った？」

「襲われた時、ここら辺にボウアの巣があるってゲオルギーさんが言ってたから」

「私も驚きました」

「そうね、ボウアは元々警戒心が強いから、街の側とか道路に近い場所に巣を作ることなんてしないんだけどね」

印は全部で六ヶ所ある。ジェーン達は直ちに調査を行い、ボウアの巣の位置を正確に特定していた。これも自然環境局生物多様性センターの重要な仕事なのだという。

「内陸に巣を作れなくなった理由があるのかな」

「例えば？」

「ゴモラがすごく活動的になっていて、ボウアは今までと同じ場所で巣作り出来なくなったとか」

「あれは私がスタングレネードを二度も使ったからです」とゲオルギーが答える。

「それはあるかもね」

ジェーンは同意しつつ、アイノの方を見つめた。

「なぜゴモラが活動的だと思った？」

「滅多に見られないんですよね」

「私も父も数えるくらいしか見たことない」

「私が見たって言ったら子供達もすごく羨ましがっていました。とても幸運だって。でもそうなのかなって」

「ん？」とジェーンが片方の眉を上げる。

「これは私の持論なんですけど、運とか奇跡ってそれなりの理由があると思っているんです。だから今回、ゴモラがあそこに出てきたのもそれなりの理由がある」

「で、それは何？」

「私かなって」

「は？」

ジェーンは振り向いてまじまじとアイノの顔を見つめた。

「あんた、まさかゴモラが自分に会いに出てきたとかって言うんじゃないわよね」

「違いますよ！」アイノは激しく手を振った。「αとβってどういう仕組みで繋がってるのか全然分からないけど、ポータルが開いた時の磁場とかエネルギーとか、なんかそんなものを感知したんじゃないかなぁって思ったんです」

さっきまで穏やかだったジェーンの顔が急に固まった。

「これって発想が突飛過ぎますよね。ごめんなさい。リセット、忘れてください」

そう言って持ってきたお気に入りのグラスファー入りのペットボトルを勢いよく飲んだ。だが、ジェーンは何も言わず考えに浸っている。

「あの……、ずっと考えてたんですけど――私が着く場所とか日時ってどうやって知ったんですか」

ジェーンとゲオルギーを交互に見ながら尋ねた。

「知ったのではなく、そうなるように誘導したのです」

「ええっ？」

「私が送った座標がありますね」

「4．6384 67　82．667605」

すっかり記憶してしまった座標を呟いた。

「それはα側とβ側のポータルのある場所を示しています。ただし、位置は一cm単位で正確かというとそうではありません。過去には数十kmもズレたという記録も残されています。理由は分かりませんが。ちなみに今回の誤差は八〇〇mほどでした」

とゲオルギーが付け足した。

「でも、変じゃないですか。どうして私がその日に来るって分かったんですか。私がいつ頃インドに行って、海に潜るのかなんか、見えてないと分からない筈です」

そこまで言って息を呑んだ。

「……盗撮？」

「違います」

「酷い！」

「誓ってそんなことはしません」

「アイノ」ジェーンが真っ直ぐに見つめてきた。「嘘じゃない」

「じゃあどうやったのか説明してください……」

「ミアよ」

「また……。なんですか、そのミアって」

「詳しいことは追々話す」

「今、話してください」

「今は無理。アイノにはまだ理解出来ない」

「どうやったら理解出来るようになるんですか」

「これはそのためのフィールドワークでもあるのよ」

ジェーンは一度言葉を切り、「お願いアイノ、私を信じて」と言った。

アイノは深く息を吸い、ふーっと大きく吐いた。

「ジェーンさんのこと、信じます。でも、その時が来たら必ずミアのこと、話してくださいね」

「約束する」

アイノは頷いた。

ジェーンも黙って頷いた。

その時——、ガクンと急制動がかかった。

身体がシートにしっかりと密着しているから飛ばされずには済んだが、車体の後部はあきらかに宙に浮いた。

「どうしたの……」

首を押さえてジェーンが苛立《いらだ》ちの声を上げる。

「あれを……」

ゲオルギーは呟いたまま、真っ直ぐに前を見つめている。

路上に何かがいる。それは瞬きもせずにじっとこっちを見ている。全身に無数の赤い棘が生えており、骨のような手足、口はへの字で、見開いた目はギョロリとしている。

「なんでピグモンが……」とジェーンが呟いた。

それで思い出した。小学校を訪ねた時、子供達が描いてくれた絵の中にあった。

ピグモンはひょこひょことキャンピングカーの方へと近づいてくる。ゲオルギーが止まったエンジンをかけ直そうとするのをジェーンが素早く止めた。

「ピグモンはこっちが何かしない限り攻撃してこない」

そう言って外に出ようと腰を浮かす。

「せめてグーフを連れていってください」

ジェーンはゲオルギーの申し出に首を横に振った。

「私が戻るまでここにいて。何もしないで」

「気をつけて……」

ジェーンはアイノに軽く微笑んでドアを開けると、両手を広げ、ゆっくりとピグモンに近づいていく。小さいとはいえ相手は野生の生物だ。何が起きるか分からない。それでもジェーンはゲオルギーに指示を与え、アイノに安心を与え、行動を開始した。机の上で知識だけを貪《むさぼ》っている生物学者ではないことがこのことだけでもはっきりと分かる。

ピグモンはジェーンに何かを訴えるようにしきりに声を上げている。

「言葉が分かるんでしょうか……」

「さぁ」

前を見つめたままゲオルギーが呟く。

時間にして二、三分ほどだろうか。ジェーンが踵を返してキャンピングカーへと戻ってきた。

「アイノ、申し訳ないけど行先を変更する。ゲオルギー、ピグモンを追いかけて」

既にピグモンは道を外れ、サバンナの奥へと踏み出している。このままではすぐに青草が姿を隠してしまうだろう。

「分かりました」

下された決定に理由を尋ねることも疑問を差し挟むこともしない。ゲオルギーもまた、いかにも元軍人らしい。

キャンピングカーがついてくると分かったからか、ピグモンは徐々にスピードを上げて走り始めた。骨と筋だけで出来ているような足で弾むように突っ走る。時速は優に六〇㎞を超えているとジェーンが教えてくれた。

「シマウマ並みだ……」

「シマウマ？」

ピグモンを見つめたままジェーンが尋ねる。

「βには白と黒のストライプ柄の馬がいるんです」

「棲息地は？」

「サバンナ」

「それ、目立ち過ぎじゃない。βのサバンナにはよっぽど天敵がいないんだね」

「シマウマの縞《しま》は一つ、後ろの風景に縞模様が溶け込み、捕食者に見つかりにくいこと。二つ、体温を下げるのに役立つこと。三つ、捕食者が獲物のサイズや逃げるスピードを見誤ることです」

すらすらとゲオルギーが答える。

安を覚える。

「よく知ってますね」

「軍ではそういうことも研究対象でしたので」

ピグモンは一向に止まる気配がない。ひたすら内陸の方へと向かって走り続ける。いくらジェーンとゲオルギーが一緒だとはいえ、ルートを外れることにはやはり一抹の不安を覚える。

ふと、おさげ髪のコンコルディアの少女の言葉を思い出した。

「ピグモンは道に迷った旅人を助けてくれる」

——でも今、一行を迷わせせようとしているのはピグモンのようにも思える。

そんな想いを巡らせながら、ピグモンの背中、お尻から伸びた棒切れのような尻尾、時折、振り返ってついて来ているかを確認する様子をノートにスケッチした。無事にベリアに戻れたら、子供達にこのノートを見せてあげようと思った。

ルートE28を外れ、北西に三七㎞ほど進んだ丘陵地帯で、ピグモンのマラソンは突然終わりを告げた。空は茜《あかね》色に染まっており、木や草に長い影が落ちている。

ピグモンは両足を揃え、飛び跳ねるようにして岩場を駆け上がると、キャンピングカー越しに見つめるアイノ達の前で大きな窪みの中に姿を消した。ジェーンはその様子を眺めながら、ここまでピグモンが導いてきた理由は必ずあると言い切った。

「その答えがあの窪みの中よ」

アイノもそんな気がした。

最初はまたしても一人で行くと言ったジェーンだが、頑として反対するアイノとゲオルギーの眼差《まなざ》しを見つめて、「みんなで」と意見を変えた。今度はケージからグーフを出して肩に乗せる。グーフは羽を広げ、身体を震わせ、背中を反らして伸びをした。その仕草がなんだか可愛らしくて笑いかけるとギロリと睨まれた。

ジェーンとグーフ、アイノ、ゲオルギーの順に岩場を登り始めた。車内から見た時はそれほどの高さとも思っていなかったが、実際にピグモンが隠れた場所は地上から五〇mほどもあった。しかも、一つ一つの岩が大きく、乗り越える時には二人の手を借りねばならなかった。

視界が上がってくると、景色はより遠くまで見渡せる。ヒラポー平原に沈む夕陽は真っ赤に燃え、地平と空が赤で結ばれているようだ。かつてここまでの息を呑むような黄昏《たそがれ》の景色に出会ったことはない。今ここにスマホがあれば、どれほどシャッターを押しただろうと思う。レコやヒルダ、熱川、家族にもこの景色を見せてやりたいと思った。

「ほら、ぼーっとしてるんじゃないよ」

ジェーンが上から手を差し出している。その更に上の岩場にはこっちを見つめるピグモンがいる。アイノはジェーンの手を摑み、また一つ大きな岩を登った。足場の悪い中を三十分ほどかけて、一行はようやくピグモンの誘う窪みに辿り着いた。

下からは窪みに見えていたがそれは見上げた際の角度の問題で、そこには亀裂と例えた方がいい横穴が開いていた。横穴の中は当然ながら灯りなどはなく、暗くて何も見えない。ただ、奥から漂う異臭をはっきりと感じた。

「ここにいて」

今度はジェーンの言葉に素直に従うことにした。

ピグモンの後を追うようにしてジェーン、ゲオルギーの順に亀裂に身体を添わせながら進入する。

陽が落ちて、瞬く間に空には星が広がっていく。そういえばαに来てから星空を見上げることはなかった。こんなことは十数年間で初めてかもしれない。ルーティンを飛ばしてしまうほど、この数日の間に体験したことは驚きに満ちているという証《あかし》だった。背後から物音がして亀裂の方に目を向けた。一瞬、ピグモンだったらどう接しようと不安になったが、岩場から覗いていたのは人の手だった。

「ゲオルギーさん！」

ゲオルギーは厳しい顔のままズボンの埃をはたいて落とす。

「中に怪我人《けがにん》がいます」

「え……」

「コンコルディアの母娘です。私は車に戻って救急セットを取ってきます」

「怪我は酷いんですか……」

ゲオルギーは振り向き、「特に娘の方が深刻です」と言うと、ペンライトを口に咥えてゆっくりと岩場を下り始めた。

視界からゲオルギーが消えると、迷った末、亀裂の隙間に身体を滑り込ませた。地面に転々と灯りが点いている。丸いボタンのような形をしたものが薄っすらと発光している。おそらくゲオルギーが残したケミカルライトの一種だろう。

灯りを頼りに奥へと進む。異臭はますます強まっていく。手で鼻を覆っても防ぐのは難しい。何かが腐ったような臭いに混じってアンモニア臭もする。壁に手を伸ばした先、灯りに照らされたピグモンがいた。

「ヒャッ！」

突然だったので短い悲鳴を上げた。

「こっちに来て手を貸して」

ジェーンの落ち着いた声に気持ちを立て直し、沢山の灯りが集まっている方へ向かった。母親だろうか、側には成人女性が座っているのが見えた。薄い布のようなものの上には少女が横たわっていた。歳は十歳くらい、目を閉じ、荒い息をしている。医学知識はまったくないが、目の前の少女が危険な状態であることは肌で感じ取れた。

突然、少女が身体を震わせて激しい痙攣が始まった。母親が知らない言葉で少女に呼びかける。

「足を押さえて！」

言われた通り、女の子の足を押さえた。体重を乗せ、強い力で圧していても、それを跳ね返そうとするほど強い力で反発してくる。

二～三分で痙攣は治まり、少女は荒い息をしながら再び眠りについた。

「破傷風よ」とジェーンが言った。「おそらく今夜がヤマになる」

少女の細い脚、左側の太ももが縦に裂けている。傷口は膿《う》んでおり、周辺の皮膚はどす黒い紫色に変色している。ジェーンは自分のハンカチに携帯している水筒から水を含ませ、傷口の周囲を丹念に拭っていく。少女の母親の唇はカサカサで見るからに憔悴《しょうすい》していたが、それでも少女の額の汗を指で拭い、張り付いた髪の毛を一本一本取っていく。

「少しでも抗体が効けば、明日の朝にはここを出てベリアの病院に運んでいけるんだけどね……」

――だがもし効かなかったら……。

その時は残酷な運命が待っている。

「手伝います。なんでも言ってください」

「じゃあ葉っぱを新しいのに替えて」

周辺には大きな葉っぱが広げられており、幾つかは血と体液で色が変色している。

「これって……」

「ピグモンが持ってきてくれたそうよ。この葉っぱはザヤって言ってね、抗菌作用があるの。そういうことも知恵として持ってるみたいだね」

ピグモンはさっきと同じ場所に彫像のように立ったまま、じっと少女を見つめている。

アイノは汚れた葉っぱを重ねると、それを壁の奥へと運んだ。暗がりに目が慣れて辺りを見回すと、排泄物を入れる穴、葉っぱの上に盛られた肉や木の実、木で作った何かの道具らしきものまである。どれくらいの期間かは分からないが、おそらくピグモンが母娘の世話をしていたに違いない。そして少女の死期を悟ったピグモンは車の通る路上に出て、人を呼ぼうとしたのだろう。

新しい葉っぱを摑んで戻ると、ジェーンはその葉っぱを少女の足にしっかりと巻いた。

「神様、この子をお守りください」

アイノは小さく神に祈った。

ジェーンはちらっとこっちを見たが何も言わなかった。

ゲオルギーが救急セットを持って戻ると、ジェーンは少女の腕に抗体を注射した。

その後、立て続けに二度痙攣が起きたが、それからは比較的穏やかな寝息に変わった。

夜明けまではあと二時間弱、このまま何事もなければ微かな望みは繋がる。

「――あれからずっと考えていたんだけどさ」

母娘とは少し離れた岩壁に背中をもたれさせているジェーンがぽつりと呟いた。アイノは「あれ」が何を指しているのか分からなかったからそのまま黙っていた。

ジェーンがディスプレイを立ち上げ、「これを見て」と言った。

「ヒラポー平原の振動記録をグラフにしたものよ」

「あぁ、ゴモラが活動的って話ですね」

「あんたに会いに来たって話」

「また……」

「グラフの見方はβと同じ。縦が回数、横が年度を表してる」

折れ線で表示されたグラフは年々上向きになっており、特にこの五年間は高い伸び率を示している。

「ゴモラは普段、地中三〇〇〇mから四〇〇〇m付近で眠りについている。だから滅多に地上には出てこない。現れたのは磁場に引き寄せられたかスタングレネードの可能性があるとしても、地下では動きが活発化していたのがこのグラフから分かる」

「これってゴモラだけを表しているんですか」

「そうだけど」

「これも子供達と話をしていて感じたんですが、αには他にも巨大生物が沢山いて、あちこちで目撃されているんですよね」

「アイノは小学校を見学に行って大正解だったみたいね」

ジェーンはキーを押して他の折れ線グラフを表示した。ゴモラのグラフに別の線が重なる。

「ゴモラの他にも地中で暮らしているものがいる。それぞれ活動範囲、棲息深度、動きなどが違うから、どれがどの巨大生物かはデータを見れば一目瞭然よ」

「全部上向いてる……。これじゃボウアも落ち着いて巣を作れやしない」

「この現象はギガンティバスだけじゃない。フシでも、アラートスでも、ガッスールでも、どの大陸でも近年、同じことが起きている」

「原因は分かってるんですか」

「はっきりしたことは分からないけど、その予測の一つはある」

ジェーンは再びキーを弾いた。

ディスプレイにゴモラ、レッドキング、まだ見たことのない巨大生物達の姿が映し出される。

「よく見てて」

巨大生物の顔が次々に折り重なるように集まっていく。違和感を抱いてアイノは目を細めた。

「みんな、目線が同じになっているような……」

「彼等の目線を辿っていくとこうなる」

ディスプレイに映った複数の巨大生物、その目から矢印が伸びていく。やがては陸地から宇宙へと飛び出し、更にその先へと向かっていく。

「……え」とアイノは息を呑んだ。

矢印の向かう方には——β、地球がある。

「前に言ったよね、捕獲とか駆除はしないのかって。ゴモラやレッドキングを目の当たりにしてどう思った？」

雲を衝《つ》くような巨体、尻尾の一振りで一五mもある怪鳥の背骨を砕き、たった一発の蹴りで地形を変えてしまう力がある巨大生物達。それを間近で体感した今では、即座に「出来る」なんて言えない。よしんば出来たとしても、信じられないほどの被害を覚悟しなければならないだろう。

「もし、巨大生物がβに渡りを行ったら――」

「ギーッ」とグーフの唸り声が響いた。聞いたことのない啼き声に「どうしたんでしょう」と小声で囁く。

「分からない。でも、急に落ち着きがなくなった。それに――」

ジェーンが注意深く辺りを眺めながら、「ピグモンがいない」と言った。

「見てきます」

ゲオルギーが素早く立ち上がると、出入り口に向かった。

グーフは尚も低く唸り声を上げながら地面を歩き回っている。落ち着かせようとジェーンが抱え上げてもしきりに首を動かし続けた。

「このまま何事もなくってのが理想だったんだけど、どうやらそうも行かないみたいだね。アイノは母娘に付いていてあげて」

「ジェーンさんは？」

「外の様子が気になる」

ジェーンもグーフを肩に乗せたまま、横穴の出入り口へと向かった。

暗がりの中、アイノとコンコルディアの母娘が残された。母親の方は異変にも気づかず、少女の隣で眠っている。おそらく何日かぶりの睡眠なのだろう。

「そうだ」

ピグモンが作ったと思われる道具のことを思い出し、それを取りに壁際の方へ向かった。幾つかある道具の中の一つで、枝や節が削り取られた棒を選んだ。棒の先には生物の骨が取り付けられ、植物の蔓《つる》のようなもので外れないように巻かれている。

――ドスッ。

出入り口付近で何かが音を立てた。

フィンランドなら木から落ちた雪の塊を連想するところだが、ここは$α$であり、洞穴の中だ。暗くてよく見えないが嫌な予感がする。地面のケミカルライトを一つ拾い上げると、音のした方に放り投げた。

……何かいる。

一見すると岩のようにも見えるが……違う。その証拠にもそもそと動いている。

もう一つケミカルライトを拾って投げた。今度ははっきりと姿が見えた。

体色は青みがかっており、顔の部分だろうか、大きなハサミのようなものがある。しかも大きい。見えている部分から推測すれば、優に大人くらいのサイズはありそうだ。

一瞬、外にいるゲオルギーかジェーンを呼ぼうと思ったが、大声を上げた瞬間に生物が襲いかかってくる気がした。

アイノは棒を摑んだまま、母娘の前に立った。生物がゆっくりと迫ってくる。ケミカルライトが全身をくっきりと浮かび上がらせる。さっきのハサミのようなものは生物の大顎だった。ガラス球のような青い大きな目、身体の両側からは太い手足と、それを補助するものなのか細い手足が三本ずつ生えている。とても攻撃的な体形をしている。そして、顕《あきら》かにこっちを狙っているのが伝わってくる。

一瞬、影が岩壁を横切ったように見えた。ピグモンが生物に飛びかかったと分かったのは数秒してからだった。

ピグモンは生物の背中に飛び乗ると、大きく腕を振りかぶった。ハーケンのように細長い三本の指が生物の体表を突き破ると、体液が噴き出した。生物がピグモンを振り落とそうと身体を起こす。頭で考えるより早くアイノは生物の方へ飛び込んで、棒の先端で左足を思いっきり薙《な》ぎ払った。踏ん張りの利かなくなった生物が地面につんのめる。

ピグモンはその機会を逃さなかった。生物の首の付け根を両側から挟み込むようにして爪を食い込ませた。右から入った爪は左に抜け、左から入った爪は右に抜けた。ちょうど生物の首を中心にしてクロスさせるようにだ。体液を噴き出しながらしばらくもだえていた生物は、やがてピクリとも動かなくなった。

背中から下りたピグモンが生物の腹を蹴って死んだことを確かめると、アイノに向かって何事かを早口で喋りはじめた。

「待って。私、あなたの言葉、分からない」

ジェスチャーを交え、必死になってピグモンを落ち着かせようとする。だが、ピグモンは一向に喋るのを止めない。

――何か危険が迫っているのかもしれない……。

そう思った矢先、ジェーンとゲオルギーが駆け込んできた。

「さっき大きな音がしたけど――」

ジェーンが死んだ生物に気づいた。

「なんでコバルトダリーがここに……」

「天井から落ちてきたんです」

ジェーンは真っ暗な天井を見上げた。その表情がみるみる険しくなる。

「すぐにここを出るよ」

「でも、朝はまだ――」

「それまでここは持たない」

ジェーンの目には有無を言わせぬものがあった。

「ゲオルギー、母親の方をお願い」

ジェーンは少女の側で跪《ひざまず》き、「我慢してね」と耳元で囁くと、肩に乗ったグーフを地面に降ろし、代わりに少女の身体を背負った。少女はぐったりしたままだ。呻き声も上げない。意識がほとんど無いように見える。

「アイノ、私とこの子を蔓で縛って」

言われた通りに蔓でしっかりと身体が密着するように縛った。

「荷物を持ってきて」

既にピグモンとゲオルギーは外へと向かっている。アイノは灯りを頼りに母娘の私物と思われるようなものを拾い集める。

すると、ズンと右肩に重みを感じた。グーフが飛び乗ったのだ。びっくりしたが、何も言わずにお腹を軽く指で撫でた。グーフは威嚇したり指を噛んだりすることもなく、されるがままになっていた。

「落ちないでね」

グーフに声をかけると、救急セットと棒を摑んでジェーンの後を追いかけた。

横穴から一歩外に出ると、明確に空気の匂いの変化を感じた。冷たくて新鮮な空気が鼻を伝わって全身に駆け巡る。深呼吸をしながら視線を遠くに向けた。地平線が薄っすらとピンク色に染まっているのが見える。もう夜明けが近いのだ。

だが、岩場を楽に下りるためにはまだ十分な光ではない。ピグモンが先導を買って出てくれている。岩を一つ下りては後ろを振り返り、安全なルートを示してくれている。

おそらく僅かな光量でもピグモンの目にははっきりと見えるのだろう。

ピグモンはあきらかに知能レベルが高い。表情にこそ出ないが、複雑な感情もある。勇気も併せ持っている。βで言うところのチンパンジーやオランウータン、ゴリラなんかを思い出す。だが、彼等は人間とは類縁だ。元々が同じ祖先から分かれているから似ていて当然だ。でも、ピグモンはどう見たって違う。α人と同じ祖先とは思えない。そう言えばジェーンがシルワというもう一つの種がいると話していた。シルワの中には人間とは思えないような姿をしている者もいるという。

「クァーッ!」

今度はピグモンの叫び声が辺りに響いた。

「どうしたの!」

ジェーンが先を行くゲオルギーに呼びかける。

「コバルトダリーがいます!」

「ピグモンが防いでくれてる間にルートを変えるのよ」

「しかし、他にもいるかもしれません。しばらくここに留《とど》まって、もう少し明るくなってから移動した方が賢明かと――」

珍しくゲオルギーが反論した。

「そんな時間はないわ」

一体どういうことなのだろう。ジェーンはなぜ、こんな危険を冒してまで移動を強行するのか。「それまでここは持たない」と呟いたジェーンの言葉が耳から離れない。

ピグモンが二匹のコバルトダリーと激しく戦っている。

その間に一行はキャンピングカーに辿り着いた。

ドアを開け、グーフを車内へ誘おうとした途端、アイノの肩から草むらに向かってグーフがジャンプした。数メートル走って鋭い威嚇の声を張り上げる。グーフの視線の先には別のコバルトダリーがいた。

「アイノ！」

鋭くジェーンが呼びかける。

「手を貸して」

「はい！」

車内に乗り込み、ジェーンと一緒に少女をベッドに寝かせた。ぐったりしている母親の方は座席に座らせた。

「ジェーンさん、グーフが！」

「あんなの朝飯前のストレッチよ」

本当に心配していないのか、気遣ってわざとおどけているのか、アイノには分からなかった。

「出して」

ゲオルギーが素早くエンジンをかける。

「置いていくんですか！」

ジェーンは答えない。

キャンピングカーが走り出す。

アイノは外を見た。捜した。だが、草が邪魔をしてグーフもピグモンの姿も見えない。ジェーンはというと立ち上げたディスプレイの画面を凝視している。まったく心配している素振りはなかった。

「このまま右へ。出来るだけさっきの岩場から離れて」

ジェーンの指示でゲオルギーはキャンピングカーを加速させていく。

「さっきからどうしてそんなに急いでるんですか」

しびれを切らして訊いた。

「コバルトダリーは寄生虫なのよ。大型の生物に寄生して、食べ物の分け前を貰ってる」

脳裏にコバンザメやクジラジラミが浮かんだ。

――と、目の前が爆発したように土煙で溢れた。

影の中から黒い塊が向かってくる。

とっさにゲオルギーがハンドルを切り、衝突を回避した。落ちてきたのは直径一〇mほどの岩の塊だった。

アイノは少女が飛ばされないように身体を押さえながらも後ろを見た。さっきまでいた丘陵地帯の地形が変わっている。吹き飛ばしたのは大蛇のように太い尻尾だった。その向こう、朝日に照らされて、レッドキングの大きな背中から小さな頭へと続く蛇腹の身体が見えた。

「出たわね……」ジェーンは独り言のように呟いた。

アイノは大きく目を開けてレッドキングを見た。

最初の時はあまりの迫力に圧倒されて細部にまで目が届かなかったが、レッドキングの全身にある窪みには青い筋が入っている。コバルトダリーの体色と同じだ。おそらくコバルトダリーはレッドキングに寄生することで、保護色のように身体の色を青い筋と同化させていったのだろう。

「間一髪でした……」とゲオルギーが呟く。

本当にその通りだった。ジェーンが即断しなかったら、この場にいる全員が無事でいることはなかった。

「安心するのはまだだよ」

ジェーンの声はいつになく緊張に震えている。

レッドキングが咆哮《ほうこう》した。甲高い声が波動となってキャンピングカーを震わせる。

「左！」

ジェーンがディスプレイを見ながら叫んだ。

キャンピングカーが横転しそうな勢いでコースを変える。バリバリと赤い大地が裂けていく。ゲオルギーが鬼のような形相でハンドルを操る。地面が大きく盛り上がり、キャンピングカーが跳ねた。大きく右に傾く。

——倒れる！

横転を覚悟して少女に覆い被さると目を閉じた。しかし、いつまで経っても衝撃が来ない。薄っすらと目を開けると、傾いた車体がいつの間にか元に戻り、二度、三度と激しくバウンドしながら着地した。

途端、土煙が降り注いで辺りは何も見えなくなった。

いや、何かが見えた。巨大な影が動いている。

「どうしてゴモラがここに……」ジェーンが呻く。

ゴモラが目の前をゆっくりと動いている。全身が焦げ茶色の巨体は途轍もない大きさだ。レッドキングと変わらない。いや、むしろゴモラの方が分厚い感じがする。

ゲオルギーがキャンピングカーを動かそうとするが、〝グウッ、グウッ〟と苦しそうな駆動音がするだけでエンジンがかからない。

「今の衝撃で電気系統がやられたようです」

ゲオルギーはキャンピングカーの外へ出るとフロント部分のパネルを開けた。

「アイノ。いつでも逃げられるように、その心構えだけはしといて」

返事をする代わりにしっかりと頷いた。

土煙の向こう、巨大生物同士が向かい合うように近づいていく。

レッドキングは身体を反らして啼くと、ゴモラは僅かに頭を低くして下からレッドキングを睨み上げる。ライオンとトラが戦ったらどっちが勝つのか。小学生の頃、同級生とそんな話題になって、ライオン派とトラ派に分かれて言い争った。ちなみにアイノはトラ派だった。根拠はない。なんとなくカッコよく見えていたからだ。

「どっちが強いんですか……」

ジェーンは二体を見つめたまま首を振った。

「レッドキングとゴモラは本来テリトリーが違う」

だからさっきジェーンはゴモラを見て、「どうして」と言ったのだ。

「おそらく戦ったことはあるんだと思う。父の記録にはお互いの身体の傷に争った形跡があるって書かれていたから。でも、そうなるのは偶然による出会い頭よ。でも、今は違う。これほど彼等の活動が活発になるなんてことはなかったから。私にはレッドキングもゴモラも、とても苛立っているように見える」

何に？

地球にだろうか。

もしそうだとするなら地球の何に苛立っているのか。

電磁波、核実験、環境破壊、温暖化……。

あぁ、可能性のあることが次から次へと浮かんでくる。

先に動いたのはレッドキングだった。前傾姿勢でゴモラに突っ込んでいく。

ゴモラも動いた。体勢を低くしたままレッドキングに向かっていく。

両者が大地を踏む度に土煙が舞い上がり、地響きがして車体が大きく揺れた。

レッドキングの太い腕がゴモラの背中を殴りつけ、ゴモラの大角がレッドキングの腹を下から突き上げた。レッドキングの身体からバラバラと何かが降り注いでいる。おそらくあれはコバルトダリーだ。ゴモラの表皮からも緑色をした苔《こけ》のようなものがベロリと剝がれ落ちた。

お互いが僅かに距離を取ったかと思うと、振り向きざまに太い尻尾を振った。レッドキングとゴモラの尻尾が空中でぶつかる。数秒後にキャンピングカーの車体がズシンと衝撃波で震えた。なんというパワーなのだろう。もはやこの世のものとは思えない。大袈裟でも誇大でもなく、神話の世界を目の当たりにしているような気がする。

レッドキングが力任せにゴモラを押し倒し、その間に小山ほどもある岩を抱え上げた。起き上がったゴモラに向かってレッドキングが岩を投げつける。ゴモラはそれをまともに大角で受けた。岩はポップコーンが弾けるようにバラバラに砕け散り、周囲に岩石の雨を降らせた。起き上がったゴモラは左手でレッドキングの小さな頭を鷲掴《わしづか》みすると、強烈な頭突きを食らわせる。堪《た》まらずレッドキングは横倒しになった。まるで爆弾が爆発したかのように噴煙が舞い上がり、再び視界が遮られる。

土煙の中でゴモラが吼えた。

レッドキングが立ち上がり、激しい怒りの雄叫《おたけ》びを上げた。

ゴモラとレッドキングは再び向き合い、激突した。

食らいつき、殴り、叩き伏せ、蹴り上げる。大地は両者のリングだった。囲いの無い闘技場だった。足を踏み出す度に地面が抉《えぐ》れ、尻尾を振る度に大気が裂けた。

ゴモラが大角で力任せにレッドキングを押していく。レッドキングはゴモラの太い首や肩に太い腕を振り下ろす。

少しだけ戦いの場が遠ざかった頃、ドンと車体を叩く音がした。岩がぶつかったと思ったが、ガラス越しに見えたのは三本の長い指だった。

「ピグモン！」

ジェーンがドアを開けると、グーフがすかさず飛び込んできた。

「連れてきてくれたのね」

ジェーンがくしゃくしゃに身体を撫でると、グーフは嬉しそうに「クァー」と啼いた。

〝キュルルルル〟

駆動音が変わった。キャンピングカーのエンジンが再始動したのだ。

「行けそうです」

ゲオルギーがジェーンに向かって声を張り上げた。

土煙が落ち着き始める中、ピグモンが走っていく姿が見える。

「追いかけて！」

ジェーンの声に車内に戻ったゲオルギーがエンジンを吹かす。

レッドキングの尻尾をかすめるようにして、キャンピングカーはピグモンの後を追って草原を突っ走った。

ルートE28に戻ってきた時、ピグモンは立ち止まってキャンピングカーの方を見つめた。まるで自分の役割はここで終わりだと告げているように思えた。

「ジェーンさん、私も外に出てもいいですか」

「いいよ」

アイノはジェーンと共にキャンピングカーから降りると、ピグモンの方に歩み寄った。

「ピグモン、ありがとう」

ピグモンは分かっているのかいないのか、ただギョロリとした大きな目でアイノを見上げる。アイノはピグモンの前に膝を突き、目線の高さを合わせると、そっと手を伸ばしてピグモンの長い指先に触れた。

ピグモンは数度瞬きをして、「クアァァァ」と声を上げる。

「なんて言ってるんでしょう」

「母娘を頼むよって言ってるんだよ」

「大丈夫よ。病院に連れていくから心配しないで」

アイノがピグモンの長い指から手を離すと、ピグモンは何事もなかったかのように踵を返して歩き出し、草むらの中へと消えていった。

「ジェーンさん、見つけました」

「何をだい？」

「ナフタルトへのお土産です」

コンコルディアの母娘を守って戦った勇敢なピグモンの話をたっぷりと披露しようと思った。

12

その夜、いつものようにベッドに寝そべり、傍らにノートを広げてレコ宛ての手紙を書こうとしていると、ドアをノックする音がした。こんな時間に誰だろうと怪訝に思いつつ、「はい」と返事をする。

「夜分にすみません」

男の声がした。

ドアを開けるとゲオルギーが立っていた。厳しい顔をしている。

ハッとした。「女の子は……」

ゲオルギーが静かに首を振った。

「そうですか……」

アイノは汗と埃で汚れた幼い顔を思い浮かべながら、「お母さんは大丈夫ですか」と母親の様子を尋ねた。

「いなくなりました」

「……いなくなった？」

「病院から姿を消したということです」

娘ほど重症ではないにしろ、母親の方も心身が消耗していたのは間違いない。

「気が動転して……」

「いえ、そうではありません。母親は娘が死んだことを知りません。なぜなら病院を抜け出したのはその前なのですから」

「自分の意思で置いていったってことですか……？」

混乱するアイノに向かってゲオルギーは、「αではそれほど珍しくないことです」と言った。

「お伝えしたいことはそれだけです。私はこれで」

「待ってください」

立ち去ろうとするゲオルギーを反射的に呼び止めた。

「もう少し話を聞かせてください」

部屋の中の小さなテーブルを挟んで、アイノはゲオルギーと向き合った。

こんな時、飲み物はお酒の方がいいのかもしれないが、残念ながら冷蔵庫にアルコール類はない。コップにグラスファーを注いでゲオルギーと自分の前に置いた。

ゲオルギーは病院に預けた後の母娘の様子を語り出した。母親は点滴を受け、ひと眠りした後、病室の窓から抜け出したそうだ。書き置きなどはなく、お金も残されていない。娘は母親がいなくなって四時間後に息を引き取ったのだそうだ。治療費や埋葬にかかる一切の費用は、すべてジェーンのところに請求が行くことになる——と語った。

「さっき、それほど珍しくないって言いましたよね」

「はい」

「私にはまったく理解出来ません。一言で言えばαとβの死生観の違いになるんでしょうけど、それでも助けたのはそっちの勝手だから、あとはなんとかしてって……。そんな理不尽ってありますか」

ゲオルギーはしばらくテーブルの一点を見つめていたが、やがて口を開いた。

「私が幼い頃、家の軒下に野良猫の親子が棲み着きました。母猫と二匹の子猫です。私は気になって何度か餌を与えようとしましたが、その都度母猫に威嚇されました。親子は何日も軒下の奥に潜り込み、動こうとはしませんでした。遠くから見ていると、子猫の片方がだんだんと弱っていくのが分かりました。そしてある日、私が学校から戻ってきて軒下を覗き込むと、子猫が一匹だけになっていました。母猫ともう一匹の子猫は弱った子猫を残してどこかに立ち去ったのです」

「子猫はどうなったんですか」

「私の家の家猫になりました。名前はナターシャ」

「つまりその母猫は、ゲオルギーさんが助けるのを見越して弱った子猫を置いていったというんですか」

「分かりません。でも、結果だけを見ればナターシャは家族となり、十七年を生きました。軒下を出ていった母猫と子猫はその後すぐ、車に轢《ひ》かれて命を落としました」

アイノは黙り込んだ。

ゲオルギーの言わんとしていることはよく分かる。分かるが、心の中はざわめいたままだ。それはなぜだろう。今回の一件が猫でなく、人間だからだろうか。

「ゲオルギーさんはどうなんですか」

ゲオルギーが顔を上げてアイノを見る。

「一般論ではなくって個人的にどう思っているのかってことです」

ゲオルギーはアイノからグラスファーの入ったコップに視線を移した。口元が二度、三度ぴくりと動く。

そして再びアイノを見た。

「私は自ら進んでナターシャになりました。仲間を失い、ミッションに失敗した私は国に戻る勇気がなかった。αに残ることで生き延びることを選択したのです」

「地球にご家族は？」

「年老いた母、妻と娘、息子がいます。いや、いましたというのが正確ですね」

「一度も帰ろうとは思わなかったんですか」

ゲオルギーはポータルの存在を知っている。帰る術を知っているのだ。

「いいえ。こちらで所帯を構えましたので」

——結婚したんだ……。

「……どこで知り合ったんですか、奥さんとは」

「病院です。私が宇宙空間を漂っていた時に受けた異常を調べる担当医でした」

「異常……？」

「染色体のテロメアのことはご存じですか」

アイノは首を横に振った。

「テロメアは真核生物の染色体の末端部分にあるキャップのようなもので、その長さは老化に関係していると考えられています。初めて主議長の執務室にお連れした時、私の話題が出ましたね。その際、アイノさんが私の年齢に疑念を持たれたことはすぐに分かりました」

「どう見てもお爺さんには見えなかったから……」

「私の実年齢は八十四です。しかし、私の生物学的年齢は四十代後半です。宇宙空間では老化が遅くなり、寿命が長くなる可能性が挙げられていましたが、私自身がそれを実証したことになります。妻は今もこの研究に取り組んでおり、臨床医療に役立てようとしています」

「老化が遅くなるなんてなんかちょっと羨ましい……」

アイノはそう言ってからすぐに後悔した。

「すみません、こんな時に」

ゲオルギーは残り半分のグラスファーを飲むと立ち上がった。アイノより頭一つ背が高く、広い肩幅に胸板は盛り上がっている。

「これで失礼します」

ドアまで見送ると、ゲオルギーは振り向き、「焦らないでくださいね」と言った。

「何にですか？」

「すべての答えに」

ゲオルギーは「おやすみなさい」と告げて薄暗い廊下を立ち去った。

寝ている猫の口に鼠《ねずみ》は来ない

［行動しなくては何も得られない］

13

——α滞在　十日目

目覚めてベッドで上体を起こした時に、一瞬ふらつきを感じたがあまり気に留めなかった。これまでにも何度かこういう状態になったことがあったから。何十時間もぶっ通しでパソコンの前に座っていたり、星やオーロラを一晩中眺めたり、飲まず食わずで絵を描いたりすると、真っ直ぐに歩いているつもりでも蛇行しているみたいにふわふわする。でも、今回の原因はいつもとは違う。コンコルディアの母娘のこと。それに伴ってαの死生観をあれこれと考えたせいだ。

窓を開け放ってバルコニーに出た。無造作に空中に浮かんだベリアの町を眺めながらゆっくりと深呼吸する。αに降り立った時にはボンベとマスク無しでは過ごせなかったことが嘘みたいだった。

「うーっ」

声を上げて伸びをすると、背骨がポキポキと軽快な音を奏でた。

親愛なるレコ

今日の私はこれまでと違ってかなりモヤモヤしています。今からその想いを吐き出すから我慢して聞いてね。

私、αに来てからずっとワクワクしていたんだけど、ついにというかやっぱりというか、いろいろ壁にぶつかった気分です。偶然、怪我をしたコンコルディアの母娘を助けたの。それも結構な命懸けで助けたんだけど、母親は病院からいなくなって娘は亡くなった。母親から感謝されることはなかったし、治療費もジェーンさん持ちになった。結局、私達のしたことはなんだったんだろうってね。βでは困った人に手を差し伸べるのは美徳でもあるじゃない。というか、それが当然って思いもあるよね。でも、自然の法則に近いαでは、それは余計なことなんだって。少なくとも感謝される類のものではないみたい。

最初はね、異なる生物に対して捕獲もしなければ駆除もしない、αの精神というか考え方が素晴らしい、素敵だと思った。そうしないために町を動かしたり、擬態したり、透明になったりするという発想に素直に感動した。αではすべての生物が横並びであって、どれが偉い訳でもない。ほんとにそう、その通りだと思った。

でもね、人間も生物だから、襲われたり、食べられたりもする。時には踏まれて命を落とすことだってある。それは残念だけど仕方ないことなんだ——って風には割り切れないじゃない。やっぱり。でも、αの人は違うのよ、死生観が私達とはまったく違ってる。βはαの真似をすべき、見習うべきだと思っていたけど、どうも早合点してるみたいな気がしてきた。そう判断するのにはまだ全然材料が足りないんだわ。

そんな中でもピグモンが一生懸命母娘のお世話をしていたのには感動した。ピグモンっていうのはαにいる生物で、オコゼみたいな怖い顔をしてるんだけど、とても知能が発達してる。大きさもゴリラとかチンパンジーくらい。おそらく知能も同じくらいあると思う。ピグモンの行動を見てると、あるがままのαにだって助け合いの心はあるって思える。こんなこと言うと、野生動物だってそうじゃないかってレコに言われそうな気もするけど。

あぁ、なんだかモヤモヤする。私、どうしてαに呼ばれたんだろう。ほんとに帰れるのかな。

早くレコに会いたいよ。

朝食を終えて着替えを済ませたタイミングでナフタルトが呼びに来た。今日の行程は自然環境局生物多様性センターの視察だ。今回、ゲオルギーは欠席。グーフはしっかりとジェーンの肩に陣取っている。

車で南へ走ること四十分ほど、高台からベリア港が望める敷地に自然環境局生物多様

性センター、通称グスタフベリセンターがある。どうしてこのセンターにジェーンの父親の名前が付いているかというと、

「元々ここは父の私有地だったからよ」

だそうだ。

αを代表する生物学界の巨人、グスタフベリ・トールのことはこれまでにも度々聞かされている。グスタフベリは海と平原と山に囲まれたこの窪地に私財を投入し、生物の観察と研究のための拠点を作った。月日が経つごとに土地と施設はどんどん拡張されていき、今では総面積一億八〇〇〇万㎡にもなるという。いつかレコと遊びに行こうと計画しているアメリカのフロリダにある「ウォルト・ディズニー・ワールド」が一万一一〇〇ヘクタール（＝一億一一〇〇万㎡）だった筈だからそれよりも遥かに大きい。このとんでもなく広大なセンターの運営は、グスタフベリが亡くなった後、ベリアとグスタフベリ財団が共同で行っている。ちなみに現在の代表は娘のジェーンが務めている。

駐車場に車を停《と》め、アイノ達はゲートに向かって歩き出した。遠くには万年雪の山並み、手前には緑の平原と深い青色をした湖があり、その畔に建つ巨大なログハウス調のセンターはまるで高級リゾートのようにも見える。ちょっと場違いな印象に戸惑いつつ、アイノが正直な感想を告げると、ジェーンは「否定は出来ないねぇ」と苦笑いした。

いつの頃からかセンターは観光地となり、周辺の道路は整備されてホテルや食堂などが建ち、街が出来たのだという。十年くらい前はここを訪れるのは研究者だけだったが、

今では政府要人や著名人、もちろん一般人も来るようになり、それに伴い豪華な改装が施されていったのだそうだ。

「巨額の運営費の一部をベリアに賄ってもらっている弱みも当然あるから仕方ないんだけどさ、これを見たら父さんがなんと言うか……」

ジェーンはテンガロンハットを脱ぐと長い髪の隙間に指を差し入れ、ポリポリと頭を搔いた。グーフは指の邪魔をしないように素早く位置を変える。その足捌《さば》きはまるで軽快なステップを踏んでいるようだった。

「私は褒めてくれると思いますよ。これだけのセンターを維持していくのは当然お金がかかります。場所を観光地化することで集客を増やして収入を上げつつ生物の研究や調査を行って、環境の維持や被害を最小限に食い止める方策を立てているわけですから」

ナフタルトは高校を休学し、ノフト・オーティマスの下で秘書見習いとして実地の勉強をしている。日々のやり取りの中で政治的な駆け引きや物事の動きなどを沢山見ている。もしかするとこのセンターのこともいろいろな話を耳にしているのかもしれない。その上でジェーンを傷つけず、プラスの物言いをするなんてなかなか出来ることじゃない。

「あんたってほんっといい子だねぇ」

ジェーンはナフタルトを引き寄せて抱きしめた。大柄で腕だって倍ほどもあるジェーンに抱きしめられると、ナフタルトがどうにも気の毒に見えてしまう。それより肩から振り落とされまいと必死で耐えるグーフの姿が滑稽で笑いを誘った。

アーチ型のゲートを潜《くぐ》って建物の中に入ると、高い天井と吹き抜けの広い空間がお目見えした。

「ここはサロンと食堂とお土産物屋を兼ね備えているんだよ」

ジェーンの言う通り、研究者っぽい雰囲気の男女がテーブルを挟んで話をしている。時刻は十時半を少し過ぎたところで、オープンして間もないせいか一般客はお土産を見て回っている家族が二組ほどだ。男の子が欲しい人形を強請《ねだ》っているが、母親は「うん」とは言ってくれない。とうとう男の子は悲鳴のような声を上げて泣き出した。家族で旅行に出かけ、旅先でお土産を買う。さっきナフタルトが言った通りの光景だ。

壁の方に目をやると、大きな肖像画が掛かっているのに気づいた。

「この人がジェーンさんの？」

「あれ、顔見るのは初めてだっけ」

「ええ」

「全然似てないでしょう」

そう言われると顔はあまり似ている感じはしない。

「私は母似なの。父さん似はね、妹の方」

「妹さんの話も初めてです」

「私だってアイノの家族の話、全然聞いてないし」

出会った瞬間から濃密な時間を過ごしているからつい忘れてしまいそうになるが、ジェーンやナフタルトとは知り合ってまだそれほど間がないのだ。

「性格はきっと父親似でしょう」

「何が？」

「似てる似てないの話です」

「私は父さんみたいに――」

話の腰を折るような絶妙のタイミングでグーフが「クアァーッ」と啼いた。

「なんて言ったんです？」

「さぁね、グーフの言葉は分からない」

今度はグーフが長い嘴でジェーンの頭を小突いた。

「ちょっと！　痛いって」

「嘘はダメって言ってるように見えますけど」

アイノの隣でナフタルトが必死に笑いを堪えている。

「どうぞご自由に」

ジェーンはそう言うやグーフに文句を言いながらショップの奥へと歩き去った。

アイノはあらためて肖像画を眺めた。描かれているグスタフベリはある意味想像通りの出で立ちだった。鋭い目をして何かを見つめている。頭には茶色のハンチング帽を被り、白い髪、白い眉、白い髭が皺《しわ》深い顔を綿毛で和らげるように覆っている。首元には紺色のマフラーを巻き、厚手の茶色のコートを身につけている。随分と年季が入っていることは絵からも分かる。怖そうではある。だけど、同時に深い慈しみのような雰囲気を感じる。

いきなり後ろから何かを被せられた。

「ちょっと！」

びっくりして大声を出すと、テーブルで話をしている研究者達が何事かとこっちを見つめる。

「父さんのハンチング帽よ。これもお土産なの」

「……売れるんですか？」

「そこまでは知らないわよ」

苦笑するジェーンを見る限り、売れ行きは芳しくなさそうだ。

アイノは帽子に手を当て、頭にしっかりと被せた。

「こんな感じですか」

なんせハンチング帽を被るのは生まれて初めてだ。

「意外と似合うじゃない」

「ほんとに。なんだか研究者って感じがします」

二人の言葉に苦笑いしつつ、「でもこの帽子、男物ですよね」と言いながら据え置きの鏡の前に立った。なるほど、確かに悪くない。というより似合っているようにも感じる。

「私って男顔なのかな」

「あんたは十分可愛い顔してるよ」

アイノは鏡の前で微笑み、次にグスタフベリを真似て目を細めた。

「父さんと目元が似てるんだね。今日からはメロッグはやめてグスタフベリ二世に――」

「謹んで遠慮します」

ハンチング帽を脱ぐとショーケースの棚に戻した。

「買わないの」と残念そうに訊くジェーンには返事ではなく変顔で返した。

「※※、※※※※※、※※※※※※※※※※」

突然、知らない言葉が聞こえた。アイノが振り向くと、書類を手にした若い男が近寄ってくる。ジェーンは若い男とオルド語で会話を始めた。

「ちょっとこの辺で待ってて。すぐ済むから」

そう言うや、若い男を伴って事務所の方へ向かう。

「なんでしょうか」

「考えても分からんことは考えても時間の無駄や。だから目の前のことに集中する」

急に口調を変えたので、ナフタルトがキョトンとする。

「これ、私の先生の口癖なの」

「変わった喋り方をする先生なんですね……」

アイノは笑いながらレジの側に置かれたパンフレットを見つけると、一部を抜き取って中を開いた。そこにはジェーンの顔写真があり、挨拶が掲げられている。でも、これも残念ながらオルド語だった。

「読みましょうか」

すぐにテーブルの方へ移動して椅子に座ると、「お願い」と言ってパンフレットをナフタルトに手渡した。


この星の生態はとても多様で驚きに満ちています。中でも巨大生物は格別です。巨大生物はこの星の至るところに存在していますが、生態となるとほとんど解明されていません。単体なのか、群れなのか、どんな食性があり、どんな行動をするのかなど、その多くが謎のままなのです。

私の父、グスタフベリ・トールは生物学者であり、フィールドワーカーであり、その生涯を生物の研究に捧げました。とりわけ巨大生物にです。しかし、人間の寿命はあまりに短く、巨大生物のことを知るには到底時間が足りません。娘である私がその研究を引き継ぎましたが、やる前からはっきりしていたのは自分の一生をかけても、「すべての謎を解き明かすことは出来ない」ということです。そして、やりながら分かってきたことは、「分からないことが分かった」ということです。

そもそも巨大生物は一括りに出来る存在ではありません。実に多様であり、調査するのも一苦労です。巨大生物は私達人間の想像を遥かに超えています。例えるなら未知なる宇宙そのものです。だからこそ人間は巨大生物を畏怖し、同時に強く魅かれるのだと思います。

今、私は大きなテーマに向かって突き進んでいる最中です。それは、巨大生物はなぜここにいるのかというものです。これだけ多くの巨大生物がαで発見されているのはなぜなのか。惑星としての環境が適していたため、自然発生的に出現したのか。誰かが何らかの目的でαへ運んできたのか。調べれば調べるほど謎は深まるばかりです。それでも調査チームは少しでも秘密を解き明かそうと、今日も世界各地に散らばっています。この研究は今後も世代を超え、永遠に受け継がれていくことでしょう。調査の意義を多くの方にご理解いただけたら幸いです。

グスタフベリ財団　代表
ジェンドリン・トール

パンフレットを読むナフタルトの声を聞きながら考えていた。

　ジェーンは物言いも行動もさばさばしていて、ちょっとがさつな印象を受ける。でもそれはほんの一面であり、彼女を成している大部分は、真摯に、心の底から生物と向き合っているということだ。アイノがボウアに襲われた場所に向かって巣の位置を特定したり、言葉の通じないピグモンの様子から異変を察知したりした。洞窟に現れたコバルトダリーを一目見るや、即座に洞窟からの脱出を決めたのもそうだ。ジェーンがいなければここで、こんな風に過ごせていなかったかもしれない。

「ごめんごめん」

　当の本人が大股でこっちに歩いてくる。

「どうかしたんですか」

「今朝、北の方で大きな地割れがあってね、そこにオクスターの群れが落ちたって通報があったらしい」

　ジェーンはディスプレイを立ち上げ、オクスターの画像を表示した。体色は白に近い水色で、顔は牛やカピバラにちょっと似ている。肩の部分に生えている大きな二本の赤い角が目を引く生物だった。

「群れの規模は」

「五百頭はくだらないそうよ」

「そんなに……」

「突発的な地割れで逃げる間もなく巻き込まれてしまったんだろうね。本来、生物は地震波を察知する能力に長《た》けているから」

「北って言いましたよね」

ずっと気になっていた。ゴモラとレッドキングはあれからどうなったのだろうって。

「私もすぐそれを思った。だから政府の調査隊と一緒にうちの人間も現地に向かうことになったの」

「オクスターはどうなるんですか」

「どうとは？」とジェーンが首を傾げる。

「いえ、なんでも……」

地割れに落ちたオクスターの群れ。その内、何頭が穴から這い上がれるだろう。一頭でも多く無事でいて欲しい。でも、こんな風に考えることはαでは普通のことではないのだ。


建物の外に出ると四人乗りのカートが用意してある。ゴルフ場なんかで見る箱型の車とそっくりだ。

「ほら乗って」

運転席に座ったジェーンに急かされ、アイノは後部座席、ナフタルトは助手席に腰を下ろした。

「ここから先は大声を出さない。勝手にカートから降りない。私の指示に従う。いいわね」

ナフタルトは「はい」と返事をしたが、アイノは「センターの中だというのにそんなに危険なんですか？」と逆に質問をした。

「そりゃそうさ。自然相手なんだから突発的なこともある。どうする？　やめとく？」

ここまで来てそんなのは無理だ。

「早く見たいです」

「返事は？」

「はい」

センター内の広大な敷地は三十のエリアに分けられている。エリアの数はまちまちで、収容する生物によっては増えもするし減りもするのだそうだ。ちなみにここに収容されているのは小型から中型の生物で、大型はいない。

βにも同じようなセンターはあるが、それと決定的に違っていることはコンサベーション、いわゆる生物保護のための拠点ではないということだ。何度も言うが、αでは生物との向き合い方が違う。病院もリハビリ施設のようなものもない。そもそも人間がそれを行おうという発想もない。

ジェーンの運転するカートは長い坂を下り、最初に植物系のエリアに入った。

グリーンモンスは大きさが二mほど。幼体の時はミロガンダといって全身が緑の塊で、パッと見アメーバのようだ。ギジェラは大きな黄色い花が特徴的で、その花弁を中心に無数の触手が生えている。五〇mを超えるほどに成長する個体もいるそうだが、ここにいるものは概《おおむ》ね一mほどしかない。ノフトが開催したパーティに出席した際、ジェーンがギジェラの花びらには強力な催眠作用があると言っていたことを思い出した。

透明な円形ドームの中には最大翅長《しちょう》が二mにもなるというモルフォ蝶が舞っている。βにもモルフォ蝶はいるがこれほど巨大にはならない。陽の光に鱗粉《りんぷん》が煌めき、薄紫と黄色の模様がいっそう妖艶にゆらめく様は惹き込まれそうになる。ただ、あの鱗粉を浴びるとホルモンバランスが崩れて肥大化してしまうということだった。

長方形の小屋のある一角では、果物に群がるケムジラの幼虫を眺めた。全身緑色で蛇腹の身体、食欲は旺盛で日に五〇〇kgほどの果物を食べるのだそうだ。

「特徴としては危険を察知した時に肛門《こうもん》から噴射するイエローガスと、外気温を急激に高めると細胞が爆発的に成長して五〇mくらいまで育つこと」

ジェーンの解説に耳を傾けながら、ナフタルトは恥ずかしそうに顔を赤らめた。

「そもそもなんですけど、αの生物はどうしてこれほど巨大なんですか」

「それはね、αはβより平均気温が高いこと。そして、大気中の二酸化炭素濃度が濃いこと」

αの大気成分はかつてβに恐竜達が存在していた頃、ジュラ紀の大気に近いのだという。平均気温が高いのは巨大隕石の衝突を免れたためなのだそうだ。エアロゾルが大気を覆うことが避けられ、太陽光は遮断されず、大規模な氷河期も経験していない。

「ただ、それだけじゃないんだけどね」

「雷季ですよね」とナフタルトが言う。

「何それ？」

「αにも四季があって、その合間、季節の変わり目に来るのが雷季です。プラズマシーズンとも言います。おおよそ数週間、ずっと雷が鳴り響くんです」

「雷と巨大化になんの関係があるの？」

「それが大ありなのよ」

αの雷はβのレベルで言うところの雷とは違う。特にプラズマシーズンにおいては質、量共にまったく別物だという。海中や土の中に帯電したプラズマを全身に浴びることで、生物はより大きく成長したのだと考えられるそうだ。

「そんなことがあるんですね……」

アイノは恐竜を頭に思い描いた。恐竜が生きていた頃のβの大気はどんなものだったのだろう。もしかしたら雷季のようなものがあって、そのせいで大きくなったのかもしれない。

空気にこれまでとは違う匂いが混じり始めた。顕かに獣臭だ。草むらにぐったりと寝そべっている生物が見えた。大きさは一〇m、いや、もっとあるだろうか。頭が大きく手は極端に小さい。顔の周りには赤や白のカラフルな羽毛が生えており、パッと見、帽子のようだ。

アイノの真剣な眼差しが相手に伝わったのかどうか、顔の周りに羽毛の生えた生物が少しだけ頭をもたげた。丸い瞳、鋭く並んだノコギリのような歯、ブシュッと鼻を鳴らして近づくカートを見つめる。

「ティラノサウルス！」

アイノは思わず叫んだ。

「βではそう言うのよね。暴君トカゲって意味だっけ？」

「ですかね」

よくは知らない。

「こっちではなんと言うんですか」

「ドウルラル・ケッチ・ロサー」

「意味は？」

「暴れん坊で食いしん坊」

「なんですか、それ」と思わず笑いが出た。βの名前よりイメージ通りだ。

「私達はドウルって呼んでる」

だけどその暴《ド》れん坊で食《ウ》いしん坊《ル》は随分らしくない。まるで借りてきた猫のように大人しく蹲《うずくま》っている。

「左の大腿骨《だいたいこつ》骨折、脇腹の裂傷、それに脊椎が傷ついてる。もってあと一週間ってとこだろうね」

「縄張り争い……」

「それだとこんな傷の付き方はしない。おそらくもっと巨大なものに襲われたんだ」

ジェーンは片手で上から押さえつけるような仕草をした。

「それがなんなのかを調べてる」

かつて地球上では最強と謳《うた》われたティラノサウルスも、αではむしろ小型の部類に入る。βでは隕石の衝突で絶滅した恐竜がαでは生き延びている。それは驚くべき現実なのだが、ティラノサウルスにとってみればここは王者として君臨出来る安泰な場所ではなく、多様な生物の一部として懸命にサバイバルする場所なのだ。

ドウルのいるエリアを通り過ぎてしばらくするとジェーンがカートを停めた。

「ちょっと待ってて」

そう言い残して背丈よりも高い草むらを掻き分けていく。アイノはパンフレットを広げて現在地を確かめた。

「これ、なんて書いてあるの」

「ランナ・パンサ・ケゥです」

「どういう意味？」

「三本角の……なんて言えばいいのかな。硬いもので何かを磨り潰《す》すみたいな」

ナフタルトの仕草を見て思い浮かんだものがある。フィンランドのキッチンには必ずと言っていいくらい備えられているドライハーブやスパイスなどを磨り潰す道具だ。

ことになる。

「名前があるんですね」
「すりこぎ」

つまり、このエリアにいる生物は三本角ですりこぎのような何かを持っているという
その答えはすぐに出た。

草むらを掻き分けて行った時とは違い、戻ってきたジェーンは仰ぎ見るような位置にいる。呆然としているアイノ達の表情に満足したのか、ジェーンは「ビゴ、ビゴ」と掛け声を上げた。途端、ザザッと草むらが動き、巨大な三本角と共に大きな襟飾りのついた顔が現れた。ナフタルトは驚いて助手席から転がり落ちそうなくらい後ずさりしたが、アイノの目はその生物に釘付《くぎづ》けになった。ジェーンが乗っているのはウマでもゾウでもラクダでもない。トリケラトプスだった。

ジェーンに引っ張り上げられて、アイノ達はトリケラトプスの背中に乗った。

上から見る景色はまた格別なものがあった。アイノは硬い皮膚の感触を味わった。ザラザラしていて細かい毛が生えている。そして少し冷たい。サイの皮膚のようだと思った。以前、動物園でサイの身体を撫でた経験があるのだ。

「どう？　全長九ｍ、体高三ｍ、生ける恐竜に乗った感想は？」

「私、子供の頃一番好きな恐竜——じゃない生物はトリケラトプスだったんです。あ、こっちでは名前が違いましたね」

「ランナ・パンサ・ケゥ」

「ランナ・パンサ・ケゥ」と小声で呟く。「母親が寝物語に読んでくれる絵本の一つに、お母さんのランナ……」

「パンサ・ケゥ」

「そう、それが肉食の生物から子供を守る物語があったんです。三本の角を振り上げて、怖ろしい肉食生物に懸命に立ち向かう姿がいつも頭に浮かんでました」

「なら、勇ましいところをお見せしましょう」

アイノは今、トリケラトプスに乗って草原を駆けている。身体を前後に大きく揺らしながら時速四〇㎞で走ると、地響きがして土埃が舞い上がった。

「さっきからずっと黙ってるけど！」

手綱を握っているジェーンが訊く。

「最高です！」と声を張り上げた。

ナフタルトはジェーンとアイノの間に挟まって怖ろしさに身を竦めている。

ジェーンが手綱をコントロールした。トリケラトプスが向きを変え、そのまま森の中へと突進していく。

「頭を下げて！」

アイノはナフタルトの背中に覆い被さるようにして上半身を屈《かが》めた。

森の中では木々の枝がトリケラトプスの三本角と襟飾りに触れて、たちまち爆発したかのようにへし折られ、弾かれてしまう。それどころか前方にある太い木も体当たりをまともに食らって大きな音を立てて倒れた。圧倒されるような力と筋肉の躍動が硬い皮膚を通して伝わってくる。

トリケラトプスは森を抜け、川の流れる場所へ出てようやく止まった。ジェーンとナフタルトはトリケラトプスの背中から降りたが、アイノはそのまま留まった。視界が高いから景色が遠くまでよく見えるのだ。雲が流れ、遠くに幾重にも重なる山並みを望む。トリケラトプスはアイノが乗っていることなど気にも留めていないかのように草を食んでいる。アイノは手を伸ばし、身体をそっと撫でた。掌から直に鼓動が伝わってくる。

「気に入ったみたいだね」

「連れて帰りたいくらい……」

「それは無理だね。この子は生餌《いきえ》さ。巨大生物をおびき出すのに使う」

喉が渇いたのか、ランナ・パンサ・ケゥが川の方に向かってゆっくりと歩き出した。前脚を川につけると身体を倒す。ゴクッゴクッと喉が鳴り、水が喉を通して身体の中に入ってくる。アイノは襟飾りを摑んでその様子を覗き込むように眺めた。太陽の光に照らされてキラキラと川面《かわも》が反射する。

——この子はあと何日生きられるのだろうか。

いきなり強い眩暈がした。座っていられないほどに目が回る。

——大丈夫、すぐ治まる。

何度も自分に言い聞かせたが、身体がぐらりと傾いた。

14

……音楽が聴こえる。

……耳にしたことのないメロディーだ。

まどろみの中から次第に意識がはっきりしてきて目を開いた。見覚えがある部屋。ノフトが自由に使わせてくれているゲストハウスの中だった。傍らにはジェーンがいる。

椅子に座ってディスプレイを眺めている。何を見ているのかは分からないが、いつもの溌剌《はつらつ》とした感じではなく、寂しそうな顔をしている。

ふとジェーンが顔を上げてこっちを見た。

「やっと起きたね」

立ち上がるとアイノの側へ寄り、「具合はどう?」と尋ねた。その時はもういつもの表情に戻っていた。

「う〜んと」

しばらく自分の身体と対話する。

痛みもない。気分も悪くない。いつもの寝起きと変わらない感じだ。

「まだ寝られます」

「それは結構」

ジェーンと軽く笑みを交わすと、「その曲は」と尋ねた。

「ロ・パルナスってバンドの曲。母さんが好きだったんだ」

「私、どうかしたんですよね」

「ランナ・パンサ・ケゥの背中から派手に落っこちた」

その瞬間のことを懸命に思い出そうと記憶を辿るが、プッツリと途切れている。

アイノは身体を起こそうとした。しかし、まったく腕に力が入らない。

「え、あれ……？」

「眠ってる間にイスタル剤を点滴したんだよ。あと五、六時間は起きるのは無理」

「イスタル……？」

「太い筋肉を弛緩させる薬。それでガチガチに硬直した身体をほぐす」

「酷い！　私が寝てる間に勝手に――」

「そうしないと動き回るからよ」

「だからって――」

「アイノが川に投げ出された時はびっくりした。最初は滑ったと思ったのよ。でも医者の診断は違ってた。これは滑ったんじゃなくて、環境の変化に伴う強いストレスが自律神経を圧迫して起こしたものだって。そうじゃないとここまで筋肉がガチガチになることはないってね」

ジェーンはそこで言葉を切ると、「自覚症状は？」と問うた。

「特には……」

「お願いだからほんとのことを言って」

「便秘気味なのと、夜中に何度も目が覚めるのと、冷えるのと、あとは……」

「あとは何？」

「眩暈とか」

「ほらほらほら！　それを私に言わなかったのはなんで？」

「なんでって……」

「言えなかったからでしょう」

「違いますよ」きっぱり否定した。「βでもこんなことは普通だし」

「それで？」

「毎日が楽しみだったから言いたくなかったんです」

これは紛れもなく本心だった。でも、そのことで迷惑をかけてしまったようだ。

「ごめんなさい」

「違うって。そうじゃない。謝るのは私の方だよ。そりゃそうだよね。違う星に来てまったく新しい体験をしてるんだから身体にかかる負荷はとんでもないよ。そんなのちょっとでもアイノの身になって考えりゃ分かることなのに……。私っていつも自分基準で動くからこうなる」

ジェーンはため息をついて俯いた。長い髪が顔を隠す。

「あんたは中途半端に集中力があるからいけない」

アイノの呟きにジェーンが少しだけ顔を上げた。

「何それ」

「前に話したことありますよね。友達のヒルダのこと」

「パンケーキが美味しいって人だね」

「口癖なんです。私は夢中になると周りが見えなくなるって」

「ヒルダはそうやってあんたのことを戒めてくれてるんだね。これも医者が言ってたよ。これだけ筋肉が固まっていれば普通の人間なら動けないって。歩くのはおろか食べ物を消化するのも苦労するだろうって」

これにはギョッとなった。「私、そんなに酷かったんですか……」

「他人事《ひとごと》みたいに言うよね。そうじゃなかったら勝手にイスタル剤なんか使わないわよ」

ジェーンが苦笑した。しかし、その笑みはすぐにまた悲しそうな顔になった。

「母さんがどういう気持ちだったのか、少しだけ分かった気がする。精神の高揚が肉体の悲鳴を抑え込む。そんな奇妙な人間はこの世で父さん一人だと思ってた」

アイノもよくレコに「聞いてる?」とか「お帰り」と言われるが、レコも自分のことを複雑な感情を持って見ているのかもしれないと思った。

その時、ノックも無くドアが開いた。ノフト・オーティマスが飛び込んでくる。ノフトはアイノが目を開けているのを見て顕かにホッとした顔をした。

「良かった。病院に運ばれたって聞いたから」

「すみません。でもこの通り元気です」

ベッドに寝そべり、手も動かせない状態で元気も何もあったものじゃないけれど、それ以外はどこも悪くはない。

「これはどういうことなの」

今度は一転して厳しい目をジェーンに向ける。

ジェーンは立ち上がると、「また来る。ゆっくり休むんだよ」と言い残し、ノフトには何も言わずに部屋から出ていった。

「まったく……」

「ジェーンさんは全然悪くありません。お願いだから責めないでください」

「そうは言ってもあなたはこの星の大事なゲストなの。あなたの体調に気を配るのは当然の義務であり責任があるのよ」

「一晩ぐっすり眠れば治ります」

ノフトがアイノの目を覗き込む。

「本当です」

ノフトは何度か小さく頷くと、さっきまでジェーンが座っていたベッドの端に腰を下ろした。

「あの子は少しムキになっているの。偉大な父親の影と争っているように私には見える。だから無茶をして、時にはし過ぎて、つい周りを巻き込んでしまう。自分には父親のような才能は無いと分かっているから……」

「そんなことないです。ジェーンさんはとても素晴らしい生物学者です」

アイノは素晴らしいという言葉に気持ちを込めた。

「そうね。確かにジェーンは素晴らしいわ。でも、人が思うのと自分がそう思えるのとは違う。特にあの子は長く父親の手伝いをしてきたから、才能がどういう人間に宿るのか、身に染みて知ってる」

アイノは返事に詰まった。そのことに関しては身に覚えがある。オーロラが好きでたまらない自分にとって、オーロラの勉強はなんら苦ではない。でも、友達は違っていた。

「いいわよね。才能がある人は努力なんかしなくていいから」

吐き捨てるように言った彼女の姿と言葉は、心の深いところにしこりとなって消えずに残っていた。

でも、それを消してくれたのは兄妹だ。飄々《ひょうひょう》として風に任せたような生き方をしている兄ヴェサと、しっかり者で抜け目がなくて、でも誕生日や家族の記念日には必ずお祝いをしてくれる妹ミルヤ。人はそれぞれでいいんだと言葉ではないところで示してくれている。

「ジェーンさんには妹さんがいるんですよね」

ノフトが弾かれたように目を見開いた。

「……ジェーンが話したの？」

「はい」

今度はノフトの眉間に皺が寄る。

「どうかしたんですか」

ノフトはしばらく窓の外に目を向けていたが、やがて重たい口を開いた。

「正確にはね、いたの」

ノフトは親指を交互に重ねながら再び黙った。それ以上のことを言おうか言うまいか、逡巡《しゅんじゅん》しているように見えた。

「良かったら聞かせてくれませんか」

大好きなジェーンのことをもっと知りたい。そんな思いが強く湧いてきて、ノフトの目を見つめて訴えかけた。

「名前はね、ルカというの。私の兄、グスタフベリはね、小さかったジェーンとルカを連れてゲーチレス海のフィールドワークに出たの。確かジェーンが七つ、ルカは三つになる直前くらいだった筈よ。それまで海岸沿いの調査は何度もやっていたし、ジェーンもルカもそれが初めてではなくって何度も兄についていってたから、今回もいつもと同じだとシェファ、ジェーン達の母親ね、シェファはなんとも思わなかったと言っていたわ。でも、その日はいつもと同じではなかった。ルカはほんの少し目を離した隙にいなくなってしまった」

「溺れたんですか」

ノフトが首を横に振る。

「まさか誘拐……？」

「それが分からないのよ」

「でも、一緒にいたんですよね」

「ルカが楽しそうにはしゃいでいる声がしていて、ふと気がついたら姿が見えなくなっていたって。まるで風が吹いて雲の形が変わるように、跡形もなく消えてしまったそうよ」

「そんなの神隠しじゃないですか」

「βではそんな風に言うのね」

フィンランドにも神隠しにまつわる古い伝承がある。森は時々人に魔法をかける。精霊の道を跨《また》いだり、森の主タピオの機嫌を損ねたりすると、メッツァンペイット、森のベールに捕らえられてしまうのだ。ベールの内側はあべこべの世界であり、太陽は西から昇って東に沈み、川は下流から上流に流れ、木のてっぺんは地面にあり、人は足を天に向けて歩く。ただ、服を裏返しに着るか脱げば、森のベールから逃れられる。森にベールがあるように、海にもベールがあるんだろうか。

「――みんなで必死に捜したわ」

ノフトの絞り出す声にアイノはふと我に返った。

「でも、なんの痕跡もなかった。ジェーンは今でも時々その海岸に行ってるみたい。責任感の強い子だから、ルカがいなくなったのは自分のせいだと思っているのね」

ジェーンならそう考えても不思議ではない。むしろ、そう考えるのが自然のような気さえする。

「妹さんの写真ってありますか」

ノフトは人差し指で空間をなぞってディスプレイを立ち上げると、一枚の写真を表示した。そこには在りし日のトール家が写っている。みんなおめかしをしてレンズに視線を向けている。子供の頃のジェーンは少しはにかんだ笑みを浮かべている。サラサラの金色の髪が眩しい。そんなジェーンの後ろに立ち、肩に手を置いたグスタフベリはセンターの壁に掲げられていた肖像画よりも随分と穏やかな印象だ。今よりほっそりしているノフトの隣にいる女性がジェーンの母親、シェファだろう。その母親の腕に抱かれている少女ルカは、カメラの方ではなく別の何かを見つめている。

「何を見てるんでしょうね」

「私ね、この時ルカに訊いたの。そしたらルカが答えてくれた。でも、私はその答えを今も思い出せないの……」

ノフトの目にみるみる涙が浮かんできて、幾つかが頬を伝って零《こぼ》れ落ちた。

日当たりのいいトール家に突然影が落ちた。影は何日経っても晴れず、ずっと居座ったままになった。家族が昔みたいにどれだけ笑おうとしても笑えない。やがて笑える日が来たが、笑い方は昔と随分変わってしまった。そして今も影は落ちたままだ。

「ごめんなさいね」

ノフトはハンカチで涙を拭うとディスプレイを消した。

「今の話、ジェーンには内緒にしてね」

「分かってます」

ノフトがベッドの端から立ち上がった時、「ノフトさん」と呼びかけた。

「私はどうしてαに呼ばれたんですか」

ずっと気になっていたことを口にした。ノフトと秘密を共有した今なら訊ける気がした。

ノフトは再び座り直すと、「いつ頃からかしらね、ミアの見るビジョンにあなたの姿が現れたのは」と言った。

「私が——現れた？」

「あなたがお父様と絵を描いているところ。それからご家族や恋人と一緒にいるところ。そしてあなたがオーロラを観察する姿。すべてに共通していたのはあなたがどのシーンでも笑顔だったことよ」

「そんなに昔から私のことを……」

「ミアはね、人やもの、出来事、いろいろなビジョンを映し出す。それはアイノだけじゃないの。他の人も沢山いるの」

「ミアのビジョンは誰でも見られるんですか」

「誰でもじゃないわ。選挙で選ばれた者や国の運営に携わっている者、シルワもね」

「ミアが何かを語りかけるんですか。こうしなさい、ああしなさいっていう風に」

「いいえ、ミアは何も言わないわ。強制も誘導も命令もしない。ただ、自分の知識と経験と思いを私達に見せるだけ」

「たったそれだけ……？」

「それだけなんて言わないでちょうだい。四十億年分の記憶の蓄積よ。αで起きた出来事がすべて詰まっている。ミアは私達と共に今も生きている。生きているからいろんなことを思い、願い、憂い、考えている。私達はミアが見せるビジョンから必要なことを推察し、検討し、選択するの。ミアの見せるビジョンに五感を傾け、最善と思われる方法を選択する」

「それが私を呼ぶことだったと……」

ノフトが頷く。

「ミアはアイノのことが気になっていた。最初にそう感じ取ったのはジェーンよ。私達はそれからアイノのことを気にかけるようになった。ジェーンはあなたが自分の力でαの存在を感じ取ったことをとても喜んでいたわ。この子は誰にも真似の出来ないことをしたって。そして、こうも言っていた。ミアはアイノを慕ってるって」

「慕ってる……？」

「だからアイノをαに呼ぶべきだ、それがミアの意志だと言って譲らなかったの」

「私の他にも候補者がいたんですね」

「ミアのビジョンに映っていた別の人物という意味でなら、いたわ」

それを一本化したのはジェーンだったということか。

それにしてもなんだろう、この気持ちは。釈然としない。おそらく今の話があまりにも受動的過ぎると感じるからだ。最初の生命体とはいえ、正体のよく分からない存在に運命を委ね、世界を運営していくなんて……。そう思ってしまうのは自分がβ人だからなのだろうか。

「ミアが私を昔から見ていたのは分かりました。でも、私をαに呼んだ理由はそれだけなんですか？」

「いいえ、違うわ」

ノフトの顔が優しいお婆さんの顔から政治家へと変わった。

「ジェーンから聞いているでしょう。巨大生物の活動が強まっているということは」

「すべての大陸で同じことが起きてるそうですね」

そしてジェーンはこうも言った。巨大生物が見つめている先にはβ、地球があると。

「もしかしてミアのビジョンにあるんですか。ゴモラやレッドキングがβに渡りを行っているところが」

「ミアの見せるものに未来はないわ。でも、ミアがそれを心配していることは手に取るように分かる」

「可能性としての未来……」

「そんなに悠長なものじゃない。何もしなければ確実にやって来る将来よ。これからαとβ、二つの星にはとても困難な出来事が起きる。生存を懸けたようなことがね。それが私達の導き出した答え」

βに巨大生物が渡って来る。来てしまう。

アイノの脳裏には燃え盛る街に立つゴモラの姿がありありと浮かんだ。

「アイノ、あなたは真っ直ぐで素直よ。そして類まれな努力家で優しく、温かい。だから、きっとこの困難な役目を果たしてくれると思ってる」

ノフトは真剣な眼差しを向けた。

「αのメッセンジャーとなってこの危機をβに伝えて欲しい」

その夜から熱が出た。

アイノは何度も夢を見た。深い青に染まった世界の中に透明な球体が浮かんでいる。

呼吸をしているのか、時々ポコポコと小さな泡が出ている。どうしたのと心の中で呼びかけた。なぜだか分からないが、透明の球体が何かを伝えたがっているように感じたのだ。透明の球体に薄っすらと映像が浮かび上がる。

アイノはもう少し近づいてそれを眺めた。映像はどこかの浜辺だった。女の子がいる。まだ随分と幼いようだ。楽しそうに声を上げて笑っている。一緒にいるのは人間ではない。全身は緑色をしていて何層にも分かれた黄色いヒレを持っている。半魚人だろうか。分厚い唇は鮮やかなピンク色だ。そこだけ人らしさが窺える。

半魚人が女の子に手を差し出した。自分とはまったく形の違う手を見ても女の子にはなんのためらいもない。その手をしっかりと握った。半魚人に誘われるようにして女の子は海の中へと入っていった。

熱が下がり始めたのは四日目に入ってからだった。こんなに長い間高熱が続いたのは、小学校四年生の秋以来だ。そのことを伝えると、ジェーンもナフタルトも声を出して笑った。あとで笑った理由を訊いたら、ホッとしたのだそうだ。ナフタルトは心配のあまり食事も喉を通らなかったとジェーンが教えてくれた。

「やっぱり反動だろうね」

ジェーンは申し訳なさそうに呟いた。

いくら違うと言っても聞かない。こうなったのは自分のせいだと思い定めているようだった。おそらくそういう性格なのだろうが、それではいろいろと溜め込んでしまう。苦しくなってしまう。ジェーンがいつか壊れるんじゃないかとアイノは心配になった。

　五日目になると食事も普通に摂れるようになり、アイノはベリアの街を一人で散策した。

　このところ少しずつ顔見知りも増えてきた。というか大抵の相手はこっちの顔を知っているので声をかけられ、それから親しく挨拶するようになった。

　花屋のドルマ小母《おば》さんと娘のクリエナさん、お菓子屋のブーフォ夫妻、ベリアに来た初日、ジェーンに伴われて入った居酒屋のマグ親方……。英語とオルド語が入り交じっているのだが、それもだんだん分かるようになり、アイノのオルド語の語彙も日増しに増えていった。

「お久しぶりです、アイノさん」

　呼びかけられて振り向くと、彫りの深い顔がすぐ近くにあった。

「私のこと、覚えていますか」

　覚えている。コンコルディアのニヒタだ。惚けた振りをして話を無駄に広げられたくなかったから、「えぇ」と答え、そのまま軽く会釈して通り過ぎようとした。

「ご病気をされていると伺いましたが」

　アイノが寝込んだことを知っているのはごく僅かな人達の筈だが、流石は情報屋だけのことはある。あちこちに独自のルートを持っているのだろう。

「もしかしてラマナ小学校に行かれる途中でした？」

そうしようかとなんとなく思いながら歩いていたのだが、「特に決めてるわけじゃなくって」と答えた。

「良かったら少しお話ししませんか」

「ナンパですか」

単刀直入に言った。

「知っています。βでは男性が女性を誘うことをそう言うのだそうですね」

ニヒタが笑う。嫌みなくらい歯並びが綺麗だ。

「では、ナンパということで」

「その代わり、店には入りませんよ」ときっぱり言った。

歩きながら話す。

多くの人にその様子を見られていれば、ニヒタとて迂闊《うかつ》なことは出来ないだろう。

アイノはニヒタと並んで来た道を戻り始めた。ニヒタは人に見られているからか、それとも他に思うところがあるのか、何も喋りかけてこない。ただ涼しい顔をして隣を歩いている。

——どういうことなの？

アイノはこの展開にいささか面食らった。何を言えばいいのか、何から切り出せばいいのか、いろんなことを頭の中で考えた。その内、ゲストハウスが見えてくるところまで戻ってきた。

「私に何か訊きたかったんじゃないんですか」

ニヒタは表情を崩さず頷いた。

「私はアイノさんの方こそ何かお訊きになりたいことがあると思っておりました」

「は？　私は何も……」

「先日、アイノさん達が病院に運び込まれた母娘の母親の方ですが――」

ハッとなってニヒタの顔を見た。

「ほら、お訊きになりたいことがあった」とニヒタが笑う。

「お母さん、娘さんが亡くなったのを知らないかもしれないから」

「知っていますよ」

「でも、亡くなる前に病院からいなくなったって」

「娘が亡くなることはとっくに知っていたんです」

アイノは目を細め、ニヒタの発した言葉を頭の中で繰り返した。

「なんか私達が病院に連れていったのが悪いように聞こえますが」

「悪いとは言いません。人助けをされようとなさったのですからね。でも、余計なことではありましたね」

「何がですか！　人を助ける動機に余計なことなんてあり得ません。助けられるものなら助けたい、それは自然なことじゃないんですか！」

ニヒタはねっとりとした笑みを浮かべたままだ。

「アイノさん、一つ私と取引をしませんか」

「しません」

きっぱり撥《は》ねつける。

「まぁそう言わずに」とニヒタは顔を近づけ、「あなたの、というかβの損にはならない話です」と続けた。

アイノは自分のことではなく、「βの」と言われたことが引っかかった。

「とても簡単なことです。あなたがβに戻られる時、私は巨大生物の弱点を教えます。これはコンコルディアが独自に持っているもので、ジェンドリン・トール博士も知らない情報です」

胸がざわついた。

巨大生物の弱点を知っていれば、たとえβにやって来たとしても倒せる方法があるかもしれない。その思いを慎重に隠しながら、「なぜそんな情報を私に?」と訊いた。

「巨大生物の様子が顕かに変わっていることはこの星に住んでいる者は誰でも気づいています。特に自然の変化にコンコルディアは敏感です。巨大生物は遠からずβに渡りを行うでしょう。そうなればどうなるか、アイノさんにはもう十分過ぎるくらい分かる筈だ」

危険だ。これ以上この男と話してはいけないと心が信号を発している。なのにアイノはニヒタの見つめる目から自分の目を逸らすことは出来なかった。

「その見返りは……」

「兵器の情報です。βには強力な兵器が沢山ありますからね。その製造方法を知りたいのです」

「そんなの無理よ」

「インターネットという便利な道具があるでしょう。そこで調べてくれればいいのです」

「それを知ってどうしようっていうんですか」

「もちろん」ニヒタは氷のような微笑を浮かべると、「復讐《ふくしゅう》するんですよ」と囁いた。

アイノは踵を返した。歩き出そうとすると、ニヒタに腕を掴まれた。

「放して」

「あなたもさっき言ったじゃないですか。人を助ける動機に余計なことなんてあり得ないって。助けられるものなら助けたいって。それが自然なことだって」

「大声を出しますよ」

「私も家族を助けたかった。誰かに助けて欲しかったんです。でも、そんなことは起こりはしなかった。ここでは運が悪かったとしかならないから」

ニヒタから腕を振り切ると、駆け足でその場を離れた。それでも背中にニヒタの声が追いかけてくる。

「もしもそれがダメなら、βの軍隊をこちらに派遣してくだされぱいい。好戦的なβ人のことだから、あなたが巨大生物の話をするだけで喜んで来てくれそうな気もしますがね」

ニヒタの笑い声がいつまでも聞こえていた。

親愛なるレコ

この手紙はこの前の続き。

私がαに呼ばれた理由が分かったわ。私にαのメッセンジャーになって欲しいということだった。ミアの見るビジョンに私が交じっていたから。何それ、全然意味が分からない。しかもだよ、巨大生物が遠くない将来にβに行きそうだから、それに備えるように知らせてだって。そんなこと言われたって……。

レコは巨大生物を見ていないから私の絶望感は分からないと思う。無理だよ、戦うのは。あんなのが来たら全部滅茶苦茶《めちゃくちゃ》になる。人が沢山死ぬ。もしかすると人間は滅亡するかもしれない。

なんなのもう、私は人類の未来を託される存在なんかじゃないのに。ただのオーロラ好きのどこにでもいる人間なのに。

今すぐ帰りたい……。

「前へ！」と、雪の中でおばあちゃんは言った

【困難な状況でもあきらめてはいけない】

15

――α滞在　十七日目

「明日の夜、フィールドワークの打ち合わせをするわよ。時間と場所はアイノが決めて」

ジェーンの思いつきには前兆が無い。いつも突風のようだ。

打ち合わせの店はマグ親方の居酒屋ノッホに決めた。ノッホはαに来た日、ジェーンに連れ出されて初めて訪れた店だった。店内はお世辞にも綺麗とは言いがたいが、どの席の丸テーブルにも傷や凹《へこ》み、輪染みがあって、この店の年季とこの店を訪れた人々の歴史を感じられる。知らない言葉が飛び交うが、不思議と異郷を感じない。むしろ、フィンランドの片田舎にいるようで居心地が良かった。

アイノとジェーンは度数高めのララ、下戸のゲオルギーと未成年のナフタルトは爽やかなグラスファーで乾杯したところでジェーンは計画を話し始めた。

「日程は七泊八日、目的地はウェルマ山脈」

ギガンティバス大陸の北に位置するウェルマ山脈。そこにはαで最も高い山、アスガイルがある。標高は一万二九八〇mというから、βでは世界の屋根と称されるあのエベレストよりも四〇〇〇m近く高い。

アスガイルという名前はオルドのデノック・アスガイルから命名されたという。βでもよくある、達成者の名前を冠するというものだ。アスガイルは冒険家であり、博物学、気象学、古生物学と多様な学問をかじり、珍味を探す美食家と自らを称した。要するに広く浅くの何でも屋であり、聞けば聞くほどその精神は胡散臭《うさんくさ》い。ただし、グスタフベリが「アスガイルは生物学の祖だ」と評したように、αの生物をおぼろげながら体系化したことは事実のようである。

「ちなみにアスガイルという山の呼び名はオルド特有のものなの。コンコルディアは」

そう言ってジェーンが隣に視線を向ける。

「ナルマンテです」

「シルワではなんと言うんですか」とアイノが尋ねた。

「ジャグーム・ロブ」

呼び名は違えども意味は概ね共通しており、決して近づいてはならない場所、つまり霊峰だ。

「今回の一番の目的はシルワに会うこと」

ジェーンがララの水滴で水染みが出来た手書きの地図をテーブルの上に広げた。

α人には定住型のオルドと遊牧型のコンコルディアがいることはこれまでに学んだ。

街の中ではオルドと、少数だが定住したコンコルディアが一緒に暮らしていることも。見た目からしても共通部分が多く、共生はさほど難しいことではない感じがする。しかし、シルワはまったく系統が違うようだ。

アイノはこれまで一度もシルワに会ったことはない。ジェーンから存在や習慣を聞いたり、図や写真で姿形を見たりしただけだ。シルワは顔をすっぽりと覆うほどのお面をつけていたり、木の葉と皮膚が同一化していたり、淡い緑色の皮膚に茶色い大きな目をしていたり、一見するとまるで動物のような姿をしていた。αにおける八つの主大陸において、深い森の中に暮らすというシルワは、どれほどの部族があり、どれだけの人数がいるのか今以《もっ》て詳しくは分からないのだという。

「会えますかね」

地図を眺めながらナフタルトが呟く。

「それは分からない」少し頬に赤みがさしてきたジェーンが答えた。「私も人生で四、五回しか会ったことないもの」

「その内の二回がアスガイルの麓にいるリブル族なんですよね」

「そう。父さんと一緒の時だったけどね。でも、里には入れてくれなかった。二回ともね」

シルワは言葉もほとんど通じない。外界の人間とは極力接触を断っているということも。それを分かった上で、今度のフィールドワークではシルワに会いたいと申し出たのだ。

「オルドやコンコルディアよりも遥かに自然に沿った生活をしているシルワは、そのまま原始の生活を今に受け継いでいる。接触の機会がないからほとんど知られてはいないが、私が調べた限り彼等の生物に対する情報は豊富で、特に巨大生物に関してのものは我々とは比較にならない。しかも彼等の笛の音のような言葉は昔から今に至るまでおそらく変化しておらず、ミアの言葉がそのまま受け継がれているのだろうと考えられる」

生前のグスタフベリはよくそう言っていたそうだ。

――ミアの言葉を使うシルワ。

これが事実だとするならば、シルワはミアと会話をすることも可能だという公式が成り立つ。いや、成り立って欲しい。アイノはミアに尋ねたいことが山ほどあった。

なぜ、自分を見ていたのか？

ミアの回答に納得出来れば、もしかしたらメッセンジャーを引き受けようという気持ちになるかもしれない。

アイノの心に消えない染みを残した男。ニヒタの言葉からα人全員が同じ方向を向いているわけではないと知った。ニヒタは巨大生物に復讐したいと言った。殺された家族の無念を晴らしたいのだと。その気持ちは分かる。でも、そっちに心が引っ張られるから深くは考えたくなかった。

そしてこのことはまだ誰にも話をしていない。

り、薄暗い思いを微かに追い出してくれた。

声を上げてお皿に手を伸ばし、煮込んだ野菜を食べた。甘酸っぱい味が口の中に広がり、薄暗い思いを微かに追い出してくれた。

初めて訪れるベリア国際空港は大勢の人々で混雑していた。見えるだけでも滑走路は十本以上あり、駐機場には中型から大型、様々な機体が人や貨物を運んでいる。ベリア国際空港は国際線、国内線の乗り入れが盛んだとのこと。βで言うところのハブ空港のような役割をしているのだろう。

一行はオーティマス航空の国内線カウンターへと向かった。オーティマスという名前が気になって側にいるナフタルトに尋ねると、「はい、主議長がこの会社のオーナーです」という想像通りの答えが返ってきた。

とりあえず椅子に座って出発時間を待つ。ジェーンはカウンターで、グーフを預ける件で貨物係と話し込んでいる。内容までは聞こえないが、時々見せる笑顔は爽やかで、貨物係も惹き込まれるように白い歯を見せて穏やかな表情をしている。アイノはそんなジェーンの横顔を見つめた。

実は出発前、ちょっとした事件があった。ジェーンがこの旅を「やめよう」と言い出したのだ。理由はアイノが精神的・肉体的疲労でダウンしたことだ。もはや日常生活においてなんら支障がないところまで回復してはいるが、

「それはあくまでも日常のレベルの話。困難で、過酷で、しかも極寒の場所へアイノを連れていくにはまだ心許ないわ」

というのがジェーンの主張だった。

至極真っ当な理由だが、アイノは気づいていた。心の奥にもう一つ別の理由があるということを。アイノが疲労困憊《こんぱい》したのは自分のせい、思いが至らなかったからだ。そんな風に自分を責めてしまっている。次にまた同じようなことが起きたらと、そのことを強く怖れているのだ。

ジェーンの心が揺れるのにはノフト・オーティマスが語ってくれた妹ルカの神隠しのことが大きく影響していると思う。ルカを失ってしまったのは、自分がちゃんと見ていなかったからだという自責の念。それは後悔などという言葉では到底言い表せないものだろう。アイノのことを深く知れば知るほど、大事だと思えば思うほど、大変な目には遭わせたくない。そう思ってしまうのだ。

ジェーンの気持ちは嬉しいしありがたい。だが、それは同時に、自分がαに来た役目から逸れていくということにも繋がる。

「αのメッセンジャーとなってこの危機をβに伝えて欲しい」

ノフト・オーティマスの明かした理由はあまりにも大きく、果てしなく、手に余るも

のだ。「どうして自分が」という思いと、「そんな運命はとても背負いきれない」という気持ちが心をずっと圧迫している。

未知なる世界に来て、連続する様々な体験をすれば、どれほど興奮したとしても当然ながら反動は大きく、疲れも溜まる。でも、急に高熱が出たのはメッセンジャーという役割、その重圧が大き過ぎて自分の心が耐えられなくなったからだと思っている。

熱が下がった日の午後、ジェーンと待ち合わせをした。場所はゲストハウスのテラスだ。

「もし、自分がαとβを繋ぐメッセンジャーを務めるとするならば、一つでも多くの現象を見て、触れて、感じなければならないんじゃないかと思うんです。だから、今回も旅に連れていって欲しい。そのために自分で決めたルールがあるんです」

「ルール？」

「常に正直であるということ」

楽しい、嬉しい、美味しいなどの感情は当然のこと、頭が痛くなったりお腹が痛くなったりという心身の不調も、自分の判断で我慢するのではなく、きちんと伝えることにする。すべてをジェーンに委ねようと思った。

話を聞きながら、ジェーンの表情は何度も形を変えた。口をきゅっと結んで眉毛を下げたり、目を大きく見開いたり、頬を緩めて微笑もうとしたり。

最後には何も言わず、アイノを引き寄せて強く抱きしめた。

滑走路を飛び立った飛行機は間もなく進路を北に向けた。乗り込んだ機体は丸みのあるボディをしていた。機体カラーは白と青が基調となっており、一見して分かるように空と雲になっている。これならば飛行していても雲や空など景色に紛れることは容易《たやす》いだろう。しかも、車やクラゲ都市と同じようにＲＰＴ（再帰性投影技術）を備えているからいつでも透明になれる。星を丸ごと隠せるわけだから飛行機を隠すのなんてαの科学をもってすれば造作もないことだ。

離陸して一時間ほど経った頃、オルド語で何度目かの機内アナウンスがあった。アイノはテーブルを出してノートを広げ、機内誌に載った飛行機の写真を見ながらイラストを描いていた。すると、乗客達が一斉に右の方を向いたのに気づいた。中には立ったまま窓を覗き込む人もいる。尋ねようにも隣にいた筈のジェーンの姿がない。ゲオルギーやナフタルトの席は前方の離れた場所にあった。

「アイノ」と呼ぶ声がした。

背を伸ばして声のする方に振り返ると、ジェーンが乗降ドア付近のスペースから手招きをしている。シートベルトを外して立ち上がるとジェーンの方へ向かった。

「どうしたんです？」

「よーく見ててよ」

ジェーンに言われ、窓の外に視線を向けた。

そこには白くて大きな雲の塊がある。雲の合間から大きな角が飛び出した。一本、二本、三本、四本……、いや、もっとある。しかもその大きな角は赤や黄、緑、青と様々な色に点滅、発光している。

雲が切れた。大きな角の主が現れた。平べったい顔には左右に赤が二つ、真ん中に黄色が一つのランプのようなものがある。

「なんですか、あれ……」

「ビーコンよ。電離層に棲んでいてね、ああやって浮遊しながら一生を過ごすの」

「一生を浮いて……？」

「稀《まれ》に地上に降りることもあるそうだけど、私はまだ確認したことがない」

「食事はどうしてるんです？」

「空中の電気よ。それに電波も食べるわね。でも、安心して。飛行機はしっかりとコーティングされているから」

ビーコンはゆったりと浮かんだまま飛行機と並行に飛んでいる。それなりにスピードは出ている筈なのだが、対象物があまりにも巨大なためにまったくそう感じない。しかも、これほど接近して飛んでいられるのは性格が穏やかで脅威がほとんど無いということなのだろう。

「ビーコンがβに来たら問題児かも」

「そう？」

「だって、こっちみたいにプラズマシーズン《雷季》はないし、空中の電気とか電波をご飯にされたらスマホが使用不能になります」

「一度訊こうと思っていたんだけど、スマホってβ人にとってなんなの？」

「機能はαのディスプレイとよく似ています。でもそれだけじゃなくて、ツールなんですよね、人と人を繋ぐっていうか」

「ディスプレイをそんな風に思ってるα人はおそらくいないわ」

「単なる道具、ですよね」

「双子星なのに技術に対してのスタンスが全然違うのはなんなんだろうね」

「ミアは何か言ったりしないんですか」

「あんたね、ミアのことを知恵袋かなんかみたいに思ってるでしょう。ミアはそんなんじゃないの。言うなれば私であってアイノ、個人なのよ。この星で最初に生まれて、この星で暮らし、ずっと星を見ている。楽しいと思うこと、嬉しいと思うこと、反対に、嫌だとか気になるとか見たくないとか、そういうものがビジョンとなって表れるわけ。αではミアが嫌だと思う方向に向かわないような生き方をしてきた。そうやってここまで続いてきたのよ」

「ミアは人間と巨大生物は一緒に暮らせると思っているんですよね」

「当然よ。自分と違うからってすべてを排除してたら、最後はひとりぼっちになるじゃない」

額面通りなら確かにその通りかもしれない。どんな生物も共に生きられる社会。それこそが真の多様性だと思う。でも、「そうですね」と一言で片づけられるほど巨大生物は生易しい存在ではない。

「ビーコンは大食漢だから、必ずβにお邪魔すると思うよ」

「他人事みたいに言わないでくださいよ」

口を尖らせるとジェーンは口の端に笑みを浮かべ、

「ちょっとグーフの様子を見てくる。あいつ寂しいと何仕出かすか分かんないから」

そう言って貨物室の方へと歩き出した。

「グーフによろしく」

アイノは視線をジェーンの背中からビーコンへと転じた。

ビーコンはペンギンのような平たい手をゆらゆらと動かしながら、次第に遠ざかっていく。窓の周りに集まっていた乗客達も三々五々自分の席へと戻り始めた。アイノはその場に留まり、姿が完全に雲海に呑み込まれるまで目で追い続けた。


二時間四十分のフライトを終えてタルマト空港で飛行機を降りた一行は、貨物扱いで不機嫌なグーフを迎えると食事も摂らずにレンタカー店に向かった。ここからゲオルギーが手配していた大型のキャンピングカーに乗り込んでウェルマ山脈を目指すことになる。

「やっぱり気温が違いますね」とナフタルトが腕を擦りながら言った。

タルマトは流石に北にある分、晴れて日差しがあるにも拘わらずベリアよりも涼しい。あきらかに空気の中に湿気が少ない感じがした。

「寒い？」

「ちょっと」

アイノは大きめのハンカチを取り出すと、素早くバイアス折りにして、それをスカーフ代わりにナフタルトの首に巻いてやった。

「これだけでかなり違うから」

「ほんとだ」

ナフタルトは目を丸くした。

「このやり方、今度教えてください」

「いろいろあるから、ちゃんと教えるね」

タルマトからひたすらルートN78を北上していく。今夜の宿は八〇㎞ほど先のルッカイという小さな村だ。ここは大陸を旅するコンコルディアの休憩所があったとされる地で、意味は「行き止まり」。ずっと昔から、ウェルマ山脈の麓から先は神聖な場所で立ち入ってはいけないというルールがあったのだろうとジェーンが話してくれた。

「これも父さんの受け売りだけどね」

三十分も走ると車窓から見える景色に人の気配は掻き消え、低い鉛色の雲と見渡す限りの森に変わった。それも鬱蒼《うっそう》とした森ではなく、痩せて真っ直ぐに立った針葉樹の林だ。その更に奥には雪に覆われた山々がどこまでも連なっている。ふと、アイノの心に故郷フィンランドの景色が重なった。

——あれから熱川はどうしただろうか。

——レコは仕事も手に付かなくなるくらい心配してるだろうな。

——ヒルダはちゃんとダイエットを続けているだろうか。

——家族はどうしているだろう。特に言葉を交わさずに出てきてしまった母は大丈夫だろうか。

気にはしないようにしていても、いつでもそのことは心の奥にある。それがこの景色に感応して蓋が開いたようになった。止めようとしても、次から次に想いが溢れ出してくる。自分ではどうにもならない。

急に窓から目を背けたのが気になったのだろう。「酔いましたか」とナフタルトが声をかけてきた。

「違うの。外の感じが私の生まれた場所とすごく似ててね……」

「タイガですよね」とゲオルギーが言った。

「意味は？」とナフタルトが尋ねる。

「ロシア語で針葉樹林を指す言葉です。他にも北の木という意味もあったと思います」

「まるで地球にいるみたい……」

「本当に……」

　ゲオルギーにも似た景色が胸の中にある。しかも故郷を捨てた身だ。αで生きる決意をしたとはいえ、もしかすると郷愁はその分濃くなっているのかもしれないと思った。

「タイガのこと、αではなんと言うんですか」

「オルド語にも当てはまる言葉はないね」とジェーンが返す。

　ナフタルトも「コンコルディアにもありません」と続けて答えた。

「でも、シルワにならあるかもしれないね」

　ジェーンの呟きにそうかもしれないと思った。


　ルッカイではホテルなどとはお世辞にも言えないような小さな山小屋で身体を休め、翌朝八時に出発した。ここからは名も無き細い山道を進む。だが、今の気がかりは天候の方だった。走り出した時は曇り空だったが、しばらくすると大粒の雪が降り出してきた。

「変だね。気象台の予報ではここら辺に低気圧は無いってことになってるんだけど」

　ジェーンは立ち上げたディスプレイを操作しながらしきりに首を傾げた。

　目的地まではまだ四〇㎞ほどある。山道でしかも降雪となると、どれくらい時間がかかるか分からない。

「よし、あれを使おう」

ジェーンが言うと、ゲオルギーが運転席のディスプレイを操作した。

車両の左右から前方に、細長い金属の棒が突き出す。一体何が始まるのかと後部座席から興味津々《しんしん》で前を見つめた。すると、みるみる前面の雪が溶けて埋まっていた路面が現れた。

「何をしたんですか……？」

「何だと思う？」

ジェーンが愉快そうに笑って答えを焦らす。

「意地悪しないで教えてくださいよ」

「あの棒の中で電子が高速で回転してるのよ」

ジェーンは前方に突き出ている棒の先端を指した。

「マイクロウェーブを発生させて、その摩擦熱で水分を温め雪を溶かしてるってわけ」

地形にもよるが、進行方向の一五ｍから三〇ｍの路面はあっという間に剝き出しになった。

「電子レンジ……」

「それ、なんですか」とナフタルトが訊いた。

「料理を温める調理機器」

これにはナフタルトだけでなく、ジェーンも、ゲオルギーすらも驚いた表情を浮かべた。

「ゲオルギーさん、電子レンジ知りません？」

「私の記憶にはありませんね」

一九五〇年代に電子レンジは実用化されたとクイズ番組で観たことがある。でも、ソユーズ11号が事故を起こした一九七一年にはまだ普及していなかったのかもしれない。

アイノが電子レンジの説明をする間も雪は断続的に降り続いたが、溶雪棒のおかげで走行に影響するまでには至らなかった。

だが、それとは別の困った問題が起きた。グーフがケージの中で激しく暴れ出したのだ。どれほど宥《なだ》めても甲高い叫び声を上げながら、ケージに体当たりを繰り返す。このままでは怪我をしかねないと、ついにジェーンはグーフをケージから出し、自ら抱いて落ち着かせようとした。

「どうしたんでしょうね。さっきまでぐっすり眠ってたのに」

抱えられてもそわそわと落ち着かないグーフを、ナフタルトは後ろから手を伸ばして撫でた。

「ジェーンさん、もしかしたら空に何かいるのかも」

「なんで？」

「グーフを見てたらなんかそんな気がして」

ジェーンは素早くディスプレイを立ち上げると天気図を表示した。キャンピングカーが走っているルート上付近を拡大していく。アイノの目に、ディスプレイに表示された色が真っ黒に塗り潰されているのが見えた。

「ペギラ……」

ジェーンの呟きは微かなものだったが、アイノの耳にはそう聞こえた。

「ゲオルギー、マイクロウェーブを切って！　みんな、何かに――」

ジェーンの声は空から降ってきた咆哮に掻き消された。

次の瞬間、キャンピングカーが傾きながら舞い上がる。まるで巨人が鷲掴みにして持ち上げたみたいだった。重力を失った車内は物と人がごちゃ交ぜになりながら転がった。バンと激しい音がして後部のドアが開いた。アイノは叫び声を上げる間もなく車外に放り出された。追いかけるようにしてグーフも外へ飛び出した。

「――ッ！」

アイノの姿はすぐに猛烈な吹雪で掻き消された。

16

さっきから細かい振動が続いている。誰かがいたずらでベッドを揺らしているような感じだ。それになんだか息苦しい。生臭い臭いもする。妹のミルヤが良からぬことをしているのだろう。

「やめて！」

アイノは目を開けた。

目の前にはグーフがいた。アイノの胸の上で目を閉じ、蹲っている。以前と比べて距離は縮まってきたが、こんな風に安心して身体を密着させて眠るまでには至っていない気がする。

グーフを起こさないように首を右に、左に巡らせた。どちらを向いても辺り一面真っ白だ。いや、そうじゃない。白い世界に微かに黒いものが見える。

人……だろうか？　背格好からするとまだ少年のようだ。

少年は紐のようなものを肩で背負うようにして何かを引きずっている。一歩、また一歩と進む度に不規則な振動だけが身体に伝わってくる。アイノは自分が何かに乗せられ、引きずられているのだと気づいた。

……みんなは？

考えようとしても霧がかかったように頭がぼんやりしている。少年の背中がじわりと滲み、そのまま海の底に沈み込んでいくような気がした。

それからどれくらい経ったのか——。

ほんのりとした暖かさを感じて目を開けた。どうやら雪洞の中で横になっているようだ。大きさは大人が二人入るか入らないかほどの小さなもの。かなり急いで作ったのだろう。壁はきちんと均《なら》されておらず、凹凸が目立つ。おそらくショベルではなく手で掘ったのだ。

アイノはグーフがいないことに気づいた。

「グーフ……」

返事がない。気配も感じない。身体を起こそうとした途端、全身に激しい痛みが走った。

「ウッ……」

苦痛に呻く。それでもなんとか上体を引き起こした。もう一度、今度はさっきよりも大きな声で、「グーフ」と呼んだ。やはり返事はなかった。

木の板のようなもので蓋をしてある出入り口を見つめた。転がって身体をうつぶせにすると、必死になって赤ん坊のように四つん這いの姿勢をとった。雪の上に染みを見つけた。それは赤黒く、点々と外へと続いている。嫌な予感が這い上がってくる。

痛みを堪えて蓋の隙間から外へと這い出した。光はあるからおそらくは日中だ。雪は降ってはいないが、横風があって粉雪が舞い上がり視界を奪っている。空を覆っている雲が相当分厚いのだろう、辺りは薄暗く、今が何時頃なのか見当もつかない。まるでカーモス《極夜》のようだった。

「グーフ!」と大声で叫んだ。

何度も名前を呼びながら辺りに視線を巡らせ、赤黒い染みを探した。だが、雪が被さったのか、染みも足跡さえも見つけることは出来なかった。

アイノは雪洞の外壁に手を添えながら身体を起こした。そうしてあらためて自分の姿に目を向けた時、愕然《がくぜん》とした。胸の辺りがべったりと黒く染まっている。自分の胸の上でグーフが眠っていたことは朧《おぼろ》げに記憶の中にある。染みに触れた。乾きつつあるが、これは紛れもなくグーフの血だった。アイノはグーフの名前を呼びながら雪洞の周囲を巡った。白く霞《かす》んだ景色にぼんやりと人影が浮かんだ。

「ジェーンさん？」

相手は返事をしない。

「ナフタルト！　ゲオルギーさん！」

そこに現れたのは少年だった。いや、正確に言うと少年のような姿をした何者かだった。

身長は一三〇㎝くらいか、歳の頃で言うとおそらく十歳にも満たないだろう。動物の皮で編んだようなフードを頭からすっぽりと被り、大き過ぎるほどの丸い瞳でこっちを射貫《いぬ》くように見つめている。その瞳の色ときたら美しい琥珀《こはく》色をしており、真ん中に何層も色を重ねて出来た黒目がある。肌の色は淡い緑色をしている。その上から白や黒、茶色やオレンジの何かの染料を塗りつけている。

「シルワ……」

おそらく間違いない。この少年は今回の旅の主目的であるシルワだ。

シルワの少年はアイノの側へ真っ直ぐに歩み寄ってくる。

アイノは思わず一歩、二歩と後ずさった。

シルワの少年は構わず距離を縮めてきて、両手に抱えたものを見せた。身体を丸め、羽毛がべっとりと血に塗《まみ》れている。白くなっている部分は剝き出しの骨だった。片側の翼がもがれたように無くなっている。

「グーフ!」

「※※※　※※※※　※※※※」

シルワの少年の言葉は「ヒュッ」とか「シュー」といったリズミカルな呼吸で構成され、似ていると言えば強弱のある風切り音のようだった。

「ごめん。分からない」

アイノは首を横に振り、シルワの少年の手からグーフを受け取った。身体は冷え切っていたが、まだ温もりは感じられた。脱兎のごとく踵を返して雪洞に駆け戻ると、自分のインナーシャツの裾を引き裂いた。それを包帯代わりにしてグーフの身体を縛る。それが済んだら外に出て雪を集め、掌の中で温めた。自分の体温で雪を溶かしていく。冷たかったがそんなことはどうでも良かった。雪を水に変え、それをシャツの切れ端に吸わせて、グーフの口元に持っていく。口の中に雫《しずく》を一滴、二滴と注ぎ込んでいく。グーフは最初、まったく動かなかったが、何滴目かの時、僅かに喉を動かした。微かな反応だったがそれが嬉しかった。生きようとしてくれている。それがとても愛おしかった。助けられるものなら助けたいと強く思った。その気持ちは決して余計なことではない筈だ。

シルワの少年は雪洞の入り口に立ったままアイノのすることを黙って見つめていた。

陽が落ちると寒さが一段と増す。

アイノは自分の身体でグーフを包むようにして温めた。汚れることなどなんとも思わなかった。グーフが目を開けると、名前を呼び、水を飲ませた。グーフはアイノを見つめ、水が欲しいと急かすような仕草をすることもあった。

ようやく長い夜が明け、外が白み始める。

「グーフ、朝だよ」

優しく呼びかけると、しばらく光を見つめていた。僅かに頭をもたげてアイノの方に視線を向けると、「クァ」と小さく啼いた。そして、そのまま動かなくなった。

シルワの少年が何かを唱え、掌で撫でるようにしてグーフの目を閉じさせた。

アイノはグーフの小さな身体を抱きしめた。

シルワの少年はアイノを雪洞の外へ連れ出した。

「どこに行くの」

訊いてもシルワの少年は答えない。そのまま林の方へと歩き出す。しばらく進んでは後ろを振り返った。

——こっちへ来い。

そう言っているようで、グーフの亡骸《なきがら》を抱えたまま後を追いかけた。

シルワの少年は一本の木の前で立ち止まり、素手で根元の雪を掘り始めた。しばらく掘り進めると黒い土が出てきた。なんの躊躇《ちゅうちょ》もなく、黒い土に手を突っ込み、ぐいぐいと掘り進めていく。やがて直径一mほどの穴が空いた。言葉が通じないと分かったのか、目と仕草でアイノに訴えてきた。

「グーフをここに埋めろっていうのね」

アイノはまだ温かいグーフの身体をそっと土の上に横たわらせた。

最初はとても威嚇された。睨まれた。正直、怖かった。でも一緒に行動することが増えると急に背中や肩に飛び乗ったりするようになった。突然の距離の縮め方に戸惑いつつも、仲良くなれたことが嬉しかった。グーフはプライドが高く、大食漢で、誇り高い戦士でもあった。コバルトダリーに襲われた時は勇敢に戦った。今回もそうだ。車の窓から放り出された時、グーフは追いかけるように飛び出してきた。姿を消したのは、もしかしたら死ぬところを見せたくなかったのかもしれない。

「ありがとね、グーフ」

言葉にすると無性に悲しくなった。

涙が溢れた。

シルワの少年はこっちをじっと見つめていた。

アイノは手の甲で涙を拭うと、「もういい」と言うように頷いた。シルワの少年がグーフの身体に土を掛け始める。アイノも土を押し出すようにして穴を埋めていく。グーフの小さな身体はあっという間に土で覆われ、雪で隠された。

シルワの少年が立ち上がり、雪洞へと戻っていく。アイノはその場に留まって木の枝を一本もいだ。その枝を雪の中に挿すと、ポケットを探ってペンを取り出し、木の幹にグーフのイニシャルと今日の日付を書き込んだ。

いつの間にかシルワの少年が隣にいた。

「これは私の故郷の風習よ。カルシッコって言ってね、枝を一本切り落として、幹に亡くなった人のイニシャルを書き込んで印付けするの。家に帰ろうとする死者の魂を引き返させるためにね」

祖父、ハンネスの家の裏庭には、印の付けられた木が並んでいた。ハンネスが言うには、曽祖父、曽祖母、父、母、祖父の姉と叔父の刻印だった。

シルワの少年はアイノが幹に書いたイニシャルをじっと見つめ、「※※　※※※」と何事かを言った。もちろん何のことか分からなかった。ただ、シルワの少年の目に怯えや怖れの色が浮かんでいないことだけははっきりと分かった。

「名前は？」

ジェスチャーを交えながら問うた。

「私、アイノ」

自分の方を指し、次に「名前は？」と再び訊いた。

「アイノ……」

「そう、それが私の名前」

「アイノ」

「君はなんて言うの」

「※※※※※※」

早過ぎてまったく分からない。

「もっとゆっくり」

「ム※※※※※※」

風切り音のような特異な発声に、ほんの一音、聞き取れる言葉があった。何度も自分の方を指して「アイノ」と言い、「君は?」と問い続けた。

「ムク※※※※」

やがて二つ目が手に入った。「ムク」と呼びかける。シルワの少年が僅かに首を傾げた。

「私、アイノ。あなた、ムク」

「ムク……」

「そう、ムク」

ムクはまったく瞬きをしないでこっちを見つめてくる。最初から何かに似ていると思っていたが今分かった。フクロウそっくりなのだ。

ムクがいきなり口角を上げた。

――笑った？

「ムク、よろしくね」

ムクは目尻を下げ、早口で「※※※　※※※　※※※」と喋った。

アイノは分からないまま頷いた。

突然、遠くで生き物が吼えた。ムクがさっと身を屈める。さっきまでとはまったく違う表情で辺りの気配を探った。この声には聞き覚えがあった。キャンピングカーが襲われる間際に空から降ってきたものと同じだ。

「※※※　※　※　※※」

ムクは何事か呟くと手を差し出した。指が枝のように細長く、薄緑色をした肌には土がついて汚れている。アイノは躊躇なくその小さな手を握った。

熱い。触れた瞬間、そう感じた。力強い生命力が手を通じて流れ込んでくるようだった。

ムクは手を引っ張って歩き出した。力も少年とは到底思えないものだった。

ギリギリと身体中が軋《きし》む。全身が悲鳴を上げていた。最初の二日間は雪洞の中でほとんど横になっていた。

自己判断ではあったが、心配していた内臓の損傷や骨折などはないようだ。痛みはすべて切り傷や引っ掻き傷、打撲からくるもののようだった。脇腹にも膝にもどす黒い痣《あざ》が出来ている。肩甲骨の下あたりも痛むから、おそらくはそこにも大きな痣があると思われた。

横になると幸いひんやりした雪洞の床が天然の湿布の代わりを務めてくれた。それに、ムクがどこからか取ってきた葉っぱを切り傷に当てると、膿んで腫《は》れた患部が次第に治まっていった。

ムクは毎日、雪洞から出ては痛みを取る葉っぱや何かの球根、種、昆虫や小動物までも捕まえてくる。少年のくせにと言うと失礼だけれど、見た目以上にしっかりとしてこの状況を取り仕切った。何より物事に動じる素振りがない。すべてにおいて振る舞いは坦々としており、朝が来れば起き、雪洞を出て何かを探しに行き、戻ってはそれを料理して食べ、夜は眠る。

数種類のスパイスを小袋の中に入れており、食べ物を火で炙《あぶ》ったり野草を混ぜたりする時、その粒を入れる。味は少し塩辛く、特有の香りが鼻に抜ける。これは炭の匂いだ。アイノはトナカイの燻製を懐かしく思い出した。

ムクは火熾《おこ》しにも長けている。濡れた枯れ木を集めて重ね、ポケットから小瓶のようなものを取り出し、中身を枯れ木に塗り付ける。それは松脂《まつやに》のようにどろっとしていて少し油のような匂いがする。火打石を何度か打ち鳴らして火花を飛ばすと、枯れ木が濡れていても関係なくすぐに火が点く。そんなムクを見て安心感を深くしていった。βで十歳以下の少年とサバイバルをしたと仮定すると、こんな風に相手から安心感を貰うことはまずないだろう。

ムクのすることを眺めたり、時に笑ったり、時に話しかけたりする。その間も頭の隅ではジェーン達の消息が気になっていた。

三人は車内に取り残されたままどこかまで運ばれたのだろうか……。

気を抜くと最悪の想像がするりと入り込んでくる。アイノは邪念を払うように絶対に生きていると何度も心に言い聞かせた。


雪洞に入って三日目。

巨大な咆哮が今も時折聞こえてくる。いつまでここにいることになるのかは分からない。ジェーン達のことを考えると気持ちは逸《はや》るが、ムクが動こうという素振りを見せない間は従っていた方がいい。あの子にもおそらく家族もいれば帰るべき場所もある筈だから。

幸いなことに身体は随分と楽になった。そこで、雪洞をもう少し大きくすることにした。冬とは切っても切れないフィンランドにおいて、雪は子供にとってもっとも身近な遊び道具でもある。小さい頃からおよそ雪遊びの類はなんでもやった。雪だるまや雪の彫刻、雪洞作りにしても小学校に入る前からやっていた。雪洞の中で火を熾し、煮炊きをすると壁が溶けてくる。この時に天井がでこぼこしていると、出っ張ったところから溶けた水が垂れてくる。これを防いで壁に沿って水が流れていくように、出来るだけ天井を細かく削って平らにしておかなければならない。道具が無い場合は背中を押し付けて均すのも手だ。

アイノは背中を丸めて天井に押し付け始めた。それを見ていたムクも倣《なら》った。二人で手をかけて作った雪洞は、最初のものの倍以上の広さがあり、身を屈めて過ごす必要がないくらいの高さがあった。

「※※※※　※※　※※※」

ムクが目を輝かせて何か言ったがそれを理解することは出来なかった。


四日目にはついに怖れていたことが起こった。

朝から強い吹雪が一帯を襲ったのだ。ムクは傍《はた》から見ても緊張しているのが分かった。出入り口に風避けとして立てかけてある戸板のようなものの側から動こうとしない。それは動けないアイノを乗せてここまで運んできたものだった。簡単に風で飛ばされないよう杭を打って、紐で縛って支えを施してある。

吹雪はますます激しくなる一方で、戸板を押さえていないと吹き飛ばされそうだった。アイノは反対側から戸板を摑んだ。ムクは何も言わず、隙間から外を睨んでいる。雪洞の外は完全にホワイトアウトしており、手を差し出しても三〇㎝先が見えない。その状態が半日、いやもっと長く続いた。

そして突如、すっと収まった。

信じられないことに薄っすらと陽も差している。外に出たいという気持ちに駆られたが、ムクは石にでもなったかのようにその場を動こうとしない。

ズンと地響きがした。雪洞の壁面が揺れ、ヒビが入る。

ムクがこっちを見て、口を押さえた。何も言うなという意味だと思った。

地響きはだんだん大きくなっていく。巨大なものが近づいてきているのだ。もし、雪洞もろとも踏み潰されてしまったらどうなる？　おそらくαではそれも運命だとして淡々と受け入れられる。だが、そんな気持ちにはなれない。こんなところで踏み潰されて死ぬのは嫌だった。心の中で家族のことを必死で思った。

さーっと頭上を影が横切っていく。巨大生物の大きな足が雪洞の上を跨ぐのが見えた。車ほどもある蹴爪は象牙色をしており、先端が鉤の形に曲がっている。大木という言葉が生易しいほど巨大な足が木々を薙ぎ倒し、地面を抉るようにして着地した。

アイノは息を殺してその様子を眺めた。巨大生物はゆらゆらと尻尾を揺らしながら次第に遠くへと去っていく。遠ざかるにつれて俄《にわ》かに視界が掻き曇り、辺りは再び猛吹雪になった。ムクが戸板を摑む。アイノも同じようにした。

「フフフ……」

「アハハハ……」

どちらともなく笑い出し、やがて大声で笑い合った。命拾いをしたという安心感と危機を耐え抜いたという連帯感があった。

巨大生物が去った後もなかなか吹雪は収まらなかった。こういう時はジタバタしても始まらない。自然のすることに合わせるのが一番賢いのだ。

ムクもそういう考えの持ち主なのだろう。自分の寝所と決めた場所で横になったり、首からぶら下げた幾つかの装飾具の中から、薄い刃のついた剝き出しのカミソリのようなものを器用に操って枝の先端を削ったりした。

これまでにもこのレイピアみたいな槍で小動物を狩ってきた。面白いのは食べた小動物の骨を綺麗に洗い、それを針のようにしてフードの破れなどを繕ったりしていることだ。何をするにも手先が器用で見ていて飽きなかったし、見られても隠したり恥ずかしそうな素振りをしたりすることもなかった。相変わらず言葉は通じなかったが、表情は豊かになり、時々笑ったり立ち上がってクルクルと踊り出したりすることもあった。

ただ、ムクが初めてフードを外した時は息を呑んだ。髪の毛に交じって緑色の葉が生えているのだ。それも一枚や二枚ではなく何枚も。フードから葉っぱが覗いていた時はてっきりアクセサリーだと思っていたのだが、まさか身体から直に生えているなんて思いもよらなかった。でも、それがとてもよく似合っていて、見ていると自然に思えてくる。妖精のようだった。

驚いたのは最初だけで、すぐにそういうものとして受け入れた。シルワは動物なのか、植物なのか。それとも両方の特性を備えているのだろうか。この一事をとってもシルワはオルドやコンコルディアとは別の進化を遂げてきたのが分かる。少しでもシルワの言葉を学びたくなった。
夕食を済ませた後、ムクを目の前に座らせて、雪洞の地面に枯れ木で絵を描いた。α
でこれまで目にしたことのある巨大生物の姿だ。頭に大きな三日月のような角がある巨
大生物を描いた。
「これはゴモラ」
次に骸骨のような頭に蛇腹の身体を描く。
「レッドキングよ」
ムクは絵とアイノを交互に見つめ、時折頷いて風切り音のような言葉を発した。
次にピグモンの絵を描いた時、ムクは手を叩いてはしゃいだ。
「※※　※※※　※※※※」
「ピグモン」
「ピ※※※」
なんとか真似をして発音しようとしている。もしかしたらピグモンを知っているのか
もしれないと感じた。
ムクはアイノの手から枯れ木を受け取ると、同じように絵を描き始めた。大きな翼が
あり、頭の上には一本の角、口の両端からは弓なりになった牙が生えている。見たこと
のない巨大生物だった。ムクが出入り口の方、つまり外を指した。立ち上がり、両手を
鳥のようにバタバタと動かす。

「これ、ペギラね！」

ムクはそうだと言うように頷いた。それからペギラの絵に何かを描き込み始めた。口から渦巻きのような線を下に向かって伸ばしていく。その先にあるのは家や家畜や人だろうか、奇妙なのはある家畜は反対向きになり、人も上下逆さになって飛ばされているようだ。

「これは何？」

「ペギラが口から何か出すの？」

「これに当たったらみんな飛ばされてしまうのね」

言葉と一緒にジェスチャーで伝えた。ムクはフクロウのような丸い瞳でじっと見つめていたが、やがて飽きてしまったのか、ころりと横になると目を閉じた。

今、何時くらいなのだろう。

外は薄暗く、一寸先も見えない。このホワイトアウトもペギラが起こしているのだろうか。巨大生物と共生するということは、こういうことが日常的に起こるということだ。ムクは眠っている。スースーと小さな寝息が聞こえる。

——ねぇ、レコ。

アイノは心の中で呼びかけた。

さしずめβなら、この状況は台風や地震なんかの自然災害に当たるのかもしれない。自然災害はどうすることも出来ない。科学が進歩して、ある程度の予測が立つようになった今でも、自然の猛威はそれを乗り越えて襲いかかってくる。それでもね、βでは自然のすることは大きく受け止めることが出来る。それはおそらく、実体が無いものだから。でも、これが生物となると反応はまったく違ってくると思う。

もしよ、βに巨大生物がやって来たとしたら、人間は巨大生物を自然災害のようには受け止められない。家を壊され、仕事を無くして、友人や家族を失ってしまえばその怒りは一気に燃え広がると思う。どんなことをしても、必ずや巨大生物の息の根を止めようとするに違いない。

でも、たとえ巨大生物を倒せたとしても、その被害は相当酷いものになるわ。倒せなかったら更に被害は拡大する。しかも、同時多発的に複数の巨大生物が渡りを行えば、壊滅的な状況が生まれるのは火を見るより明らかになる。

私、今まで考え違いをしていたかもしれない。巨大生物がいつ来るのかを心配するんじゃなくて、来させないようにするにはどうすればいいか。一番重要なことはそっちなんじゃないのかな。

αのメッセンジャーになる。

正直なところまったく自信がない。だって私は有名人じゃないし、ただのオーロラ研究者でしかない。フィンランド国内ではオーロラの予報官として少しくらい知っている人はいるかもしれないけれど、世界規模となるとまったく無名の存在よ。そんな私がβに戻って、迫り来る危機の話をSNSにアップしても、一体誰が耳を傾けてくれるというの？　頭が変と思われて通報される。でも、耳を傾けてくれればまだいい方よね、おそらくは無反応でそのまま大量の情報の中に埋もれ、消えてしまうのがオチだわ。

メッセンジャーを辞退しよう。そう考えると途端に心が軽くなるのを感じる。地球の運命がかかっているような役割を任せるには、それ相応の人がいいに決まっている。例えばアメリカの大統領とか、国連の議長とか、NATOの代表とか。他にも著名な学者や俳優、インフルエンサーなんか。そういう人が喋るんなら内容がどれほど荒唐無稽に思えても、一度は受け止めてもらえるに違いないと思う。

そうだ、戻ったらノフトさんにそう言おう。βの状況を説明して、誠心誠意謝れば、きっと理解してくれる。いや、でも、メッセンジャーをやるのはαを見たことのある者しか無理なような気もする。

なら、ゲオルギーさんは？

おそらく頑に断るだろうなぁ。

そうか、他にもβから来た人がいるかもしれない。

でも、だったらなぜノフトさんは私にこの役目を頼んだの？

あぁもう！

どうすればいいの！

気がつくと、ムクがこちらに背中を向けて一心不乱に手を動かしていた。

数日前、どこから取ってきたのか、沢山の植物の根を抱えて戻ってきたことがあった。根の束をほぐし、それを幾つかに分けて天井から吊るす。手伝いながら、てっきり乾かして食べるのだろうと思っていた。でも、どうやら違っていたようだ。

ムクは自分の足の親指に木の根をひっかけ、片方の端は口に咥えて、動物の骨を使って器用に編んでいく。

「何を作ってるの？」

問いかけにムクはちらりとこっちを見ただけで、再び編み物に集中した。

アイノはその様子をしばらく眺めていた。ビュービューと風の音がする。外は零下だろう。でも、雪洞の中に風はなく、炎の灯りと二人の体温が空気を暖めている。ラーブ《山小屋》みたいだと思った。

翌日、アイノが雪洞の中のひび割れを直していると、ムクが立ち上がって出ていった。アイノも続いて外に出た。一面に光が溢れ、あまりの眩しさに掌で目を覆った。雪が太陽を反射しているのだ。雲はどこかへ消え去り、遠くまで青空が広がっていた。

「ペギラは？」

両手で羽ばたく真似をした。ムクが左右に首を振る。

「動けるのね！」

これでようやくジェーン達を捜しに行ける。そのためにはまず人里を探さなければならない。オルドかコンコルディアに会えば少なくとも会話は出来る。ジェーン達の消息も分かるかもしれないし、ノフトに連絡を取ることも出来るだろう。

ムクが何かを差し出した。昨日、編んでいたものだった。それは木の根で作られた楕円形の編み物だ。

「何、これ」

ムクはそれを自分の靴の下に取り付けた。そして、雪の上を歩き出した。自分の重みで足が雪の中に埋もれず、ほとんど雪の上に出ている。

アイノも履いてみた。歩きやすかった。それに、重さが分散されるから雪に足が取られないのだ。

「凄い！」

ムクがニッと口角を上げた。

それからしばらく追いかけっこをした。逃げるムクを追いかけると、甲高い笑い声を上げた。日頃はあれほど頼もしいが、今は年相応の子供に見えた。

アイノはムクを捕まえると思いっきり抱きしめた。両手にありがとうという気持ちを込めた。

スノーシューズのおかげで山の斜面も滑らずに登ることが出来る。アイノは息を弾ませながら歩いた。まだ身体のあちこちに痛みはあったが、雪洞から出て自由に歩ける喜びが痛みを和らげた。途中、無数の木が折れて散らばっている場所に出た。ムクが谷の方を指さす。そこにはとてつもなく大きな足跡があった。

「ペギラ？」と問うとムクは頷いた。こんなのに踏まれていたらひとたまりもなかっただろうことをあらためて思い知った。

休憩は岩陰に入ったり、太い木の幹に寄り添うようにしたりして取った。干し肉と木の実を黙々とかじる。水は雪を口に含んで凌《しの》いだ。βではいつの頃からか、雪にはエアロゾル化した不純物が含まれているから食べてはいけないと言われるようになった。環境汚染物質が体内に悪影響を及ぼすとも。しかし、ムクは歩きながらでも雪を食べる。その仕草からは一切の躊躇《ため》らいを感じない。αの大気は汚れてはいないのだ。

――人間はβを汚し過ぎたのかもしれない。

巨大生物がβへ渡りを行う理由の一つはこれなのかもしれないと思ったりした。

歩けども雪山の景色は一向に変わらない。空がいつまでも青空でいてくれることだけがありがたかった。強風も吹かず、視界も悪くない。日差しのおかげで動いていると軽く汗ばんでくる。そういう時は雪をすくって首筋や首の後ろに当てた。ひんやりとした感触が心地好く、気分をリセットさせてくれた。

しばらく山の稜線を歩いていたが、やがて左に折れて斜面を下り始めた。次第に陽が傾いてきて光量は弱くなり、比例するように気温も下がり始めた。今夜も野宿することになるのだろうか。そのことを覚悟し始めたが、ムクの様子にはなんの変化もない。

その内、雪に埋もれた茂みの中へと入り込んだ。草の背丈はアイノよりも遥かに高く、ムクの背中を一瞬でも見失えば迷子になってしまいそうだった。ムクもそのことに気づいたのか、先端を削った棒の後ろをアイノに持たせ、片手で草を掻き分けながらひたすら進んだ。

ただ、進み方が不思議だった。真っ直ぐに行くのではなく、右に行ったり左に行ったり、時にはUターンしたりする。そのことに気づいていたが何も言わなかった。

ムクのすることには意味がある。

この数日の体験でそう信じられる気持ちが芽生えていた。


草の切れ目は突然やって来た。まるでそこから先は生えてはいけないと決まっているように、プツンと草が途絶え、目の前に森が現れた。でもその森はいわゆる森とは違っていた。あちこちに小さな灯りがあり、糸を引くような細い煙が昇っているのが見える。それは人里だった。

里の入り口まで来るとムクは不意に立ち止まり、棒の先端で地面に絵を描き始めた。

門があり、その先に家があり、そこには人がいる。ムクはその人を指さし、拝むような仕草をした。

「私のことをお願いしに行ってくれるのね」

ムクは五感で意思が伝わったかどうかを探るよう、あの真ん丸な瞳を瞬き一つせずに向けた。アイノは木の枝を使って地面に絵を描き加えた。門の外に立つ人の絵だ。

「私はここで待ってるから」

ムクはさっと踵を返すと、全速力で里の方へと駆けていった。

元来た道を少しだけ戻ることにした。里全体を眺めようと思ったのだ。朽ちて横倒しになった木を見つけ、そこに腰を下ろした。その頃には空はすっかり暗くなり、現れた星が瞬き始めた。

星の中に惑星のシルエットが見える。αの人々がβと呼ぶ地球の姿だった。αの人々はずっと昔から地球を眺めていたのだ。おそらく自分達の分身として、呼び名でも分かるように弟か妹のように思っていたのだろう。しかし、βに誕生した人間はいつしか生物界を横並びからピラミッドの構造に変え、あらゆる生物の頂点に君臨しようとした。それだけでなく、人間そのものを分け、権力の名の下に支配する構造を作った。産業を発展させ、兵器を作り、殺戮《さつりく》を繰り返した。人間は人間にとってのより良い社会や環境を追求することが正しく、幸せになることだとしてきた。

今こうしてαの側から見て思うことは、βという存在がなんと奇妙で怖ろしいかということだった。何をしでかすか分からない、危うい存在であるということだ。

もし、β人がαの存在を知ったらどうなるだろう。「知りたい」「見たい」はやがて「手に入れたい」「奪い取りたい」に変わっていく気がする。プラスではなくマイナスの要素が幾つも思い浮かぶ。なぜならそれは歴史が証明しているから。

——なら、いっそのこと、黙っていたら？

そうしたら巨大生物はやって来る。βは蹂躙《じゅうりん》され、もしかすると人間の時代は終わるかもしれない。そこまでをリアルに想像する力は無かったが、近しい人々が命を失うのは耐えられそうもない。

——なら、どうすればいいの……？

思いはいつもと同じ、グルグルと巡る。

こんな不安な気持ちで夜空を見上げたことは一度もなかった。

「アイノ」と呼びかけられた。

声のした方に視線を向けると、五メートルほど先の暗がりにポツンと立っているムクの姿があった。手には小さなランプを持っている。

「ムク」

立ち上がりながらムクの方に進みかけて——足を止めた。

闇に溶け込んでいてまったく気がつかなかったが、ムクの隣には大人のシルワが立っていた。

「私はアイノ・ビルンです。βから来ました」

「※※※　※※※」

大人のシルワは低い風切り音のような言葉を発した。

ムクが駆けてきてアイノの手を握った。

大人のシルワはゆっくりと半回転すると、森の方に向かって歩き出す。アイノは手を引かれてその後を歩き出した。

勇者は濃いスープを飲む

【果敢に挑戦する人には幸せが訪れる】

17

——α滞在　二十五日目

ムクに手を引かれながら大人のシルワの後について森の奥へと分け入っていく。

辺りにはなんの音もしない。動物の声も聞こえない。ただ、歩く度にキュッキュッと啼き雪が聞こえるだけだ。

ふと気がつくと、そこに見慣れた木が生えていた。

「ちょっといい」

ムクにそう呼びかけると、木の幹に触れた。

白色の樹皮、横筋が多くてザラザラしており、皮が薄紙のように剝がれる。アイノは背伸びをして若葉を一枚取った。匂いを嗅いでみると、青りんごのような甘酸っぱくて爽やかな香りが鼻に抜けていく。

「やっぱり白樺だ……」

何をしているのかと不思議そうにこっちを見上げているムクに若葉を渡すと、同じように匂いを嗅いだ。

「良い匂いがするでしょう。白樺はね、私が生まれ育ったところにも沢山あるのよ」

αとβは双子星だから植生が似ていても不思議ではない。それでも二つの星が繋がっている証を目の当たりにすると嬉しくなる。

アイノはβでよくそうしていたように白樺の先端を見上げた。そこには薄っすらと空に浮かぶβの姿がある。

――いつでもここにいるよ。

そう言われているような気がした。

森は進むごとにその様相を変えていく。北国特有の寒々とした景色は次第に薄れ、いつしか地面は一面低草に覆われた場所へと変わった。低草は踏むと弾力があり、ぐんと力強く跳ね返ってくる。さしずめ高級な緑の絨毯という感じだ。

アイノはうっすらと汗を掻いているのに気づいた。歩いているからだけではなく、周囲の気温が上がっているのだ。羽織っている服を一枚脱いだ。ここが極寒の地、ウェルマ山脈の麓だということを忘れてしまいそうだった。

進めば進むほど森はますます豊かになっていく。タイガのような景色は熱帯雨林のジャングルとすっかり入れ替わったようだった。緑の絨毯を突き破るようにして無数の木が生え、緑の絨毯も負けじと木々を覆い尽くす。さながら緑の饗宴《きようえん》のようだ。

その中に目を見張るような巨木が生えている。大人が五人手を繋いでも幹を一周するには到底足りない。ここまでに至るのにどれほどの月日が経ったのか想像も及ばない。

巨木には大きなうろが空いており、まるでトンネルのように見えた。大人のシルワはなんの躊躇もなくうろの中へと入っていく。

「あれに入るの……」

傍らのムクに向かって渋い顔をする。

真っ暗なうろの中はじっとりと湿っていて、空気が淀んでおり、そこら中に虫が這いずっているような気味の悪い想像が頭の中に浮かび上がる。

ムクが早く行こうと言うように手を引いた。

「分かったから……」

うろの向こう側に微かに覗く光を見つめたまま、目を伏せ、小走りで駆け抜ける。

だが、ホッとしたのもつかの間、抜けた先には同じような巨木があり、うろがあった。先を行く大人のシルワは躊躇なく中へと入っていく。

約束ごとでもあるのか、それとも見えないルートでもあるのだろうか。大人のシルワは森を縫うようにして進み、幾つものうろを潜っていく。うろは形も大きさも様々で、アイノは腰を屈めたり、身体を斜めにしたり、時には頭上数メートルはある広い空間を見上げながら後をついていった。

何本の巨木を潜り抜けた頃だろうか、不意に沢山の生き物達が群れる場所に出た。一瞬、何が起こったのかまったく分からなかった。それくらい変化は自然に訪れた。

全身を緑の毛に覆われた少年がいる。いや、生物と言った方がいいのだろうか。大きな目に好奇心を覗かせてこっちを見ている。葉っぱの上で座禅を組んでいるのは体長二〇㎝ほど、痩せた白い肌の人間に似た生物だ。アイノのすぐ側を通り過ぎていったのは青い肌のカエルによく似たお婆さんだ。頭に桃色の花飾りが施されているところを見ると、もしかしたらまだ若いのかもしれない。木陰で立ち話をしている若い女の子は、頭から左右に透明の薄い膜が張り出している。動く度、まるで蝶の翅《はね》のようにきらきらと輝く。

他にもトカゲのような二足歩行の生物、魚のウロコのようなものに覆われた生物、まるで松ぼっくりに目や口や耳を付けたような生物などが歩き、何かの作業をし、寝そべって、あるいは話したり遊んだりしている。

「アスガイルの麓にあるシルワの里にはリブル族が住んでいる」

ジェーンの話を聞いた時からイメージしていたのは、アボリジナルやパプア人、チャモロ人などの先住民族だった。ホモ・サピエンス・サピエンス、つまり現生人類だ。

だが、ここにいる生物は肌も髪も目の色も形さえも違っている。これが全部リブル族なのか、この中のどれかがリブル族なのか、シルワという定義が見当もつかない。一つだけはっきりしているのは、多様な生物達が里の中で同居しているということだった。

「※※　※※※※」

大声で叫びながらムクの方へ一目散に駆け寄ってきたのは、身体中の皮膚にヒビの入った男の子と、装飾の刺青《いれずみ》なのか自然な模様なのか分からない全身に複雑な模様のある男の子だった。何を喋っているのかまったく分からないが、ムクを囲んでじゃれ合っている。時折チラチラとアイノの方を見つめる目が「この人、誰？」とか「どっから連れてきた？」などと言っていそうな雰囲気に思えた。

「※※※※※」

ムクに呼びかけられて我に返った。大人のシルワはどんどん先に進んでいる。多分、早くしないと置いていかれると言いたいのだろう。

「そうだね」

シルワの里の中を歩き出すと、駆け寄ってきた子供達もついてきた。身体中の皮膚にヒビの入った男の子がもう片方のアイノの手を握ろうとする。ムクが「シャッ！」と猫みたいな声を発して威嚇した。身体中の皮膚にヒビの入った男の子が慌てて手を引っ込める。そんな素振りを見ていると、姿は違えど子供はどこも同じなんだと思ってしまう。

いつしか周りにはどんどん子供達が集まってきて、その数はすぐに数十人に達した。どの子もアイノに興味津々で、じっと見つめたり、手を伸ばして触れようとしたり、気を引こうと前に回り込んで派手に飛び跳ねたりした。その度にムクが怒ってあっちへ行けという風に唸ったり手で払ったりする。それでも子供達は側から離れようとはしなかった。

やがて道が突き当たりに差しかかった。

いや、正確には道はまだ先に続いているのだが、極端に薄暗い。それは左右に生えた木がお互いに手を結ぶように枝葉を重ねているため、ちょうど木のトンネルが出来ているような感じだからだ。

ムクが手を放した。それまで何があっても握り続けていたのに、だ。

「どうしたの」

訊いてもムクは首を横に振るだけ。そして、木のトンネルの奥を指さした。

「ここから私一人ってこと？」

ムクは何も言わず、一歩、二歩と下がり、大勢いる子供達の側で立ち止まった。

ここまではずっと一本道だった。先を歩いていた大人のシルワは、おそらくこのトンネルを通ったに違いない。木のトンネルの奥にはぼんやりと光が見える。オレンジ色をしていて柔らかい。

アイノはムクの方へと振り向いた。ムクは大きな目を見開いている。子供達もみんなこっちを見つめている。

「行ってくるね」

微笑むと再び前を向いた。ムクや子供達に見守られながらアイノは一人で歩き出した。

木のトンネルの中は薄暗い。

左を見ても右を見ても、重なり合った木の奥は色が沈んだように灰色から黒へと変わっている。ただ、正面に見える光が道標《みちしるべ》のように歩みを誘った。

五〇mほども歩いただろうか。ふいに木のトンネルが途絶えて広い場所に出た。大人のシルワが立っている。オレンジ色の光は手に持っているランプの灯りだった。

ランプの灯りに照らされて球体が見えた。一瞬、透明ドームテントのようだと思った。透明ドームテントとは文字通り、透けている半円のテントのことだ。壁が視界を遮らないのと、遮光性が無く日中の太陽の熱が閉じ込められるので、オーロラの観測にはとても使い勝手がいい。

だが、目の前に現れた球体をよく見ると、形や透明なところが似ているだけで他はまったく違う。まず、大きさが比較にならない。見上げるようなこの目線の角度から推察すると、おそらく二〇mくらいはあるだろう。しかも、透明ドームテントが半円であるのに対し、目の前の球体は完全な丸だ。表面はつるんとしていて柔らかそうで、インド洋の海中で見たポータルを思わせる。

「これ、なんですか」

大人のシルワは答えない。その代わり、持っているランプを球体の壁に押し付けた。ズブズブと中にめり込んでいく。びっくりして様子を眺めていると、球体が内側から明るく光り始めた。

「※※※」

大人のシルワが低い声で呼びかけた。

——ここに入れ。

なんだかそう言われているような気がした。

「あの、私、皆さんにお願いがあって来たんです。私と一緒にいた友達の捜索をしてもらえま——」

大人のシルワは話の途中でアイノの肩を掴むと、球体の壁に押し付けた。みるみるうちに身体が潜り込んでいく。

「ちょっとやめて！」

必死で抵抗した。手を伸ばし、大人のシルワの腕を掴もうとする。しかし、潜り込むスピードは速く、その時はもう半ば球体に呑み込まれていた。

ズルン。

身体が球体の内部に突き抜けた。そのままバランスを崩して床に倒れ込んだ。声を上げそうになるのを我慢して息を止め、空気の有無を確かめる。

スー、ハー……。

——良かった。空気はある。

大きく深呼吸して心を落ち着けると立ち上がった。

入ってきた壁に触れてみた。弾力がある。もう少し力を入れて押してみた。しかし、向こう側に突き抜けることはなかった。どうやら一方通行らしい。

閉じ込められたかも。不安な思いが湧き上がる。しかし、それ以上に興味深いことが心を急速に占めた。

壁の至るところにビジョンが浮かんでいる。それは映画館のスクリーンやテレビの画面とは違い、大きさも形も色の濃さも鮮明さもまったく統一が取れていない。そんなビジョンがさながらプラネタリウムの中で一斉に解き放たれたように、壁にも床にも天井にもちりばめられている。

「——あっ！」

アイノの目はある一つのビジョンに釘付けになった。

十歳の頃のアイノが白樺の幹にもたれかかりながら夜空を見上げている。少し風邪をひいているのか、時折勢いよく鼻水を啜《すす》っている。

「ダメよ。ちゃんと洟《はな》をかんで」

マレートの声が聞こえる。

しかし、アイノは腕組みをして夜空を睨むように見上げ続けている。

そうだ、この日、理科のテストの点が悪いってママから叱られたんだ。とっても腹を立てて、ママの言うことを無視してずっと外で星を眺めていた。すると夜遅くから熱が出たんだっけ。それでママがはちみつ湯と薬を飲ませてくれた。めちゃくちゃ苦かったなぁ。

湖畔で釣りをするアイノがいる。その隣には兄のヴェサ、反対には妹のミルヤもいる。ミルヤの釣り竿《ざお》にとびきり大きなサーモンがかかった。

「貸して！」

ヴェサが言うが、ミルヤは言うことを聞かない。

「早く！」

ミルヤは引きずられ、竿ごと湖に落ちた。


あぁこれも覚えてる。この後、慌ててヴェサが助けに飛び込んで、ミルヤを抱き上げたんだ。でもあの子ったらその時でさえ釣り竿を掴んだまま放さなかったのよね。ミルヤは昔からそういう頑固なところがあるのよ。


公園のベンチに座ってアイノがレコと見つめ合っている。

足元に鳥がいるが、二人はまったく気づいていない。

まるで自分達が世界の中心のようだ。

レコが顔を寄せる。

アイノが目を閉じる。

「えー、何これ、やめてよね！」

叫びながらも映し出された二人の甘い触れ合いを見つめた。

この時が最初のキスだ。

見ているだけで心がキューッとなって切なくなる。

他のビジョンには鳥の群れが羽ばたいているところや蝶が蛹《さなぎ》から羽化しているところ、見たことのある巨大生物や知らないものもいる。銃を構えている女性、戦車、燃える山、泣いている男の子、木の枝を折り、幹に印を刻んでいる老人、無数の、脈絡のないものが溢れている。その中に重なるようにして、アイノのビジョンも含まれているのだ。

覚えていない小さかった頃の様子、思い出すとちょっと悲しくなる友達との別れ、ヒルダと笑い合いながらパンケーキを食べたり、熱川に研究の成果をプレゼンしたり、本当に様々な日常の断片、わざわざ記憶に留めておく必要もないような出来事がそこかしこに映し出されている。

――ミアのビジョン。

ノフトやジェーンの言葉が甦《よみがえ》ってくる。

その時、微かな違和感を覚えた。

時折目の前に、薄っすらとだが白い毛のようなものが見えるのだ。アイノはビジョンから白い毛のようなものに意識を集中しながら顔を上に向けた。

「――あ！」

思わず声が出た。

霞んではいるが、そこに何かがいる。全身を白い毛に覆われた老婆のような姿をした何かがこっちを見下ろしている。皺だらけの茶色い頬、薄くて赤い唇からは鋸《のこぎり》のような歯が飛び出し、ムクのような愛嬌《あいきょう》のある丸い目とは違う、もっと妖しくて怖ろしい目だ。その目が瞬きもしないでじっと見つめている。

「誰……」

絞り出す声が震える。

全身を白い毛に覆われた老婆のような姿をした何かは身じろぎもしない。

「ミアなの……」

突然、全身を白い毛に覆われた老婆のような姿をした何かが動いた。

首だけを前に倒すようにして、みるみる皺だらけの顔が近づいてくる。顔の大きさはアイノの身長ほどもある。怖ろしさに仰《の》け反《ぞ》りたくなるのを必死で堪えた。

老婆のような姿をした何かがすっと目を細めた。人間が瞼を上下に閉じるのとは違って左右から瞼が閉じていく。まるで日向にいるネコのように黒目が縦線になった。

「※※　※※※」

老婆のような姿をした何かが囁いた。

意味は分からなかったが、アイノの意思とは無関係に両手が動いた。両手が引き寄せられるように前に伸び、ちょうど水を掬う時のように掌の小指側をぴたりと合わせた形になった。

老婆のような姿をした何かがふーっと息を吹きかける。一瞬、掌に冷たい氷を押し付けられたような鋭い痛みが走った。

やがて、掌に丸い円が浮かび上がってきた。まるで昔からあった皺のように。

儀式が済んだとでも言うように老婆のような姿をした何かは顔を戻すと、アイノを見つめたまま薄くなり、やがて消えてしまった。

いつの間にかビジョンも消え、球体も無くなり、呆然としたまま広い場所にポツンと立っていた。

大人のシルワが近づいてきた。アイノの掌を指すと「エラマ」と言った。

「エラマ……？」

確かめるように訊き返す。

大人のシルワはそうだと言う風に頷いた。

親愛なるレコ

私は今、シルワの里にいます。

まぁシルワって言っても分からないよね。αにはオルド、コンコルディア、シルワという三種の人間がいて、オルドとコンコルディアは私達と見た目はほとんど変わりがないんだけど、シルワはね、なんと言ったらいいのか、もう全然違うの。別の星の人って感じ。いや、生き物って言った方がいいかな。ほんとに多種多様な人達がいて、みんな一緒に暮らしてる。私が遭難した時、シルワのムクって男の子に助けられたのね。今はその子のお家に居候させてもらってる。言葉が全然通じないから最初は大変だったんだけど、近頃ようやく、なんとなくではあるんだけど理解出来るようになってきた。これって絵がとても役に立ってるんだよ。パパに鍛えられて助かったわ。

ムクの家は四人家族で、両親とお姉ちゃんが一人いる。お姉ちゃんの名前は「カルサ※※※」っていうんだけど、ムクと同じように途中までしか分からないからカルサって呼んでる。お母さんの名前は何度聞いてもまったく分からないから「ママ」、お父さんはいるんだけど姿を見たことはない。ムクの絵から推察すると、どこか遠くのシルワの里に行っているみたい。ムクとカルサはとっても似てるんだけど、印象が違うの。ムクは天真爛漫《らんまん》な子供って感じなんだけど、カルサはちょっと陰がある。なんか思いつめたような風に見える。それがちょっと気になるのよね。女の子はそういう時期ってあるものなんだけど。

家はね、うーん、これを家と言うべきか、木と呼ぶべきかちょっと分からないんだけど、木と木の間を利用しながら、と言うより木と共生しながら成り立っている感じ。つまりね、枝の上を歩いて隣の部屋に渡ったり、太い木の幹に取り付けられた梯子《はしご》を登り降りしたりするの。部屋の中までそんな具合だから、リスやネズミにでもなった気分よ。でも、慣れてしまうとそんなに不自由はなくて、木の匂いに包まれるからとっても気分がいい。目覚めなんてびっくりするくらい爽快なんだから。食べ物に関しても自然物が多くて新鮮で、特に果物は何を食べても美味しい。ママが作った手の込んだ料理はちょっと匂いや味が苦手だったりするのもあるけど、そこはなるだけ我慢して全部食べてる。言葉が通じればもっといろんなことを伝えたり出来るのに、それだけがもどかしい。あぁ、だんだん眠くなってきた。そっちはどんな感じ？　展覧会の準備、進んでるかな。

また手紙書くね。

おやすみ。

横になってまどろみながら思った。

この美しいシルワの里、αの多様な生き物、文化や風習を壊してはいけない。

だから、メッセンジャーには強力な盾となれる人こそ相応《ふさわ》しいのだと。

朝、顔を洗って伸びをしていると、小川に沿ってカルサが歩いていくのが見えた。声をかけるにはちょっと距離があり過ぎる。アイノはもう少しカルサと打ち解けたいと思っていたから後をついていくことにした。

カルサは俯き加減に森の奥へと歩いていく。身長はアイノの胸辺りまでしかないが、歩く速さはびっくりするほどだ。だから途中、何度か小走りになった。

最近はムクや子供達と一緒に、時には一人で里のあちこちを見て回っている。だが、カルサの進む方向にはこれまで足を向けたことはなかった。やがて木々の間から断崖絶壁が見え隠れするようになった。あそこで行き止まりなのだろうか。微かな不安を覚えて歩みを緩めた僅かな隙に、カルサの姿は木々に溶け込んで見えなくなってしまった。

その晩、カルサは家に戻ってこなかった。これまでも時々戻ってこない日があったことは勘付いていた。アイノは紙に絵を描いてムクに尋ねた。ムクは頭を振った。本当に知らないのか、知っていても知らないふりをしているのか、表情からは何も分からなかった。

翌日、アイノは一人で小川沿いを歩き始めた。そのまま森に入り、奥へと進む。昨日歩いた跡を確かめるようなことはせず、自分の方向感覚を信じた。

木々の間から断崖絶壁が見えてきた。茂みを掻き分けるようにして進み、ようやく岩肌がはっきりと見えるところまで来た。

そこには大きな洞窟があった。

「また穴だ……」

αに来て以来、窪み、洞窟、うろとあらゆる穴に入っているような気がする。

入り口を覗き込むと、大声で「カルサ！」と呼びかけた。

返事はない。

自分の声が殷々《いんいん》と反響して聞こえるだけだ。

諦めて戻ろうとした時、丸くて白い粒が地面に落ちているのが見えた。拾い上げてみるとそれは小さなビーズだった。カルサが首から下げているアクセサリーに似ている。ビーズをポケットに仕舞い込むと、薄暗い洞窟の奥へと歩き出した。

真っ暗な中を壁伝いに進む。少しずつ目が慣れ、僅かな灯りでも足元が見えるようになった。やけに空気が熱い。それに、さっきから匂いが気になる。木や森の匂いに慣れた鼻がこれは生き物の体臭だと教えてくれている。

中に何がいるのだろう。

カルサは奥で何をしているのだろう。

怖くもあったが、好奇心の方が優《まさ》った。

「※※」と女の声がした。

声が反響して何を言っているのか分からない。目を凝らすと、岩の側に人影が見えた。

「カルサ……？」

しばらく経って影は「アイノ」と答えた。

勝手についてきたことをどうやって謝ろうかと考えながらカルサの方へと歩み寄っていく。火が焚《た》いてあるから周りがぼんやりと明るく照らし出されている。天井が高く、上が見えない。周囲もそうだ。声が反響したところから推し量っても、どうやらここは大きな空洞になっているようだ。

カルサの顔が見えた。

陰影のせいなのか、その顔は酷く悲しげに歪んでいるように見える。

「ごめんね。私、勝手に――」

そう言いかけて言葉を呑み込んだ。唐突に、カルサの後ろで巨大な目が開いたのだ。湖水のような青い瞳が射貫くように見つめてくる。巨大な生物がゆっくりと首をもたげていく。鼻の先端にある角、頭の形は特徴的な三日月形をしている。ゴモラだ。

アイノは後ずさり、岩に引っかかって尻餅をついた。痛みも感じず、肘《ひじ》を使ってそのまま後ろへと這った。ゴモラはしばらくこっちを眺めていたが、やがて鼻孔を膨らませてふーっと息を吐くと、もたげていた首を地面につけた。

瞼を閉じると、荒い息を始める。

ゴーッ……、ゴーッ……。

強い風が吹くような音がした。

「アイノ」

カルサが側に来て手を伸ばした。アイノは尚もゴモラを見つめたまま、細い手を握って立ち上がった。

「どうして……」

カルサは悲しそうな目でアイノを見つめ、その視線をゴモラへと向けた。

カルサが何か呟いた。

「※※　※※※※　※※」

アイノは紙と鉛筆を持っていることを思い出した。

カルサが鉛筆で線を引き始める。これまでにムクの絵は何度も見たことはあったが、カルサが描く絵を見るのは初めてだった。しかも、とても上手だった。

始めに小さなゴモラと大きな翼のある巨大な生物が戦っているところを描いた。分からない言葉で説明しながら自分の描いた絵を指さす。おそらく翼のある生物はペギラで間違いないだろう。頭の角、牙まで特徴が同じだ。それよりもゴモラの方だった。さっきは突然で気が動転していたから分からなかったが、以前見た個体とは大きさが全然違っている。まだ幼体なのかもしれない。それでも優に二〇から三〇mはありそうだが。

ゴモラとペギラの周囲には山があり、ゴモラの背後には建物と小さな人が描き込まれている。これはシルワの里だろう。

「里を守ろうとして、怪我をしたのね？」

最後にカルサはゴモラの身体の周りにいる小さな生物を描いた。アイノはその一つを指さし、「これはカルサ？」と尋ねた。

カルサが小さく頷いた。

アイノは少し離れた岩の上に座り、カルサ達の様子を眺めた。

いつの間にかゴモラの周囲には十数人のシルワがいて歌をうたっている。ゴモラはうつ伏せのまま、時折半分くらい目を開け、ずっと荒い息を吐き続けている。尻尾の一振りでボウアの骨を砕き、巨大なレッドキングを弾き飛ばす猛々《たけだけ》しい生物と同一種とは思えないほどその姿は弱々しく見えた。

死期が迫っているのかもしれない。

カルサの悲しそうな顔は、里を守ったゴモラのことが片時も頭から離れないからなのだろう。

「そうだ……」

ふいに脳裏に閃《ひらめ》きが走った。

アイノは立ち上がり、岩から飛び降りると、一目散に洞窟の出入り口に向かって駆け出した。

「今からこの里にサウナを作るのよ」

アイノの言葉を聞いてもムクは返事をしない。だが、うきうきしていることが伝わったのか、愛くるしい笑みを浮かべた。

自分でもバカな思いつきだとは分かっている。でも、何もしなければゴモラの容態は悪くなるのみで決して良くなることはない。ならば、試す価値は十分にあると思えた。

アイノは早速、設計図作りに取りかかった。

幼い頃から祖父の家でサウナの準備を手伝ってきたし、実家でも借家でも利用している。サウナの仕組みはしっかりと頭に入っていた。幸いにしてゴモラは洞窟の中の空洞に横たわっている。空洞内は地熱のおかげでとても暖かく、湿度も高い。出入り口を開閉することで温度のコントロールは可能だと思えた。

次にやったのはヴィヒタ作りだ。

「いい、なるべく若葉がついた枝を取るの。細めの枝を四十本くらい束ねるのよ」

白樺の若い枝を取り、適度な数で束ね、蔓を使ってしっかりと縛る。シルワの子供達は何かの遊びだと思っているのか、大騒ぎしながらやり始めた。アイノの作った見本のように見様見真似で作っていく。

ヴィヒタの効果はいろいろある。その香りは森の中で深呼吸しているようなリラックス状態を作ることが出来る。束ねた葉っぱで身体を叩いたりなぞったりすることで皮膚の新陳代謝が高まり、発汗や血流を促すことも出来る。老廃物が体外に出るのだ。それだけじゃない。葉っぱにはミネラルが豊富に含まれているので、滅菌と同時に皮膚を保湿出来る。フィンランド人にとってヴィヒタなしのサウナなんてあり得ない。

シルワの子供達、それぞれ見た目は違うが手先が器用なのは共通していた。何より素直で、アイノのやることをしっかり見て学ぼうとするから上達も早い。ヴィヒタはすぐに百束を超えた。

ゴモラの体長はおよそ三二mと推定した。幼体とはいえどもβの生物を思えば十分に大きな身体だ。どれほどのヴィヒタが必要なのかは自分を基準にして計算した。身長を二mと設定すると、ゴモラはその十六倍になる。一度に使うヴィヒタもアイノが使う量の十六倍は必要となる。更に表面積の分と太い尻尾を考慮すれば、一日に使うヴィヒタの量は三倍の四十八束となる。これを一週間やり続けるとしたら単純計算で三百三十六束、予備まで含めれば四百束がいる。

「みんな行くよ」

アイノが束にしたヴィヒタを抱えてシルワの里を貫く小道を歩くと、後ろから同じように束を抱えた子供達が列を成してついてくる。歌を歌ったり、掛け声を合わせたりして楽しそうだ。

大人のシルワ達は最初、その光景を不思議そうに眺めていたが、やがて荷車のような台と車輪がついた道具を貸してくれる者も現れた。おかげで持ち運ぶペースがぐんと上がった。

里に運び込んだヴィヒタは森の奥に通じる木のトンネルの手前で降ろした。

山積みのヴィヒタをこのまま重ねておくとダメになってしまう。暗くて換気の良い場所で干さなければ最大の効果を得られないのだ。

アイノは木のトンネルに入ると、木々の間に蔓を結んでいく。ちょうど物干し用のロープのようなイメージで。暗所で風通しが良い場所となるとここしか思いつかなかったのだ。最初は木のトンネルに踏み込んでいいのか迷っていた子供達だったが、ムクが先陣を切ると、一人また一人とトンネルに入ってきた。

「みんなありがとう」

そう言うと、子供達も「ありがとう」と真似をした。

その次に行ったことは香花石《こうかせき》を探すことだった。香花石とはマグマが冷えて固まった火成岩のことで、通称はサウナストーンという。長い年月をかけて冷却されているから硬くて耐熱性があり、高温で熱しても割れたり変形したりしないので安全に使うことが可能なのだ。

――ヴィヒタにロウリュを組み合わせれば効果は劇的に上がる。

フィンランド人なら誰でも知っている。

ロウリュとは焼いた石に水をかけて大量の蒸気を作り出し、体感温度を上げて発汗を促すものだ。しかも、ロウリュには森の魂が宿るという神聖な言い伝えもある。ゴモラが本来備えている治癒力と生命力を刺激するにはサウナ以外には考えられない。アイノの想いはそこにあった。

「とはいえ、これが問題よね……」

流石にシルワの里でサウナストーンは見つからないと思っていた。何か代用出来る石はあるかと探し始めていたら、信じられないくらい呆気なく見つかったのだ。場所はゴモラのいる洞窟へと続く小川の中だった。

考えてみれば、シルワの里一帯が地熱で暖められているわけだから、地下にマグマ溜まりがあってもなんら不思議ではない。まるでこの場所にサウナを作りなさいと言わんばかりの条件が揃っていることにアイノは興奮した。

洞窟の出入り口を開閉する扉とサウナストーンを熱するための火熾し場は、大人のシルワ達が協力して作ってくれた。誰一人、名前を呼んでお礼を言えないのはもどかしかったが、大人のシルワ達はそんなことは何も気にしていないように見えた。

皆、これから何が始まるのか興味津々の目でアイノのすることを眺めていた。

一通りの準備を終えると、役割分担を決めた。洞窟の外でサウナストーンを焼く係、洞窟内に運ぶ係、水を用意する係、出入り口の扉を開閉する係。言葉が通じないので「良し」と「ダメ」は身振り手振りで賄った。

思いつく限りのことはやったが、最後に一番大きな気がかりが残った。ゴモラを世話するシルワ達だ。カルサはアイノの行動になんら異を唱えることはなかったが、積極的に手伝うこともしなかった。設計図を見せて説明しても、ただ悲しそうな表情を浮かべるだけ。アイノがゴモラの世話をしているシルワ達にヴィヒタの使い方を教えようとしても、誰一人としてそれに触れる者はいなかった。

おそらくカルサ達は不安なのだろう。ゴモラに何かをすることで取り返しのつかないことが起きてしまったら……。そう考えているのかもしれない。

もし、ゴモラの容態が回復しなければ、サウナを作った意味もアイノの想いも全部水の泡となってしまう。不安がないと言えば嘘になる。でも、それ以上に治したいという気持ちの方が勝っていた。

ゴーッ……、ゴーッ……。

洞窟の中で伏したゴモラは荒い息をしたままだ。今では瞼を開ける回数も少なくなっている。

「もう少しの辛抱だからね」

アイノは小声で呼びかけると、出入り口の扉を閉めるように手で合図した。

扉が閉まると次第に洞窟の中の温度が上がってくる。頃合いを見計らってゴモラの太い首筋を水で湿らせたヴィヒタで撫で始めた。空洞の中に森の香りが広がっていくのを感じる。

今度は焼けたサウナストーンの側に行って桶《おけ》の水をかけた。ザーッという音と共に空洞に水蒸気が立ち昇っていく。

再びゴモラの側に戻ると、ヴィヒタでゴモラの皮膚を軽く叩き始めた。

カルサ達が驚いたようにこっちを見つめている。中には何か言い出す者もいた。それでもアイノは叩くのを止めなかった。

空洞は水蒸気の熱で溢れ返り、アイノは頭のてっぺんから足の先まで汗だくになった。

十分ほど経った頃、頭上に両手を掲げて丸を作った。それは扉を開ける合図だ。こちらからその様子は見えないが、冷たい空気がさっと流れ込んでくることでちゃんと伝わっていることが分かった。

一人でこの作業を繰り返した。

半日が過ぎたが、ゴモラに変化はなかった。

カルサ達にも手伝う気配はない。

不安が足元から迫り上がってくるが、その気持ちを振り払うように新しいヴィヒタを水に浸すと、再びゴモラの方へと向かった。

その時、足元にさっと影が横切った――ような気がした。

カルサだった。駆け足でゴモラの顔の方へと近づくと、呼吸を確かめるように鼻孔の側に立った。

「※※※※※……」

何事か叫んだ。

途端、他のシルワ達も一斉にゴモラの方へと駆け寄った。

アイノは何が起きているのか分からなかった。シルワ達が興奮気味に何か喋っているのをただ呆然と眺めた。

「ゴモラの呼吸が落ち着いたってさ」

「良かった……」

アイノは張り詰めた緊張と体力の消耗でその場にへたり込んだ。

「よくやったよ。大したもんだ」

誰かに背中を支えられた。それはずっと捜していた声だった。

「なんでここに……？」

「アイノが助けを呼んでくれたんだろう」

「ナフタルトやゲオルギーさんは……」

「みんな無事だよ」

そう言うと、ジェーンはアイノの顔を覗き込んだ。

「こんなにやつれて……」

汗と湿気で顔に張り付いた髪をジェーンが摘まむ。

今、自分がどんな様子をしているのか分からない。何しろ遭難してから自分の顔なんてまともに見ていない。

「ジェーンさん、グーフが……」

グーフが死んでしまったことを伝えようとしたが言葉に詰まってなかなか出てこない。

「そうか、死んだんだね」

アイノは頷いた。

「ずっと私の側にいてくれました……」

「グーフは偉い子だ。私の誇りだよ。そして、あんたもね」

アイノはジェーンにしがみついた。抑えていた感情の蓋が開き、嗚咽《おえつ》となって噴き出した。ジェーンは何も言わなかった。ただ優しくアイノを抱きしめ続けた。

「アイノ」

ムクが呼びかけてきた。

アイノは顔を上げるとムクの方に視線を向けた。

「※※※　※　※※※※」

「誰かがアイノを呼んでるって」とジェーンが通訳した。

「悪いけど今は行けない。ゴモラが心配だから」

「※※※　※　※※※※　※　※※※※」

「ゴモラは私達が看ているからって言ってるよ」

ジェーンが今度はカルサの言葉を訳してくれた。

カルサがたどたどしい笑みを見せている。

「やっと笑ってくれた……」

アイノはカルサの頬を撫でた。

ムクが案内したのは里の中心にある集会場だった。

「アイノさん！」

甲高い声がした。声の主はすぐに分かった。

ナフタルトに駆け寄ると、そのまま細身の身体をしっかりと抱きしめた。側にはゲオルギーが立っている。アイノはナフタルトを抱きしめたまま、ゲオルギーの目を見つめて小さく頷いた。

ジェーンの通訳で大人のシルワの名前がレメキと言い、この里の族長だということが分かった。一同はレメキの周りを囲むようにして座った。ムクはいつの間にか姿が見えなくなっていた。大人の話が始まると悟り、遠慮したのかもしれない。

「あの日、私達を襲ったのはペギラという巨大生物よ。迂闊だったわ。高熱を発するマイクロウェーブのことを、テリトリーを侵すものだと認知して攻撃してきた。これは明かに私のミス。本当にごめんなさい」

ジェーンが頭を下げる。

「ジェーンさんのせいじゃありません」即座にナフタルトが否定した。「あの時、ジェーンさんが異変を感じてマイクロウェーブを切るように言ってくれたから――」

「こうしてまた皆で会うことが出来たんです」

ゲオルギーが引き取るように後を続けた。

「みんな優しいね。そう言ってくれるといくらか楽になるよ」

「そのペギラなんですけど、口から何か吐くんですよね」

「さっきの子が教えてくれたのかい？」

アイノはムクと雪洞に潜んだ話を掻い摘まんで伝えつつ、ペギラの口から何かが出ているような絵が描かれていたことを告げた。

「それはマイナス百三十度にもなるアイスブレスだよ」

そういえば一瞬、キャンピングカーの外の景色が白く霞んだような気がする。

「でも、なんでキャンピングカーが浮いたりしたんでしょうか」

「あのアイスブレスには反重力現象を起こす力があるのよ」

「※※　※※※※※　※※※※※。※※※　※※※※　※※※」

黙って話を聞いていたレメキが喋り出した。

「レメキさんはなんて言ったんですか」とアイノが尋ねる。

「あの息はとても怖ろしいって。これまでに何度も里が襲われ、人が死んだそうよ」

思った通り、ペギラはこれまでシルワの里を度々襲っていた。

「私達は幸いキャンピングカーの中にいたまま飛ばされました。落ちたところが雪の上だったので助かりました。それからゲオルギーさんは車の修理を、ジェーンさんはアイノさんを捜しに毎日出ていかれました」

「ナフタルトだってやってくれたじゃない」

「私はただ食事の準備をしていただけです」

「温かい食事があったから頑張れたんです」

「はい」とナフタルトが小さく呟いた。その様子から、この何日間かをどんな精神状態で過ごしていたかが窺えた。

「ねぇアイノ、ムクくんはどうしてあんたのところに来たんだろう」

ジェーンが問いかけた。

「そういえば……」

確かに不思議なことだった。

ジェーンがレメキに尋ねると、低い声でとつとつと語り始めた。レメキはミアの見せるビジョンでアイノが遭難したことを知ったのだという。そこですぐにムクを向かわせたのだそうだ。

「ミアが私を……」

ミアは何も言わない。

何も告げない。

ただ見ているだけ。

そんな存在が本当に大切なものなのかとこれまで疑ってきたが、今、少しだけそれが分かったような気がした。ミアはただ見ているのではない。見守っているのだ。気持ちを、感情を、温もりを。それをαの人々は受け取り、次の行動の指針にしている。それは家族のようなものではないのか。

「でも、どうして助けに向かわせたのが大人のシルワじゃなくてムクくんだったんでしょう」

ナフタルトの疑問はジェーンを通して再びレメキに伝えられた。

「※※　※※　※※※」

「ムクならやれるって」

族長の信頼が厚いことを知って、アイノは自分のことのように誇らしい気分になった。

その後もジェーンはレメキの話に耳を傾け、時々シルワの言葉を発した。

レメキも頷き、身振りを交えて思いを伝えた。

まだまだ断片的ではあるものの、ジェーンが来てくれたことによってシルワとの意思疎通がようやく叶った。


レメキが席を立つ。

「族長が帰られるわ」

ジェーンも立ち上がり、他もそれに続いた。

「里の中で好きなだけゆっくりしていきなさいと言われてる」

それぞれレメキに感謝の言葉を述べた。特にアイノは「レメキさん、いろいろありがとうございます」と心を込めて礼を伝えた。レメキはアイノを見つめると、「エラマ」と一言呟き、暗がりの中へと歩き去っていった。

「エラマって」とジェーンが尋ねる。

アイノは掌を上にして合わせた。皺と皺が繋がってそこに円環が出来た。

「あんた、それ……」

ジェーンが絶句した。

「里の奥にある球体の中で、全身真っ白の毛の長いお婆さんみたいな生物から付けられたんです」

するとと、ジェーンはますます目を丸くした。

「ウーにも会ったの……」

「あれ、ウーって言うんですね」

「ウーはミアの使いだよ。存在そのものが伝説なのに、人前に姿を見せるなんて……。これで分かったわ」

ジェーンがどっかりと椅子に座りながら呟く。

「何がですか」とアイノが問うた。

「シルワがどうして私達を里にまで迎え入れてくれたかよ。だって私の知る限り、シルワは開放的でも友好的でもないからね」

ジェーンはアイノの手を取って、掌に出来た円環をまじまじと見つめた。

「エラマの印はね、とても崇高なものなの。この円は命そのものを表してる。ずっと続くもの、終わらないもの、繋がり。和。アイノは今後、どの大陸の、どのシルワの里に行っても無条件で迎えられる」

「つまり、私達はアイノさんの仲間だから迎え入れられたということになるんですね」

ナフタルトの言葉にジェーンが深く頷いた。「ほんとに凄いことだよ、これって」

アイノは自分の掌に刻まれたエラマの印を見つめた。左手と右手の真ん中から左右対象に出来た皺はずっと昔からそこにあったように馴染んでいる。

「実は私の故郷にも同じ言葉があるんです」

「なんだって……？」

アイノは祖父から教わった故郷の風習を絡めて話した。

カルシッコの伝える意味とは、産業化、近代化の大波の中で急速に切り離されていった死者と自然、生者が互いに関わり合う姿であり、フィンランド語で人生や命、生活を意味する言葉、エラマの概念が込められていると。

「自然を人間の都合に合わせるんじゃない。人間が自然の側に合わせるんだ。これ、お爺ちゃんの口癖でした」

「そっくりだ……」とジェーンが呟いた。「命の定義を示す言葉、エラマ。父の言っていた結びが正にそのことだった……」

「でも似ているのはこれだけじゃないんです。私、この里に来た日に白樺の林を見ました。小川の中では香花石も見つけました。シルワの里と私が育った場所には同じものが幾つもあるんです」

「遥か昔、シルワとアイノさんの先祖は行き来があったのかもしれませんね」

ゲオルギーがレメキの立ち去った小道の方を眺めた。

「二つは一つ」

そう言ったのはナフタルトだ。

「古代オルドが山の民と川の民に分かれてオルドとコンコルディアになった。それは、再び一つとなる時までにより良きものを覚えんがため。これはコンコルディアの教えです」

「これまではなんとなくしか考えたことがなかったけど、遠い昔、αとβは本当に一つだったのかもしれないね」

ジェーンが夜空を見上げた。

ゲオルギーもナフタルトも上を向いた。

アイノの視線の先には無数の星が瞬き、薄っすらとβの輪郭が浮かんでいる。

かつて二つは一つだった。より良きものになって再び出会うまで、一つは二つに分かれて旅を始めた。

そう考えるととてつもない時間の流れが見えてくるような気がした。

「そうか！」

ジェーンの声が沈黙を破った。

「だから傷ついたゴモラのために天然のサウナを作ったってわけね」

「今、気づいたんですか」

「察しが悪くて悪かったね」

「ここにサウナを作ったんですか……」

ゲオルギーが目を見開いてアイノを見た。ナフタルトはなんのことか分からず、「サウナってなんですか？」と訊いた。

「簡単に言えば蒸し風呂よ」とアイノが答える。

「蒸し風呂？」

「私が生まれた国ではバーニャと呼んでいました」とはゲオルギー。

「リフレッシュ出来るし、身体も軽くなる。疲れもとれます。人類が発明した中でも傑作の一つだと思っています。まさかαでバーニャを作るだなんて……」

ゲオルギーは一息に喋ると、「それでゴモラは」と訊いた。

アイノは首を横に振った。

その時、アイノの名前を呼びながらムクが駆けてくるのが見えた。

「どうしたの？」

「※※※　※　※※　※※※※！」

慌てて喋るムクの様子は何か只事ではない感じがした。

「洞窟に来て欲しいって言ってる」

ジェーンがムクの言葉を通訳した。

一行は急いでゴモラの臥《ふ》せる洞窟へと駆け出した。

洞窟の外には既に大勢のシルワが集まっており、火が焚かれ、沢山のサウナストーンが焼かれている。

アイノはその状況に混乱しながらムクと一緒に洞窟の奥へと進んだ。甲高い掛け声が壁に反響して聞こえてくる。カルサの声だとすぐに分かった。

空洞に出ると更に驚くべき光景が目に飛び込んできた。世話係のシルワ達がそれぞれの手にヴィヒタを持ってゴモラの周りを囲んでいるのだ。

「え……？」

「※※※」

カルサの合図でシルワ達は頭、腕、お腹、太ももや尻尾を一斉にヴィヒタで撫で始めた。背中に登っている者達も同じようにした。空洞の中には強い森の香りが広がっていく。アイノが一人でやっていた時とは比べ物にならない濃密な香りだった。

しばらくすると運び込まれたサウナストーンに水がかけられる。爆発したかのような蒸気が噴き上がった。空洞の熱と湿度がぐんと高まる。再びカルサが合図して、今度はヴィヒタでゴモラの肌を叩き始めた。

私のすることをちゃんと見ていてくれた……。

「行くよ」

ムクに声をかけ、アイノはカルサ達の方へと駆け寄った。ジェーン達もヴィヒタを摑んでシルワ達の間に加わると、掛け声に合わせてゴモラの肘の辺りをヴィヒタで叩き始めた。

やがて、ゴモラの太い親指がぴくりと動くのが見えた。

動け……。

アイノは念じた――つもりだった。だが、思いは言葉となり、口を衝いて出た。

「ウゴケ」とムクが言う。

隣のシルワもそれに倣うように「ウゴケ」と呟いた。

ジェーンもナフタルトもゲオルギーも「動け」と言った。

いつしかその声はさざ波のように広がり、カルサも声を張り上げて「ウゴケ」と叫んだ。

その場にいる全員の声が一つに重なっていく。ウゴケという声はいつしか願い、想いの言葉となって唱和された。

ゴモラの指が地面を掻いた。動こうとしていた。ぐっと肘を曲げ、掌に体重をかける。全身の重みで掌が地面にめり込んでいく。シルワ達は息を呑んでその様子を見守った。しかし、ゴモラは再び身体を沈めた。全身からみるみる生気が抜けていくのが手に取るように分かる。

アイノはもう一度「動け！」と呼びかけた。

「ウゴケ！」

「ウゴケ！」

「ウゴケ！」

「動け！」

「動け！」

カルサが、ムクが、シルワ達が、そしてジェーンもナフタルトもゲオルギーも叫ぶ。願いの言葉はさっきよりも大きくなって空洞を埋め尽くしていった。

ゴモラが身体を震わせ、全身に気脈を走らせる。

「フーッ、フーッ」

逞しい息遣いと共にゆっくりと上体が起き上がっていく。想いの言葉に背中を押されるようにして、尻尾を支えに使いながらも二本の足で立ち上がっていく。先端が欠けた右の大角が天井に当たってバラバラと岩が崩れ落ちてきた。

「ギュオォォォォッ」

ゴモラが吼えた。

ちょっと甲高い管楽器のような声が響いた。これまでのうっ憤を晴らすような、腹の底からの大きな声だった。

アイノは慌てて耳を塞いだが、それでも耳の奥がジリジリと震えた。

「あっ！」

ゴモラがドスンと尻餅をついた。地響きが起こり、辺りに土煙が舞い上がる。天井から崩れた岩が身体に当たったが、それくらいではまったく痛みを感じてはいないようだった。座ったまま、バリバリとお腹の辺りを掻く。そして、ふわーっと大きな欠伸《あくび》をした。あまりにも惚けた振る舞いは、どことなく休みの日の父の姿を思わせた。

「ふふ……」とアイノが笑う。

ムクもつられて笑い出した。

シルワが一人、また一人と笑い始める。

最後にカルサも笑い出した。

塞いだ顔は霧が晴れたようにどこかへ消え去り、晴れやかな美しい顔が辺りを明るくした。空洞の中に人々の笑い声が広がる中、ゴモラはそんなことなど気にも留めていないかのように二度目の大きな欠伸をした。

——α滞在　二十九日目

アイノ達一行はシルワの里を後にした。

ここへ来た時と同じように幾つもの巨木のうろを抜け、白樺林を通り過ぎて森の出口の方へと歩いた。来た時にはまったく気づかなかった生き物達の啼き声やさえずり、カサカサと木々を揺らす音がした。この森にも沢山の命が溢れている。でも、それは見ようとせず、聞こうとしなければただ通り過ぎるだけのものになる。

突然、ムクが立ち止まった。カルサもだ。まるで見送りはここまでだという風に、姉弟が並んでアイノを見た。

「アイノ　※※※」

ムクが何かを言った。

次の瞬間、姉弟はくるりと踵を返すと、風のように森の中を駆け抜けていった。木々が二人の姿を隠すのにどれほどの時間もかからなかった。呆気にとられたまま、その場に立ち竦んだ。ハグしたり、撫でたり、もう少し別れの儀式のようなものがあるだろうと思っていた。そうなっても絶対に涙は零さないと固く決めてもいた。だが、現実はまったくの想定外だ。

「やっぱ走るの、速いね～」

いつの間にか隣に立ったジェーンが森の方を見つめながら笑った。

「もしかしてなんか期待してた？」

まるでこっちの心を見透かしたような一言に、「……してません」と答える。

「今、間があった」

「無いですよ」

からかうような目から顔を背けながら、「お礼くらい言う時間はあるかなとは思ってたけど……」と本音を漏らした。

「シルワには別れって感覚はないのかもしれないね」

そう言われれば、レメキに挨拶に行った時も特別な言葉は何もなかった。ムクの母親も「あら、そう」くらいの感じだったし、里人などは誰一人として気にも留めていない様子だった。

「おそらくシルワにとっては出会いも別れも全部、円のように繋がっているんだよ」

そう言って人差し指で円を描いた。

「やっぱり拍子抜けです」

「ほら、本音」

「また、会えますかね……」

「それはアイノ次第さ。ここは何も変わらない」

アイノはふーっと息を吐いた。

「私、ベリアに戻ったらノフトさんにメッセンジャーのこと、お断りしようと思っています」

「そうかい」

「驚かないんですね」

「そう決めたのなら私は反対しないよ」

「どう考えても私には荷が重過ぎます。もっと影響力のある人が務めた方が効果的だと思うんです」そして小さく、「すみません」と呟いた。

「謝ることなんかないさ。いっぱい悩んで出した結論なんだろうから」

その通りだ。本当に沢山のことを考えて、考え抜いて決めたことだった。

「私もさ、シルワの里に来てから考えてたことがあるんだ。アイノがここでやったこと、一切言葉が通じないシルワと心を通わせ、ついにはサウナを作って傷ついたゴモラを治した。もし、これを見たら父はなんと言うだろうってね」

アイノは待った。しかし、ジェーンはなかなか口を開こうとしない。

「もう！」

とうとう焦れて呻き声を上げた。

「だってしょうがないじゃない。私は父じゃないんだから思いつかないよ」

「……なんですか、それ」

「でも、その代わり私はこう思った。言葉の本質は真心なんだなぁって」

「私はただ、ゴモラを治したいと思ったんです。その一心でした」

「あんたは風だよ。あんたが動くとみんなが動く」

ふとジェーンが眉をひそめる。

「何？」

「何がですか？」

「今、笑ったよね」

「いいえ」

アイノは首を横に振った。

「笑ったじゃない」

「笑ってないですって。ただ――」

「ただ何？」

「詩人だなぁって」

そう言った途端、口元が緩んだ。

「ほら！　やっぱり笑ってるじゃない！」

アイノは反転すると、道の先でアイドリングしているキャンピングカーに向かって一目散に走り出した。ジェーンが「待て！」と叫んで追いかけてくる。

「無理です。私は風なんで！」

「バカにすんな！」

「してませんっ！」

二人の笑い声は雪道を走り抜けながら、よく晴れた冬空に向かって伸びた。

その先には白く浮かび上がったβの輪郭がくっきりと見えていた。

18

——α滞在　三十一日目

「大丈夫。何も心配いりません」

αからβへと戻る際、ゲオルギーは彫りの深い目に力を込めてアイノに告げた。

どう大丈夫なのか何が心配ないのか、何度尋ねてもゲオルギーは慎み深い笑みを浮かべるだけだった。アイノはここへ来た時と同じようにウエットスーツに身を包んでいた。

「大切に保管していました」

ナフタルトが差し出したダイビング用の資機材はしっかりと土が落とされ、ボウアに襲われた際に恐怖で噛み千切った筈のマウスピースも、違う色ではあったが新調されていた。

アイノはノフト、ゲオルギー、ナフタルト、ジェーン等親しい人々に見送られ、最初にαの地を踏んだサバンナ、ヒラポー平原の赤い土の上に立っていた。ジェーンの両肩には子供のザマルカナーが乗っている。右肩の雌はマーフ、左肩の雄はチーフだ。グーフの忘れ形見の双子だった。マーフとチーフに手を伸ばすと、いっちょ前に「クァ」と声を張り上げて威嚇してくる。グーフそっくりだと思った。

風がかなり強くて目を細めていなければ土埃が目に入り込んでくる。天気予報では午後から天気が崩れるとのことだった。盛大で涙、涙の派手なお別れの会は既にノブラザータ、輝きの丘で済ませてあったから、ここではあっさりと片手を上げるだけに留めようと決めていた。本当のことを言えば、そうしなければやっぱり離れがたくなるからだった。

「時間です」とゲオルギーが告げた。

何もない空間を撫でると、そこにひずみが現れた。ポータルが開いたのだ。向こうに見えるのは青色、海の深い色だった。

アイノは振り向くと、見つめている人々の方を見た。

「じゃあまた」

「アイノ」

ジェーンが拳を差し出した。アイノも拳を出した。二人で作ったダップを披露すると、レギュレータを咥え、そのままひずみから中へと潜り込んだ。

気がつくと、薄暗い海の中で透明な球体に包まれたまま、光の差す明るい場所まで浮上していた。上昇しても耳はまったく痛くならず、耳抜きする必要はなかった。

海面まで五mほどになった時、まるで波紋が広がるように球体の形が変化し始めた。アイノはするりと球体から抜け出ると、「ありがとう」と心の中で呼びかけ、海面の方に視線を向けた。

大きな黒い影が見える。船底であることは船尾にスクリューがあることで分かる。ゆっくりと海面へ浮上した。

白い船体のクルーザーから最初に聞こえてきたのは甲高い子供の声だった。

「いた！　見つけた！」

操舵室から身を乗り出したのはアルナブだった。

「アルナブ！」

アイノが手を振る。

するとと、反対側の縁からわらわらと人が集まってきた。そこに姿を見せたのは熱川秀樹とヒルダ・マンネルヘイム。そしてアイノの家族だった。エリーク、マレート、ヴェサにミルヤもいる。口々に皆が叫ぶからアイノは誰がなんと言っているのかまったく聞こえなかった。

突然、人影がダイビングした。いきなり水の中で身体を抱きしめられ、ぐんと波の上に担ぎ出された。

「レコ!」

「お帰り、アイノ。これは幻じゃないんだね……」

アイノは覆い被さるようにレコの顔を両手で包み込んだ。

その夜、一同はワールドグランドホテルに宿泊した。まさか再びこのホテルのベッドで眠ることになろうとは。しかも、今度は家族と一緒だ。

アイノがβに戻るということを知らせたのはゲオルギーで、知らせを受け取った相手は熱川だった。熱川が言うには、突如自分のスマホに送られてきた数字に最初は混乱したものの、もしかするとと思い立ち、その数字を解読した。そこには座標の他に、日時と時間が記されていたのだという。

一ヵ月近く行方不明であり、インド沿岸警備隊による捜索も打ち切られてしまって、残酷な現実と向き合わなければならなくなっていたアイノの家族は、この信じられない一報を聞いた時には半信半疑になった。だが、母のマレートはすぐに「行かなきゃ」と言って、早速インド行きの準備を始めたのだと聞かされた。

送られてきた座標に向かう計画が練られ、前回同様ホテルの従業員かつ釣り船の操縦をしているアルナブに依頼することにした。ただ、大勢で行くのに釣り船では不安なので、アイノの両親は貯金を崩し、中古のクルーザーを現地調達した。アルナブは大喜びで座標に向かうことに同意したのだという。

そこまでがこの数時間で把握したことだった。

「話はまたおいおいな。まずは家族水入らずでゆっくりしいや」

熱川はソユーズ11号の船長だったゲオルギーが生きていることを知ると、放心してその場に立ちつくした。本当はアイノからゲオルギーの話が聞きたくて仕方がないのだろうが、ヒルダと「乾杯する」と言って街に出ていった。

レコとヴェサとミルヤもアルナブの案内で市内観光へと向かった。ホテルに残ったのはアイノと両親の三人だけとなった。それぞれが示し合わせてこの場を作ってくれていることは明白だった。

日が暮れて少し涼しくなった屋上のテラスで、アイノは久しぶりに両親と向き合った。

「ママ、心配かけてごめんなさい」

ずっと心に棘として刺さっていた思いを伝えることが出来た。

「私の方こそごめんなさい」

マレートはアイノの手を握り、真っ直ぐに目を見つめながら言った。

「あなたが行方不明になったと聞いた時、私は自分のせいだと思った。あなたをあそこに行かせまいとしたからだってね」

「……どういうこと？」

「アイノ、これまでお前に黙っていたことがあるんだ」

今度はエリークが話を始めた。

「今から二十三年前の話だよ。私とママがカンニヤークマリを旅行した時のことだ」

「二人ともここに来たことがあったの？」

「次なる創作のモチーフとして、インドの神々を研究していたんだ。ある時、クルーズ船に乗って沖に出た。あまり風のない夜で、海は凪《な》いでいた。もの凄く大きな月が出ていてね、それが海面に綺麗に映る様はとても幻想的だった。まるでこの世とは思えないくらいにね。その時、私は海面に映るものが月ではないことに気づいた。それは大きくて透明なクラゲのような球体だった」

それが何なのかすぐに分かったが、黙ったままでいた。

「すると、ママが急に慌て出したんだ。私がどうしたんだって尋ねると、ママは球体の中に子供がいるって言ったんだ」

「子供が……？」

心がざわざわし始めた。

アイノはそれを見せないようにして、「それでどうしたの？」と先を促した。

「球体が開いて女の子が海面に浮かんできたの。ちょうど母親のお腹から産まれるみたいにしてね。エリークは海に飛び込み、その女の子を抱き上げた。船内は子供が海に落ちたってちょっとしたパニックになったけど、私達はなんとかその場を胡麻化《ごまか》した。そして船室に戻ってからエリークは女の子を私に渡した。その子は泣きもしないで、私の顔をじっと見つめて……にっこりと笑ったの」

マレートは声を詰まらせた。

エリークが優しく背中を撫でながら、「私達はその子を連れて帰ることにしたんだ。自分達の子として育てるためにね」

エリークが椅子にかけていたポーチから携帯電話を取り出し、画像を表示した。それはインドのどこかのホテルの部屋で、マレートに抱かれた幼いアイノの姿だった。日付は一月四日となっている。

「赤ちゃんの頃の写真が無いのは火事のせいだって言っていたけど……」

両親は表情を崩して互いの顔を見つめた。

アイノは画像をじっくりと眺めた。その女の子はαで見た、ジェーンの家族写真に収まるルカにそっくりだった。

――これが私……。

ポータルを通してαからやって来たルカ・トールはβで生きていた。アイノ・ビルンとして。私として。

　これを知ったらジェーンはなんと言うだろう。びっくりして、狼狽《うろた》えて、それから大泣きする。ジェーンはずっとルカを失ったという重荷を背負って生きてきた。早くその荷物を下ろさせてあげたいと思った。

「アイノ」

　マレートは名前を呼ぶと手を握った。びっくりするくらい強い力だった。

「あなたを失うのが怖かった……」

　マレートの目にみるみる涙が膨らんでくる。

「ママはこれからもずっとママだよ」

　そう言うとアイノはエリークの手も掴んだ。

「パパもね」

「タハティネン《小さなお星さま》……」

　カンニヤークマリの夜空には文字通り無数のタハティネンが輝いている。

絵本

［その主たる内容が絵で描かれている書籍の一種］

0♯

「ケホッ」

軽い咳が出て物思いから覚めた。

アイノは両手で鼻と口を塞ぐと、ゆっくりと呼吸した。風邪ではない。まだβの——地球の大気に肺が慣れていないから時々詰まったような咳が出る。それがちょっとおかしい。最近、宇宙人の気持ちがちょっとだけ分かるような気がする。

「またね」

オーロラの方に向かって呟くと、回れ右をした。

自分の足跡は半ば雪に隠れて見えなくなっている。自分ではまったく気づかなかったが、それなりの時間が経っていたようだ。白樺の木々の前を横切りながら、ログハウスの見慣れた借家に入った。


ソダンキュラ地球物理観測所に復帰して十日ほどになる。

アイノの失踪からインド洋での遭難のニュース、それに続く捜索の打ち切りは職員達にも大きな波紋を投げかけていたそうだ。ヒルダから聞かされたところによると、実に多彩なストーリーがまことしやかに語られていたらしい。

「エーリッキ・アホネンは科学者じゃなくて詩人だってことがよーく分かった。どっちも三流だけどね」

ヒルダは詳しい内容まで話さなかったが、その一言でどんなことを吹聴《ふいちょう》して回っていたのかはなんとなく想像がついた。

そんな中での電撃復帰である。

「実はアイノくんは政府の秘密任務に就いていた。秘密だから詳しいことは言えない。よって詮索は無用」

熱川が全職員を前に訓示を垂れたものだから、表向きは平静を装ってもアイノに注がれる遠巻きの眼差しは熱を帯びていた。当然のことながら、エーリッキ・アホネンの新作ストーリーが生まれたことは言わずもがなだ。

アイノ自身はというと、この状態にとりわけ苦労も苦悩もしなかった。なぜなら熱川とヒルダは本当のことを知っている。それまで通りオーロラの観測を続けながら、遊びに行くのも惜しんでキャンバスに向かい続けている。

αのことをどうやったら伝えられるのだろうか。

まずは親しい知人、家族、恋人から始めたい。彼等に伝わらなければ自分のことを知らない大勢の人々に伝えるのは無理だろうと思った。

αではノートに大量のメモをとっていた。レコ宛ての手紙だけでなく、見たこと、触れたこと、匂いを嗅いだり、感じたりしたことを絵に描いていた。その絵を見返すと、その日の出来事がありありと脳裏に甦ってくる。シルワの里でジェーンが言ったこと。言葉の本質は真心。何度も何度でも諦めずに伝え続ければ、少しずつ変化は訪れる。想いのすべてを絵の中に注ぎ込もうと決めた。

正直なところ、まだメッセンジャーを受け入れる覚悟は出来ていない。

自分に特別な力が備わっているとも思っていない。

でも、これは紛れもない事実としてアイノは二つの星の架け橋だった。αで生まれ、βで育ち、二つの家族と二つの名前を持っている。そう、αとβは繋がっている。二つで一つ。どちらが欠けてもいけない。どちらともが大切なのだから。

「出来た……」

描き上げたばかりの絵をイーゼルから外すと、リビングの床に置いた。

そこにはこれまでに描いたイラストが順を追って並べられている。全部で十八枚あった。少年がキャンプの最中、美しい青い蝶を追いかけて不思議な世界へ迷い込んでいく。そこで見たこともないほど巨大でユニークな生物達と出会う。ゴモラ、レッドキング、ペギラにピグモン。少年は不思議な世界で出会ったムクムクという生き物に導かれ、様々な体験を重ねながら、生物達の雄大な暮らしを目の当たりにする。それはαで体験したことを元に描いた絵物語だった。あとはこれにどんなタイトルを付けるかだが、既にそのことは頭に浮かんでいた。

「アイノくん、そのぉ、巨大生物のことなんやけどな」

ある日、所長室に呼ばれた時、熱川から古い本を見せられた。

「これは『山海経《せんがいきよう》』というてな、二世紀以前、中国で書かれた地理書や」

「地理書？」

「ものすご古い地理の本やな。もちろんこれはレプリカやで」

熱川はそう言うと、ぺらぺらとページをめくり始める。そこには各地の動物や植物、鉱物などの他に、おかしな形をした生物などが描かれている。翼の生えた牛のような生物、手足の生えた魚、雲海を駆ける赤い目をした馬に似た生物などだ。

「おもろいやろ。僕な、アイノくんがαで見たっていう巨大生物の話を聞いた時、真っ先にこの本のことが頭に浮かんだんや。昔の地球にも沢山おったんかもしれへんなぁ」

βにも巨大生物がいたかもしれない。そうだ。二つの星は繋がっているのだから、片方だけにいると考えるのはむしろおかしい。

その時、熱川がこう言ったのだ。

「この生き物な、怪獣って呼ばれてたらしいで」

一枚目の絵を床から取り上げると、イーゼルの上に置いた。ムクがいて、植物が溢れ、巨大な生物達が活《い》き活きと描かれている。一番目立つところに黒いペンでタイトルを付けた。

「かいじゅうのすみか」と——。

本書は、集英社文庫のために書き下ろされた作品です。

取材協力／門　信一郎

集英社文庫

ツイン・アース

2025年1月30日　第1刷　　定価はカバーに表示してあります。

著　者　小森陽一《こもりよういち》
発行者　樋口尚也
発行所　株式会社　集英社
東京都千代田区一ツ橋2-5-10　〒101-8050
電話　【編集部】03-3230-6095
【読者係】03-3230-6080
【販売部】03-3230-6393(書店専用)
印　刷　株式会社広済堂ネクスト
製　本　株式会社広済堂ネクスト

フォーマットデザイン　アリヤマデザインストア　　マークデザイン　居山浩二

ISBN978-4-08-744735-4 C0193